Cuando ya no quede nadie

ESTHER LÓPEZ BARCELÓ

Cuando ya
no quede nadie

Grijalbo

Papel certificado por el Forest Stewardship Council®

MIXTO
Papel procedente de
fuentes responsables
FSC® C117695

Penguin
Random House
Grupo Editorial

Primera edición: enero de 2023

© 2023, Esther López Barceló
© 2023, Penguin Random House Grupo Editorial, S. A. U.
Travessera de Gràcia, 47-49. 08021 Barcelona

Printed in Spain – Impreso en España

ISBN: 978-84-253-6284-2
Depósito legal: B-20.230-2022

Compuesto en Fotoletra, S. A.

Impreso en Rodesa
Villatuerta (Navarra)

GR 6 2 8 4 2

A Adriana, mi madre.
A Joan, mi hijo.
Y a Ignacio, mi amor.
Los tres pilares que me sostienen.

Primera parte

El impacto

Algunas veces me quedo mirando a un punto fijo, como ausente, vacía de mí misma, y es que estoy en otro trozo de mi vida, abrazada a mi madre a mis siete años.

María Luisa Elío,
Voz de nadie

1

El limón y las cerezas

Ofelia tiene el pelo cano, cuarenta y siete años, un dolor ciático que viene y va, y un padre muerto hace media hora. Permanece desde entonces quieta en la butaca, frente a la terraza, con las manos sobre el escritorio de madera y la mirada perdida en el cielo que se enciende de manchas rojas y amarillas. Es justo ahora el momento del día en que la luz huye hasta confundirse en el azul nocturno. Pero Ofelia no repara en ello porque, aunque sus ojos miran, ella no ve. Solo escucha. Tiene clavada entre las sienes una melodía antigua, un eco de la infancia que resuena en su interior con el tono y la cadencia de su padre.

Duérmete, vida mía...

Cierra los ojos, y está ahí con ella cogiéndola de la mano, señalando una rama alada de hojas y frutos: «Esto es un limonero, Ofelia. Es bueno tener uno siempre a mano». Respira, abre los ojos y lo busca. Al fondo de la terraza, se yergue el árbol amarillo y verde. Y es en ese preciso instante cuando, por primera vez, rompe a llorar.

Treinta y siete minutos después de la llamada que la ha descabalgado del mundo.

... duérmete sin pena,

Se abandona en un llanto furibundo que a partir de ahora se accionará siempre así, empujado por el más insospechado de los resortes que, no obstante, siempre esconde una razón secreta. Y es que el limón conduce a Ofelia al recuerdo de las tortillas de patata ensopadas que su padre ya no comerá más. Ese vicio tan suyo de inundar la comida en el jugo ácido del cítrico. Porque el limón, desde ese momento y para siempre, será su padre muerto y la imposibilidad de volver a verle.

... porque al pie de la cuna,
tu padre te vela.

Pasados unos minutos, Ofelia interrumpe la congoja. Debe serenarse. Hay tareas de las que en adelante solo ella puede hacerse cargo. Ya no queda nadie más que se ocupe. Nadie. Y le pesa tanto la inmensidad de esa certeza que la aparta de su pensamiento como a la maleza en un bosque. Lleva años instalada en el desamparo de saberse huérfana, a pesar de que su padre siguiera vivo. Como tantas otras veces antes, se pregunta si un padre sin memoria sigue siendo un padre. Y, por primera vez, se dice que sí. Ahora que ya no está, lo sabe. Reconoce el valor de que hubiera un cuerpo caliente al que asirse, al que abrazarse, al que cuidar. Aunque Ofelia no lo hiciera apenas. *Apenas.* Se repite a sí misma ese *apenas*, que no es tan gélido y rotundo como un *nunca* o un *jamás*. Ese *apenas* que es un pequeño oasis en el desierto de culpa que la ha sepultado.

Duérmete, vida mía...

Recuerda que debe llamar a Miguel para anunciarle que su abuelo ha muerto. Aunque lleven demasiado tiempo sin nombrarle. Y la fulmina el temor a la indiferencia de su hijo al conocer la noticia. Imagina la posibilidad de un silencio violento al otro lado del teléfono y abandona la idea de avisarle hasta que sea irremediable. Entonces su mirada rebelde serpentea hasta una fotografía antigua que descansa traicionera en un marco plateado sobre una balda del salón. Es Miguel recién nacido siendo acunado por su abuelo. Desde hace más de media hora los recuerdos la asaltan inesperadamente como fragmentos de madera flotando en un naufragio. Ahora su padre está ahí, frente a ella en un sillón, sosteniendo el cuerpo de su nieto entre sus manos mientras le canta una nana. La misma que le cantaba a ella y que, como un murmullo perdido en el cráneo, la tortura desde que atendió la llamada. La maldita llamada.

... duerme sin pena,

Y se pregunta en qué momento la intimidad de los cuerpos familiares se rompe. ¿Cuál fue el preciso instante en que el amor profundo entre Ofelia y su padre dio paso a tal grado de extrañeza? «Fue después de que muriera mamá o quizá más tarde...», se interroga a sí misma. Influyeron en ello la distancia, las afinidades perdidas, su mal genio y, sobre todo, sin lugar a dudas, el detonante: su memoria perdida. «¡Esa enfermedad maldita!», grita Ofelia golpeando con los puños los cojines del sofá. Y prosigue en su deriva atronadora vomitando una rabia jalonada de tacos y blasfemias que se mezclan con moco y lágrima viva, hasta que se deja caer al suelo como una hoja se desprende del árbol. Lenta y definitivamente. Ofelia se hace un ovillo sobre el terrazo cerámico que no quería, pero que acabó aceptando para agradar a Íñigo, cuando aún era su marido y la alegría misma dependía de su validación. Es un suelo helado que la petrifica. Pero no le importa, al contrario, quiere que le duela porque ya ni su padre ni su madre existen y su cuerpo debe saberlo.

… porque al pie de la cuna,

Es ya de madrugada cuando se despierta entumecida. Durante un breve instante ha olvidado la razón de yacer en el suelo. Hasta que la memoria la embiste y su padre vuelve a morirse de repente. Pero no hay tiempo para la autocompasión. Mañana debe regresar a casa. Y se sorprende a sí misma llamando *casa* a la de su padre y planteando el viaje como un regreso. ¿Acaso no es eso lo que ha estado evitando todos estos años? Volver a casa. A la de verdad. A la primera. Donde no podemos ser esos otros que nos hemos inventado. El lugar donde somos. Irremediablemente.

… tu padre te vela.

Se levanta y arrastra su cuerpo con un pie descalzo hasta el dormitorio, donde va abriendo, sin ton ni son, los cajones verdes. Necesita ropa negra. De luto. Pero no encuentra nada. Tampoco sabe si tiene. Se siente aturdida después de haber llorado tanto. Y se rinde. Agarra la butaca del rincón y la sitúa frente a la cómoda para sentarse al fin. Por un momento permite que su cuerpo ceda a la gravedad y se le desgaje. Quiere vaciarse entera. Apoya la cabeza en el respaldo y ancla sus ojos al cuadro que cuelga sobre el mueble. Es el dibujo de unas cerezas que, siendo muy niña, pintó su madre y que muchas décadas después, dos días antes de su muerte, heredó de sus propias manos. Lo observa como si contuviera un mundo y a través de las pequeñas frutas rojas pudiera trasladarse a la casa familiar. Ese lugar en el que ha vegetado el cuerpo amnésico de su padre durante casi cuatro años y que *apenas* ha pisado desde entonces. Y rememora una a una las estancias del piso de su infancia, tan escueto y humilde. Aquella casa improvisada en la sexta planta del que un día fue un edificio señorial. Lo reconstruye a través de su mirada infantil. Cierra los ojos y ve el mágico armario con cerradura, el mensaje oculto que imaginaba en el papel pintado del pasillo, el salón ocupado a perpetuidad por la tabla de planchar de su madre. Incluso recuerda el olor a pasado detenido en la habitación en que murió su abuela y que, casi desde entonces, ocupa Lucía, la leal amiga de la familia desde que el tiempo es tiempo. Quien durante los últimos años se ha convertido en lo que no supo ser Ofelia. En una enfermera, una amiga, una hermana: en una hija para su padre. Antinatural y anciana, pero siempre presente. Y pensar en ella la conduce irremediablemente a la llamada. La maldita llamada.

... En los brazos te tengo y yo me pregunto:

«Al principio no le he cogido el teléfono. Lo supe en cuanto vi su nombre parpadeando en la pantalla. Y pensé que, si no descolgaba nunca, papá no habría muerto». Ofelia le habla al cuadro de las cerezas: «Dejé que se perdieran doce llamadas, pero atendí la que hacía trece. Por si acaso. Como tú me enseñaste. Nunca dejo que se crucen los cubiertos, ni permito que se rompa un espejo ni me arriesgo a un número trece». Sin embargo, toda suerte de superstición ya era en balde. Las cinco palabras temibles atronaron después de un silencio de muerte: «Tu padre se ha ido». Y a Ofelia se le abrió el suelo bajo los pies, se le congeló la sangre y hasta se le quedó en suspenso un latido. Es esta la primera vez que rememora la llamada. Pero sabe que vendrán más. Ya ha estado antes ahí, al borde del abismo, a la intemperie de un frío sin madre. La invade un cansancio plomizo que reconoce de inmediato. Es el agotamiento que sucede al trauma. Y de improviso le asalta una escena del sueño en el que cayó antes, cuando se durmió sobre el suelo. Estaba en la vieja casa familiar, frente a Lucía. Había diálogo cruzado entre ellas, pero las palabras se desvanecen como arena entre los dedos. De la conversación solo recuerda una frase. Le da una y mil vueltas buscando el significado oculto, la intención recóndita, el mensaje encriptado que le envía el subconsciente. Lucía la miraba muy seria, estaba anciana y descompuesta como nunca lo había estado antes. La casa parecía la misma de siempre, pero no lo era. Algo en el ambiente la enrarecía. Se concentra en el cuadro de las cerezas, en su madre, para evadirse de las palabras del sueño. Pero no puede, se le quedan adheridas a la garganta hasta que por fin las libera dejándolas escapar en voz alta: «Gracias a su muerte, tú estás viva».

¿Qué será de ti, mi niña,
si yo me muero?

2

Al refugio del castillo

Pilar vivió su infancia subida a una banqueta para llegar a la pila y a los fogones. Su padre, Blas, trabajaba en el puerto, pero no siempre conseguía llevar el sueldo intacto a casa; una buena parte solía extraviarse de camino, en algún antro de mala muerte. A su madre, Carmen, la consideraban en el barrio *una mujer demasiado buena* que se deshacía en sudor planchando en una tintorería después de limpiar la mugre en casas ajenas. Pilar no era la mayor de sus cinco hermanos, pero sí la primera de las niñas. Por eso fue quien se encargó de las faenas del hogar mucho antes de llegar a alcanzar la encimera. Pero ella nunca se quejaba, tampoco supo nunca que pudiera hacerlo.

Carmen dio a luz a Pilar el 19 de mayo de 1928 en una cama prestada, sobre un colchón casi nuevo que le llevó el marido de la señora Matilde cuando empezó a gemir a causa de las contracciones. Por aquel entonces vivían de alquiler en un pisito de dos plantas en un barrio que era la estampa viva de la miseria, pero también de la solidaridad. Una fraternidad de clase que se repartía entre un millar de edificios ajados y grises, mas rebosantes de vida. Como la instantánea de una postal antigua, las viviendas mantenían las puertas siempre abiertas y las ventanas abigarradas de macetas de flores. En la calle y las escaleras de los soportales posaban sudados y alegres los niños del barrio, que entraban y salían de las casas como si fueran todos miembros de una inmensa familia. Aunque de puertas adentro la realidad era bien distinta: se pasaba hambre, se sufría violencia, se padecía insalubridad y, por encima de todo, se enfermaba de cansancio.

Aquel día de su tercer parto, Carmen no tuvo más que salir al balcón a gritar «¡Que ya viene, que ya viene!», y en menos de un minuto todo el vecindario sabía, tras un raudo trasiego de oídos y bocas, que la hija del Gayato, esa misma, Carmen, la tintorera, estaba de parto. Al calor de la noticia, los chavales corrieron a arremolinarse en su portal mientras sus madres y tías los apartaban sin cuidado para abrirse camino hasta la parturienta.

—¡Quitad de en medio, granujas! Que no es momento de andar incordiando —gritaba una vecina mientras enganchaba de la oreja a un niño.

—Vicente, ¿qué haces aquí? —reñía a su hijo Matilde, la dueña de la cama.

Para cuando Carmen rompió aguas, ya estaba Dolores la Busotera con ella encomendando tareas a unas cuantas vecinas que improvisadamente nombró ayudantas. Era la más experimentada del barrio tanto en partos como en su contrario. Había asistido a la mayoría de las criaturas de cinco calles a la redonda, empezando por aquella, la de Lepanto. El padre, por cierto, ni estaba ni se le echaba de menos. En los partos los hombres eran desterrados hasta que la madre estaba aseada y el bebé, mamando. Dar a luz era cosa de mujeres y entre ellas solas se jugaban la vida.

Pilar nació del cuerpo de su madre después de tres horas y media de alumbramiento, tras herirla con un centímetro de desgarro. Pero fue tan tranquila y tan fácil la forma en que enfundó sus labios al pezón de Carmen, que la tintorera se quedó prendada al instante de aquella morenita sanguinolenta y chata que acababa de empujar al mundo. Después ya vendrían las mastitis y los dolores de espalda y vientre teniendo que cuidar a tres criaturas recién parida. Pero cuando al entrar por la puerta, muchos años después, veía a Pilar subida a la banqueta fregando los platos o arreglando la olla para el caldo, se enternecía recordando aquel primer momento de vida. Entonces Carmen, exhausta y cargada, se detenía a descansar en el umbral solo para mirar a su hija despacio y pedirle perdón por dentro por no haber sabido darle una vida buena.

Pilar no fue a la escuela más que cuatro tardes mal contadas. Escribía a duras penas con una caligrafía de alambre, tan tensa y afilada que le avergonzaba enseñarla. Se aprendió las tablas de multiplicar, aunque nunca supo restar llevando. Y leer, leía bien, pero para sus adentros. Una tarde de aquellas en que a la hora de clase ya tenía la cocina bien fregada llegó a tiempo de recibir la lección. La maestra les pidió que pintaran del natural alguna fruta. Pilar escogió unas cerezas. Al entregar su tarea, doña Angustias se la quedó mirando como si estuviera viendo un fantasma. Tan bien conseguidas estaban que no creyó que fueran obra de aquella niña bajita y desgarbada que apenas pisaba la escuela. Fue quizá ese dibujo la única prueba de lo que Pilar podría haber llegado a ser en otro mundo, en otro tiempo o en otra vida. Orgullosa de su proeza, guardó el dibujo como oro en paño, pero fue muchos años más tarde, poco antes de nacer Ofelia, cuando se decidió al fin a ponerle un marco. Quién le iba a decir a ella que, después de muerta, aquel cuadro serviría a su hija como una ventana abierta a la que asomarse para seguirle hablando.

En la época en que pintó su humilde bodegón, Pilar padecía de una blancura extrema. Y no era la única en el barrio. Esa palidez espectral era un rasgo compartido entre aquellas niñas que, como ella, habían visto sustituidas sus mañanas de escuela y sus tardes de juegos por la reclusión en el hogar. Casi todas ellas tenían déficit de vitamina D y tendencia al raquitismo. Por eso, la animaban a descansar en la azotea después de subir a tender. Carmen le insistía en que tenía que quedarse diez minutitos con la camiseta levantada y en braguitas para que le diera bien el sol, que no fuera tonta, nadie la podía ver. En esos momentos, Pilar dejaba volar el pensamiento a cualquier lugar donde no hubiera hermanas que atender ni cacharros que fregar. Sus ensoñaciones se inspiraban en lo que su amiga Lucía le contaba que veía en las portadas de las revistas, donde sobre todo salían artistas de la canción y el teatro. A Pilar le habría encantado convertirse en una de esas grandes mujeres, aunque, más que en sí misma, siempre pensaba en la gran artista que podría haber llegado a ser su madre. Carmen se pasaba las horas cantando al compás de las pasadas de plancha que deslizaba sobre la ropa de la clientela. No eran melodías famosas, sino un repertorio compuesto de todo lo que, a su vez, le había cantado a ella su madre, la pobre Eulalia, a la que Carmen apenas pudo disfrutar ya que se le murió siendo bien joven de un mal en los pulmones.

Algunas letras eran bien absurdas, seguramente fruto de una oralidad popular de la que se había perdido el contexto, pero todas ellas, tejidas a la luz tenue del anecdotario doméstico.

—¡Ay, mi cuchillo que no corta…! —cantaba Carmen.

—¡El mío sí corta, mamá! ¡El mío sí corta! —le contestaba Pilar desde la cocina corriendo a acercar a su madre el afilado cubierto.

Eran esos detalles nimios los que marcaban la diferencia entre los cinco hijos. Porque era Pilar la que, muy por encima del resto, vivía en vilo, preocupada y pendiente de su madre. Agobiada por su tos cíclica cada vez más perruna y fea, empeñada en ayudarla con los mandados de la tintorería, corriendo a abrazarla tras las temibles peleas con las que su padre a veces la castigaba. Sentían madre e hija una ligazón especial, como una alianza entre prisioneras enraizada en la solidaridad de los deberes.

Nunca supo decir en qué momento fue consciente de que habitaba un país en guerra, solo recordaba que de un día a otro la vida se fue ensombreciendo, cubriendo con un velo oscuro desde los juegos de los niños en la plaza hasta los comentarios de las vecinas en la calle. Pero el acontecimiento que acabó con lo poco que de infancia le quedaba fue, sin duda, el primer bombardeo. Aún no contaba su edad con todos los dedos de las dos manos cuando una mañana de mayo, mientras tendía, oyó una sirena. Su padre había estado aleccionándola durante días acerca de la urgencia con la que actuar si escuchaba ese sonido intermitente y agudo. La pequeña sabía que, desde ese momento, dependería del azar su vida entera. Rápidamente, se enfundó en la bata y agarró a sus hermanitas Raquel y

Guillermina de la mano. Eran las únicas que permanecían en casa. Sus padres estaban trabajando y los niños mayores, Antonio y Pepe, en el colegio. Mientras se hacía cargo de emprender la huida, Pilar rememoraba el eco de la voz de su padre diciéndole una y otra vez: «En cuanto oigáis la sirena, a correr. No hay nada más que pensar. ¡A correr al refugio del castillo!».

—¡Guille, Raquel! Tenéis que hacerme caso. Vamos a jugar al juego de la sirena. Mientras dure ese sonido tan fuerte correremos lo más rápido que podamos.

—¿Pero adónde vamos, teta? —preguntó Raquel mirándola con ojos entre curiosos y asustados.

—A un escondite muy bonito y secreto que hay yendo al castillo. A la que llegue antes, le aso castañitas—improvisó Pilar mientras arrastraba a sus hermanas asiéndolas por los brazos.

—¡¿Castañas, teta?!—exclamaron emocionadas las niñas, aunque Pilar perdía la paciencia por momentos y apretaba el paso desesperadamente.

—¡Sí, castañas! —gritó histérica atemorizando a sus hermanas—. Pero no estáis corriendo lo suficiente. ¡Y si os paráis, me enfado! —les espetó sin poder contener las lágrimas—. ¿Me oís? ¡Me enfado muchísimo y os pego en el culo, y ni castañas ni nada! ¡Así que a callar y a correr!

No hizo falta que las engañara con más juegos. Guillermina y Raquel no dejaron de correr como si el hombre del saco las estuviera persiguiendo. Enfilaron con determinación, pero no sin dificultad, las calles empinadas que conducían al castillo. Las animaba a no abandonar la carrera el comprobar que no eran las únicas que huían de algo. Otros cientos de personas avanzaban despavoridas y raudas hacia el refugio, como si quedaran apenas unos minutos para que se acabara el mundo. Junto a la entrada, un hombre de pelo cano intentaba con esfuerzo ordenar el acceso. En cuanto reconoció entre la multitud el rostro desencajado de las tres niñas abriéndose paso infructuosamente, pegó manotazos y gritos hasta que les franqueó el camino. Pilar, de tan aliviada por el gesto, sintió que no era solo un pequeño hueco lo que se abría ante ella, sino las mismas aguas del mar que de forma milagrosa se separaban al grito de «¡Las niñas primero!». Fue más tarde, tras descender por la escalera estrecha y abigarrada, cuando se dio cuenta de que se había orinado. Lo más terrible de todo, pensó, era que ni siquiera le importaba. Sobrevivir y salvar la vida a sus hermanas lo era todo. Rodeó con sus brazos a Guillerma y a Raquel y, una vez que las sintió a salvo, estalló su miedo contenido en lágrimas mientras les repetía: «Lo habéis hecho muy bien. La teta os asará muchas castañas».

Mientras fuera silbaban y atronaban las bombas, una mano le acarició el hombro. Sin valor para levantar la cabeza oculta entre sus rodillas, Pilar siguió llorando hasta que, a pesar del barullo, oyó como alguien le susurraba directamente al oído: «Gracias, hija, por haber corrido». Fue, tal vez, la única ocasión en que su padre le habló como eso, como un padre. Fue, quizá, la última en que Pilar lo quiso. Siendo ya mayor, contaba siempre esta historia con los ojos entretelados de lágrimas, como si volviera a ser la niña aterrada de nueve años que en aquel refugio hacinado y maloliente se imaginó la muerte en sus carnes por vez primera.

Pilar nunca pudo asar aquellas castañas a sus hermanas.

Cuando llegaron a su calle, de su casa no quedaba en pie más que el rellano. El segundo piso y la azotea eran puro escombro y ruina. En un trasiego angustioso fueron ella y su familia pasando las noches, de abrigo en abrigo y de casa en casa. Malviviendo de prestado y a malas penas. Fue entonces cuando su madre perdió la vergüenza de pedir y en las casas que iba a limpiar suplicaba la voluntad de lo que buenamente pudieran darle: unas mantas en una, ropa de hombre y de niño en otra, algunas patatas y dos saquitos de arroz. Así transcurrió la vida durante unas semanas que les parecieron décadas mendigando la caridad de familiares y vecinos que los acogían por tandas. Hasta que una mañana de julio, por fin, les cambió la vida entera.

3

Ritual funerario

El amanecer sorprende a Ofelia en la butaca del dormitorio. Los haces de luz que se cuelan entre los orificios de la persiana la despiertan del letargo. Es entonces cuando advierte la hora en el reloj de la mesita de noche y se alza impulsada por la emergencia del nuevo día. De repente tiene mucha prisa por escapar, por regresar a *su* ciudad; suya y de su padre, Gabriel, suya y de su madre, Pilar. El lugar que la vio nacer y en el que todos sus muertos yacen, excepto el último todavía. Esa ciudad de nombre indecible para Ofelia porque el simple hecho de escucharlo la hiere. El lugar que dejó de tener sentido para ella en el momento en que murió la única habitante que se lo daba. Porque, cuando Pilar faltó, para Ofelia fue como si la ciudad entera hubiera quedado anegada bajo un pantano, como uno de tantos pueblos que mueren sumergidos para siempre tras la apertura de una presa. Desde que falleció su madre, todo se le volvió ajeno. Por eso planificó su huida a Madrid tan solo dos semanas después del funeral. Tal vez también por eso, se casó a los pocos meses y menos de un año después tuvo un hijo. Quizá no se le ocurrió una manera mejor de llenar el vacío.

Alcanza la maleta del altillo como si fuera una amazona recogiendo el fruto de un árbol, ágil y rápida. Introduce en ella ropa que va sacando al azar de los cajones. Confirma que no tiene ninguna prenda negra. Alberga en su interior la vana ilusión de que el luto sea ya una tradición en desuso, el infausto recuerdo de una de tantas formas de condena femenina. Y le vienen a la mente las batas negras de Lucía y el interior de su armario monocromo, que guardaba el olor indescifrable del tiempo.

—Mamá, ¿por qué su cuarto huele a cementerio? —le preguntó Ofelia en una ocasión a Pilar.

—Es por las flores que hemos puesto en las tumbas. Lucía se trae siempre unas pocas para ponerlas en un vaso sobre su mesita de noche. Así huele lo mismo que huelen sus muertos.

Todo lo que Ofelia conocía del mundo de la muerte provenía de los saberes que le transmitían su madre y Lucía. Fueron ellas quienes la introdujeron en la liturgia de las visitas al cementerio. Un ritual heredado con el que cumplían religiosamente, como tantas y tantas mujeres. Cada dos domingos se levantaban al alba y, tras dejar la comida preparada —una olla de puchero bullendo que, con su aroma, alimentaba el hambre—, ponían rumbo al camposanto. Recuerda el lento peregrinar de las tres sorteando sepulturas, deambulando entre osarios, tumbas y nichos familiares de difuntos cuyas muertes, en algunos casos, se remontaban a más de un siglo. Visitaban la última morada de gente a la que nunca conocieron, pero a la que igualmente hablaban dirigiéndose a los retratos enmarcados en óvalo como si realmente fueran sus rostros vivos. Mientras las dos amigas desgranaban las pocas novedades de sus vidas a los fallecidos, les limpiaban el polvo y arreglaban sus jardineras. A Ofelia le encantaba ese ritual de conversaciones ficticias con que los regresaban a la vida. Por el camino se cruzaban con otras mujeres cargadas con trapos, cubos y ramos, con quienes comentaban casi en un susurro el estado de las sepulturas de amigos y conocidos que, fíjate, habiendo muerto hace tan poco, cómo tiene las flores de mustias. Qué valor el de su mujer al tardar tanto en venir a arreglarlo.

Para ir al cementerio Pilar siempre se vestía de oscuro, aunque no era lo habitual en ella. En el día a día, la madre de Ofelia combinaba batas de estampados alegres y vistosos con otros apagados que usaba para trabajar y dar una apariencia algo más discreta. El caso de Lucía era muy distinto. Ella siempre vivió en el luto y aún lo hace. Toda una vida condenada al color del silencio y la muerte, porque, de sus difuntos, Lucía no hablaba nunca. Cuando iba a visitar a su madre se sentaba en la piedra acariciando su retrato mientras le contaba cosas. A su marido las flores se las lanzaba como si arrojara una piedra al río, con la mirada al frente y sin detenerse a conversar. Tampoco había sepultura alguna que limpiar, porque Marcos yacía bajo un gran cuadrado de tierra abandonada y yerma. Un espacio incongruente vacío de lápidas y cruces. Un limbo que, no obstante, se hallaba siempre cubierto por flores dispersas que parecían haber sido arrastradas por el viento. Pero Ofelia, ya entonces, sabía que la presencia de esos claveles y rosas no eran fruto del azar ni del aire, sino la ofrenda de mujeres ocultas tras un luto perpetuo. Desde el principio se supo partícipe de un ritual funerario restringido que la introducía por derecho propio en aquella escueta comunidad de mujeres.

Mira su ropa que forma una especie de rompecabezas en la maleta abierta y se detiene a pensar en su madre y en aquello que le solía decir: «Cuando seas vieja irás corta y con colores». Porque Ofelia de joven siempre vestía en tonos apagados, incluso lúgubres, para disimular las líneas curvas y excesivas, pero conforme avanza en edad, arrugas y desengaños, va buscando la luz y el descaro. La de tiempo que se pierde ocultando lo que no encaja, cuando es precisamente ese pensamiento el principal freno para lograrlo. Y descubre asombrada que ya no le afecta su flacidez, ni su estatura limitada ni siquiera el pelo cano: «Será que estoy envejeciendo». Todo esto piensa mientras se mira en el espejo del recibidor, al que se ha acercado tras dejar las maletas en la entrada. Tiene cara de no haber pegado ojo y se da cuenta de que debería haberse depilado las cejas y el bigote hace semanas. Observa sus infinitas y diminutas arrugas junto al pelo canoso de su media melena, que decidió dejar de teñirse cuando Íñigo la abandonó, y cree que no le queda nada mal. Le confiere un aspecto de madurez que le insufla una brizna de esperanza. Piensa que, a pesar de que por encima ya no le quede nadie, será capaz de estar a la altura de esta nueva época que hoy comienza. «Lo primero es superar este viaje», determina intentando no perder ese fugaz hálito de optimismo que la ha pillado tan por sorpresa.

Decide que mandará más tarde un mensaje de móvil al jefe de estudios para informar de que se acoge al permiso por defunción de familiar. Ahora mismo es incapaz de enfrentarse educadamente a las condolencias vacías a las que la sociedad obliga. Sobre todo en el caso del director del instituto, un hipócrita condescendiente que le amarga la vida en cuanto puede, pero que aprovechará la situación para demostrar la mayor de las cortesías. Ofelia solo quiere subirse al tren y llamar desde allí a su hijo, en cuanto esté tranquila. Porque aún no ha reunido el coraje necesario para darle la noticia.

Cuando sale a la calle la ciega una luz que se le antoja excesiva para una mañana tan triste. Es el primer día de la vida de Ofelia en que ya no le queda nadie, excepto Lucía. Aunque no sea la sangre lo que las une, sus vidas se entrelazan con la fuerza de una costumbre antigua. Tiene ganas de abrazarla y darle las gracias por haber hecho de hija para su padre durante tanto tiempo. Más de cuatro años dedicados a cuidar de un cuerpo que antes albergaba a un hombre. Porque ¿se es alguien todavía cuando la memoria muere? Mientras encadena pensamientos, apenas advierte que, de forma casi automática, se ha subido a un taxi que recorre las calles que han sido escenario de su vida adulta. Le encanta Madrid, con esos árboles majestuosos invadiendo las aceras y una muchedumbre irreverente surcando las calles agitadas cada día. Sin embargo, hoy se le hace extraña. Desde anoche su cuerpo y su mente vuelven a pertenecer a la ciudad innombrable, a esa de la que huyó hace más de veinte años.

El taxista intenta infructuosamente conversar con Ofelia, que se esfuerza en demostrar una indiferencia que casi roza una antipatía que le es impropia. Su carácter habitual es risueño e incluso dócil, siempre dispuesta al fingimiento oportuno para agradar al resto. Pero hay algo en el ambiente claustrofóbico del vehículo que, unido a su estado de confusión mental, la obliga a evadirse de todo lo que la rodea. Siente como si una densa niebla se hubiera apoderado del coche y de ella. El paisaje, la locutora en la radio, el conductor que habla y los peatones que cruzan, todos ellos discurren ajenos a su tragedia. Una que no es tanta porque, al fin y al cabo, es parte de eso que llaman ley de vida, lo que no invalida que se trate de una legislación salvaje. Una súbita exhalación de pánico le recuerda que no estuvo. Que su padre ha muerto y ella no estaba. Que no ha estado en cuatro años, que se dicen pronto, pero son muchos. Y ya es imposible volver atrás y, lo que es peor, tampoco sabe si cambiaría algo. Porque para ella su padre era un cuerpo vacío. No más que una cáscara, un tronco, nadie, nada. La última vez que fue a verle aún viajó con el que fuera su marido, a quien, desde el principio, el anciano no recordaba. Y a ella la olvidaba y confundía a ratos. Instantes eternos, en los que Ofelia exploraba en sus gestos, sus pupilas, sus manos, cualquier atisbo de cordura: un hilo de memoria al que aferrarse. Pero al final de aquella última tarde se dio cuenta de que, a pesar de las apariencias, su padre ya no estaba. Que su padre ya no era. Y ella sin decirlo supo que no volvería en mucho tiempo. Lo que nunca imaginó es que *apenas* volvería a verlo con vida.

Cuando por fin el taxi se detiene en la estación quedan siete minutos para que salga el tren, así que corre hasta el andén empleando las pocas fuerzas que le quedan y llega al vagón tambaleándose como cuando un bolo se resiste a caer tras golpearlo la esfera. Se acomoda en el primer asiento vacío que encuentra y decide que en cuanto se recupere se situará donde le corresponde. Para colmo, la ciática le invade el muslo. Ya no está para estos trotes, piensa. Y aún tiene que avisar al instituto, a su hijo y enviar un mensaje a Lucía con la hora de llegada. Ofelia quiere cumplir con todos, pero cae desarmada y vencida en la butaca.

Cuando abre los ojos comprueba asombrada, en el reloj de muñeca que una vez perteneció a su abuela, que ya han pasado tres horas y media. Le han parecido minutos. Y, al mirar a través de la ventana, la sorprende en lontananza la silueta antropomorfa de la montaña del castillo. Entonces llora, como le confesara que hizo su padre muchas décadas atrás: «Cuando al regresar del servicio militar, reconocí por fin el castillo en lo alto, me cayeron las lágrimas a raudales, como si fuera un crío». A Ofelia le parece escuchar por primera vez esas palabras que le azotan la memoria de improviso. Nunca había comprendido su significado de forma tan vívida como ahora, en que le sucede algo parecido, porque ella también siente que regresa a casa después de un viaje demasiado largo.

Cuando el tren se detiene junto al andén, se ha recompuesto ligeramente y está nerviosa por el reencuentro con Lucía, a la que no ha avisado de la hora de llegada, al igual que no ha informado en el trabajo de su ausencia. «¡Qué desastre!», dice en voz baja pero audible mientras sacude la cabeza de un lado a otro. Tras sortear el criminal hueco entre el vagón y el andén, vislumbra una figura oscura a lo lejos con aspecto de mujer antigua, recién salida de un daguerrotipo. Es sin duda Lucía con su disfraz de viuda. Prueba a saludarla en la lejanía para comprobar que es ella y no un espejismo. Y la querida y leal amiga de su madre le responde abriendo los brazos como cuando era pequeña y la recogía de la escuela porque Pilar tenía que quedarse trabajando.

—Ay, Lucía, ¡cuánto tiempo! —le dice Ofelia a pocos metros de ella.

—Demasiado.

Y ambas se dan un abrazo apretado, propio de quienes se profesan un cariño antiguo en el que las imposturas no tienen cabida.

4

La isla invisible

Le repugnaba el olor a mar, pero no había forma de evitarlo. Todo en el barrio estaba carcomido por su aroma. Una mezcla de pescado y lodo que se incrustaba en la piel hasta fundirse en ella. Ni siquiera las recias fachadas escapaban de su influencia y parecían estar siempre mojadas, como si un oleaje fantasma impactara sobre ellas en la discreción de la noche. Para todo el vecindario era una suerte vivir cerca del puerto y de la playa, excepto para Lucía. Desde bien pequeña sentía recelo de la inmensidad azul que rodeaba aquel fragmento urbano. Cuando iba, obligada por su madre, pasaba las horas sentada en la arena mirando más allá del agua, intentando discernir la isla de la línea del horizonte. Le fascinaba la idea de que la niebla, a veces, ocultara bajo su abrazo aquel enigmático trozo de tierra. «Qué suerte ser invisible», envidiaba Lucía. Pero, salvo ese mágico detalle, todo lo demás le era indiferente.

Nunca le interesaron demasiado los juegos infantiles, tuvieran relación con el mar o no. Mientras el resto de los niños jugaba a la pelota, las espadas o la rayuela, ella solía buscar un lugar en los márgenes donde sentarse a observar e imaginar las historias que se escondían tras los objetos más nimios. Uno de aquellos mundos de fábula se hallaba en el relieve alado de una cañería, un pegote de yeso que cubría la circunferencia del tubo por el que desaguaba el agua de lluvia junto a su portal. Sentada en los peldaños de la entrada podía observar cómo una araña tejía allí su urdimbre, a través de la cual una diminuta Lucía se colaba para intentar salvar a una hormiga atrapada en la tela. Cuando le sucedían ese tipo de ensoñaciones junto al mar, odiaba que el súbito crepitar de las olas la sobresaltara. Ese rugido traidor del oleaje la transportaba al pánico de tantas madrugadas, cuando de forma abrupta la despertaba un sonido metálico de llaves. El tintineo inocente precedía al abismo que se abría ante Lucía cuando comenzaban los golpes y los chillidos ahogados de su madre que, incluso en esos momentos, se preocupaba de no despertar a su hija. La niña entonces se enroscaba formando un ovillo y cerraba con fuerza los puños, como si se preparara para asestar el golpe definitivo que salvara a Ana de las fauces del monstruo. Pero ni siquiera en su imaginación lo lograba. Se quedaba tensa y agarrotada durante el tiempo en que rugía la violencia hasta que el silencio regresaba y poco a poco se iba abandonando al sueño, con el alivio pasajero de quien vomita la comida después de un corte de digestión, a veces, incluso, literalmente.

Casi siempre se despertaba agotada. En el colegio sospechaban la causa de su aspecto somnoliento y taciturno, pero nadie decía nada. Los trapos sucios se pudrían en casa. Y, a pesar del cansancio, el miedo y la pena, en el colegio sentía algo parecido a la felicidad. Su madre se encargaba de que no faltara a clase ni un solo día. Quería que

Lucía tuviera un futuro mejor que el suyo, pero, sobre todo, necesitaba mantenerla alejada de aquellos muros carceleros. Fue en la escuela donde conoció a Pilar, a quien sentaron en el pupitre contiguo el primer día. A menudo se preguntaba qué habría sido de su vida si doña Angustias no hubiera cruzado sus destinos. Si al pasar lista, cuando nombró a Pilar, no hubiera detenido su mirada en aquella silla que restaba vacía junto a la suya. Qué habría sido de ella si un estornudo, una risa furtiva o un picor de nariz hubieran desviado el ángulo de visión de la maestra. Cuán poderoso es el azar, capaz de determinar una vida entera.

Lo primero que llamó la atención de Pilar fue que Lucía no tuviera hermanos ni hermanas. Nunca había conocido a una hija única y, por eso, cual ejemplar exótico, la sometía a múltiples preguntas: «¿Cómo es no tener que compartir la cama, ni la ropa ni los armarios?». Lucía arqueaba las cejas y levantaba los hombros porque no entendía qué había de bueno en no tener a nadie con quien repartirse el miedo y la pena para que no pesaran tanto. Nadie con quien abrazarse mientras duraran los golpes. Pero nunca le dijo nada de eso a Pilar. Ni siquiera se permitía decírselo a sí misma demasiado, no fuera a hacerse toda aquella soledad más real todavía.

Eran muy pocas las niñas del vecindario que llegaban a finalizar todos los cursos, pero a Lucía le hubiese gustado que el tiempo de ser compañeras de pupitre hubiera durado más. Pilar empezó a faltar a clase continuamente para convertirse en precoz ama de casa. Su silla quedó vacía, siempre esperándola, hasta que un día la maestra la reasignó a una nueva estudiante. Se llamaba Amparo y hablaba sin parar sobre los chicos del barrio y le hacía preguntas incómodas sobre sus padres, su casa, los vecinos de su calle. Sentarse junto a aquella niña rubia que siempre llevaba trenzas era un verdadero incordio, tanto como someterse diariamente a un interrogatorio absurdo sobre con quién se quería casar de mayor y disparates parecidos. Cuando le contestaba que no le interesaban esas cosas todavía, Amparo la miraba extrañada y le espetaba: «¡Mira que eres rara!». Lucía, para intentar congeniar con ella, le contaba su fascinación por las cantantes y actrices que copaban las portadas de las revistas, pero entonces la niña cortaba tajantemente la conversación para seguir hablando de lo que a ella le interesaba. No había quien la escuchase como Pilar. Aunque le estuviera contando algo tan aburrido como su último sueño, ella la miraba siempre como si narrara las historias más fascinantes del mundo. Nunca nadie había tratado así a Lucía, ni nunca nadie la trataría mejor.

Todos los días, después de la escuela, iba a buscar a su amiga a su casa y la encontraba habitualmente en la cocina, subida a la banqueta, faenando como una descosida. Pero hubo una tarde que recordaría siempre por encima de cualquier otra:

—Pilar, ¿vas a poder venirte hoy a la plaza?

—No creo. Tengo que cuidar de mis hermanas y me queda mucha ropa que planchar que mi madre tiene que llevar mañana preciso a La Japonesa —le contestó mientras iba sacando los platos de la pila para secarlos. Llevaba un delantal confeccionado a base de retales con dos bolsillos generosamente abultados de los que sobresalían pinzas de la ropa y trapos.

—Si quieres, te ayudo o te hago compañía —le dijo entusiasmada su amiga, apoyada en el umbral de la puerta.

—Es que me entretengo y estoy muy apurada con la ropa. Mañana cuando haya acabado este mandado, a lo mejor puedo salir un ratito. Lo siento, Luci. —A Pilar se la notaba superada por las obligaciones. Tenía el pelo grasiento, sujetado con horquillas por delante para que no le molestara, y por las sienes le caían los chorros del sudor, signo de que había estado planchando hasta hacía bien poco.

Conforme Lucía enfilaba el camino de vuelta a casa, a cada paso que daba más le angustiaba llegar a su destino. De forma inconsciente, al girar la calle de Pilar comenzó a tensar el estómago y a apretar los puños. A esas horas su madre nunca estaba en casa porque era el momento que dedicaba a ocuparse de la señora Olvido, una vecina del barrio, sin hijos, que había quedado impedida hacía tanto que le iba a juego el nombre. No pasaba un día sin que fuera a llevarle la compra, asearla y hacerle comida. A cambio, era la única persona con la que Ana desahogaba toda su pena, su rabia y, sobre todo, su miedo. Olvido la abrazaba, la consolaba e incluso la ayudaba a disimular los hematomas del rostro, pero, al mismo tiempo, le recordaba que un marido siempre es un marido y que en su elección se lleva la condena, tanto para lo malo como para lo bueno. Y estaba claro a qué se refería la gente con lo bueno cada vez que le repetían a Ana aquella cruel letanía. Porque Lucía tardó mucho en llegar a este mundo, más de lo habitual. Tanto que a su madre le decían que se habría quedado seca de esperar.

Lucía estaba a punto de atravesar el portal cuando percibió ya desde fuera el eco de la inconfundible voz ronca de su padre, que sonaba muy agitada pero también alegre. Eso solo podía significar que no estaba solo y que quien le acompañaba no era su madre. Lucía no se atrevía a entrar y se quedó escuchando en el umbral como si fuera una espía. «Menos mal que no pasa nunca nadie por aquí», pensaba aliviada y sin faltarle razón, porque su calle, angosta y empinada, acababa en la roca madre de la ladera. Una calle como una península recóndita, rodeada de piedra por todas partes menos por una. De la conversación que se desarrollaba en el interior de la casa solo acertaba a atrapar algunas palabras al vuelo como frente, alistarse, Ana, camioneta, maleta, joder. Cuando comprobó definitivamente que las voces surgían del dormitorio de sus padres, decidió colarse con sigilo hasta el suyo y esconderse bajo la cama.

Allí se encontró la niña con su orinal y un par de alpargatas. El bacín era cerámico y blanco, decorado con una guirnalda de flores pintadas. Tenía un trocito roto en el borde y por eso su madre siempre le advertía que tuviera cuidado al sentarse de no apoyarse del todo. Mientras al otro lado de la pared se sucedían los acontecimientos vertiginosamente, ella contaba cuántas hojitas verdes rodeaban la cenefa y se imaginaba a sí misma, minúscula, caminando entre ellas, a salvo de aquellos gritos de palabras nuevas que se iniciaron al llegar su madre: guerra, frente, hambre, imbécil, la causa, calla, calla, tú calla. A Lucía empezó a dolerle el bajo vientre hasta que no aguantó más y se orinó encima. Pero, en esos momentos, estar mojada era lo de menos; tenía tanto miedo que su cuerpo le dio un respiro y todo se tornó oscuro de repente.

Cuando Lucía despertó, tenía un paño húmedo sobre la frente y la caricia de una manta de lana en sus mejillas. Lo primero que distinguió fue el rostro de su madre con las greñas en la cara y los ojos hinchados de haber llorado. A Ana se le iba la fuerza por la boca, aunque a veces ni la abriera, pero a su padre se le derramaba por las manos. No siempre había sido así. Cuando eran novios la trataba bien, aunque sin aspavientos, hasta que se casaron y empezó a salir casi cada noche con los compañeros del puerto y del sindicato. Poco a poco, dejaron de pasear juntos para que él disfrutara solo, mientras Ana cuidaba la casa acompañada únicamente de sus ausencias: la de su madre, siempre, la más dolorosa. Josefina había muerto de un mal en el estómago hacía muchos años siendo ya viuda de una mala bestia que, afortunadamente, las dejó pronto. La hija había heredado de su madre el mal gusto por los hombres y unos dolores menstruales que partían el espinazo. Dolores tan grandes como coágulos. Y así, durante años, Ana padeció al unísono la llegada del dolor, la sangre y el llanto. Y durante una semana se creía morir, mientras se hacía harapos para protegerse la ropa e infusiones para recomponerse el cuerpo.

Hasta aquel día, para Lucía, la palabra guerra solo existía en el diccionario de la escuela y en las películas y evocaba en ella una imagen difusa de cañones y espadas que cobró corporeidad al surgir de los labios de su madre:

—Padre se va a la guerra —le anunció Ana mientras le recogía un mechón de pelo por detrás de la oreja y dejaba caer las lágrimas sobre la colcha fría.

Lucía permaneció impertérrita. En su interior reverberaba aún el eco de las palabras escuchadas en secreto que iban cobrando significado lentamente.

—¿Padre se va? —repitió incrédula.

—Sí, se va —contestó Ana, incapaz de reprimir el llanto.

Fue entonces cuando algo se transformó en el rostro de la niña que, de un manotazo, se liberó de la ropa de cama. Como pudo se puso las alpargatas, mientras Ana le rogaba que volviera a acostarse, que había pasado la noche con fiebre, que la había encontrado a las tantas, tras buscarla por todas partes, tirada en el suelo, tiritando y mojada. Pero adónde vas hija, por Dios santo, que te vas a pillar una pulmonía.

No sabía si era por el delirio de la calentura, pero Lucía Pérez Forner salió corriendo calle abajo sin detenerse a respirar. Como si el viento la arrastrara contra su voluntad, bajó los escalones que separaban el barrio de la cuesta grande, sin tropezarse de milagro, rodeó la iglesia sorteando a los vagabundos que descansaban allí apostados y siguió hasta el camino al puerto, por donde cruzaban tres carros, asustó a los caballos y casi ni vio pasar el tranvía, pero, a pesar de los obstáculos, no paró hasta llegar a la barandilla oxidada y blanca del paseo marítimo, donde se apoyó para quitarse las alpargatas. Cuando por fin hundió los pies descalzos en la arena se detuvo a recuperar el aliento. Ya más calmada, fue hasta la orilla y se sentó al límite de la tierra mojada esperando que una ola le acariciara los pies y la reconciliara con el agua, que arrastró hasta ella, en señal de tregua, una concha blanca. Lucía la cogió, fijó la mirada en la isla recortada en el horizonte, pidió un deseo, devolvió la concha al mar y, por fin, se abandonó tumbada sobre la arena, con los ojos cerrados, a disfrutar del silencio de un agua en calma de la que, por primera vez, no le asustó oír el crepitar gris de una ola despistada.

5

Una sortija de madera

Nunca imaginó Tomasa Parra que pariría un hijo que nacería tres veces, aunque tampoco le habría extrañado. Desde siempre se supo presa de una innata capacidad sin nombre para soñar el futuro. O, al menos, eso pensaba ella. Su abuela Esmeralda había padecido el don de la clarividencia toda su vida. Su madre la recordaba alertando a familiares y vecinas de extraños presagios, al tiempo que les pedía que no hicieran esto o aquello, o no fueran a no sé dónde, para que el mal que había soñado no les alcanzara. Sin embargo, a pesar de sus aciertos, como a la mítica Casandra, nadie nunca la creía.

Poco a poco empezó Esmeralda a percibir en las miradas de sus vecinos la sombra de una burla que se sucedía a sus espaldas. Así que decidió callar el porvenir de la gente y limitó la confesión de sus visiones nocturnas a su hija, quien siempre las recibía con profunda fascinación. El ritual se producía bajo la luz ámbar del atardecer, sentadas ambas frente a la mesa de cerezo o bajo el cobijo de la higuera. Entonces, en voz alta y solemne, comenzaba Esmeralda a enhebrar cada premonición con su destinatario intentando adivinar los significados ocultos que se hallaban tras sus sueños. Solía la abuela de Tomasa acompañar el relato de expresivos gestos con sus manos, tan blancas que destacaban como marionetas frente a la oscuridad de sus vestidos. Un luto que guardaba por su esposo, quien le había tallado una sortija del mismo cerezo con el que labró la mesa y que Esmeralda llevó siempre en el dedo medio. El anillo con el que golpeaba la madera antes de anunciar tragedia.

No se sabe si fue fruto de la magia, la sugestión o el azar, pero lo cierto es que Tomasa comenzó a soñar el futuro la misma noche en que su madre le contó la historia de su abuela Esmeralda. La primera vez soñó con una araña negra de patas largas y afelpadas, tan enorme y rara que, cuando al día siguiente una igual le picó, su padre, después de matarla, la dejó secar sobre esparto y la anduvo ya siempre enseñando para terror de las visitas. Desde entonces Tomasa se sintió la legítima y única legataria de aquel hechizo familiar.

Una de las noches en que su mente volaba mientras dormía, Tomasa vio a un niño caer tres veces desde una pequeña montaña. Ella le ayudó a levantarse las dos primeras, pero, tras la tercera, no pudo socorrerlo, tampoco moverse ni pronunciar palabra porque su cuerpo yacía tan dormido que parecía muerto, situado en un espacio confuso entre la vigilia y el sueño: un duermevela tortuoso. El niño tardó en ponerse en pie, la miró con una expresión triste y se marchó cojeando para siempre. Ese fue uno de tantos sueños alegóricos y recurrentes del que nunca logró discernir su significado. Aunque, de haber vivido más tiempo, seguro, lo hubiera comprendido.

Tomasa era la mediana de un matrimonio hacendoso, propietario de dos hectáreas de tierra y algunos animales hacinados en un pequeño corral, además de una zona en la parte lateral de la finca, junto al camino, donde servía a los viajeros su propio queso, dulces caseros y limonada. La niña había aprendido a leer, escribir y hacer las cuentas apoyada en la mesa de cerezo que hacía las veces de encimera, centro de reuniones familiares y pupitre. Gracias a las lecciones caseras de su padre, que nunca perdía la paciencia a pesar de la escasa atención de Tomasa, aprendió lo justo y necesario para valerse por sí misma. Nunca sintió la necesidad de saber lo que no estuviera relacionado con su propósito en la vida: continuar el legado familiar. Pero un buen día Tomasa se enamoró de un carabinero, y se le quebró toda aquella inculcada seguridad.

El joven que la encandiló se llamaba Gabino y había hecho carrera en una ciudad con mar de la que regresaba a la aldea de vez en cuando a visitar a la familia. Para Tomasa, ver el mar era un sueño. Le habían contado que adquiría tonos azulados por el reflejo del cielo sobre el agua, pero no se lo terminaba de creer: en las postales siempre era gris. Desde que apareció en su vida ese joven, ya con entradas pero de gesto risueño, empezó a fabular con el viaje hasta la costa, una casa mirando a las olas y muchos hijos con los que jugar en el agua. Aquella posibilidad la ilusionaba tanto que durante el día se olvidaba de los recados, dejaba abiertas las jaulas de las gallinas o servía la limonada derramando el vaso. Así que cuando Gabino quiso una cita formal con sus padres para pedir su mano creyó que el pecho le estallaría en pedazos. Una mezcla de júbilo y pánico la mantuvo varias noches presa de la inquietud. En una de esas madrugadas en que las piernas le reclamaban movimiento, salió a caminar por la huerta en camisón. Y fue entonces, en la oscuridad de una noche sin luna, cuando la abordó por sorpresa su madre, que había estado esperando durante días la oportunidad de encontrarla a solas. La tomó de las manos y le puso en el dedo anular la alianza de madera de su abuela Esmeralda mientras le pedía que no olvidara que allí siempre tendría su hogar, con una mesa de cerezo en el centro nacida del mismo árbol que esa sortija.

Parió Tomasa dos niños, en una casa sin vistas, pero a la que envolvía un denso olor a mar. Al primero de ellos le llamó Pedro, como su padre, y al segundo, Gabriel, porque el nombre de Gabino no le gustaba y era el que más se le parecía. Mas cuando tomó aquella decisión no cayó en la cuenta de que el sonido «br» no lo sabía pronunciar apenas nadie, así que fuera de casa el niño siempre sería «Grabiel». Gabino lo educó en la rectitud de una vida responsable y le inculcó una progresista visión de la religión que rozaba la laicidad. Tomasa, en cambio, siempre guardó un profundo respeto por lo sobrenatural, refugiándose mucho más a menudo en las supersticiones que en los rezos.

Gabriel fue a una escuela que estaba dirigida con un espíritu muy renovador para la época. Quienes la fundaron eran protestantes, pero allí, durante las clases, no se estudiaba ninguna religión, pues ese tema se desterraba a los domingos en la capilla y sin asistencia obligada. El niño solo acudía muy de vez en cuando y sin ningún afán, simplemente por obediencia a su madre cada vez que le decía «Anda, Gabrielín, pásate hoy por la misa, no vaya a ser que alguien diga algo malo de ti al señor profesor». A él le encantaba ir al colegio, vestido siempre con aquel uniforme de chaqueta que le daba aspecto de ser más mayor, dando un gran paseo que le obligaba a salir del barrio y que le sabía a expedición. La Escuela Modelo, que así se llamaba, estaba al lado del Mercado Central, que alimentaba el aire de un bullicio alegre que se presentía a varios cientos de metros de distancia y se tornaba atronador conforme uno se acercaba a las habituales colas para comprar el pescado recién llegado de la lonja. A Gabriel le fascinaban los nombres exóticos de algunos de sus profesores, como Franklin o Lincoln, y la placa situada junto a la entrada agradeciendo las donaciones de una escuela hermana de Nueva York. El hijo de Tomasa, que no había heredado de su madre el don de la premonición, pero sí el de soñar despierto, pensaba que, si se esforzaba lo suficiente, estudiar en la Escuela Modelo podría ser la catapulta que le lanzara hasta su idealizada Norteamérica.

Gabriel supo desde muy pronto que quería ser contador de historias, revelación que le atravesó como un rayo convirtiendo en ceniza sus anteriores pretensiones. Ocurrió una mañana luminosa en que su madre le había prometido llevarle a la playa a merendar después de clase, pues Tomasa alentaba la filia que ambos compartían por el mar. Hacía tiempo que aquel chiquillo siempre risueño barruntaba que quería estudiar algo relacionado con los secretos de los océanos o con la exótica fauna marina. Ese día, al llegar al aula, le extrañó mucho que las persianas continuaran bajadas, porque el maestro siempre se adelantaba para adecuarla. Todos los chicos se miraban entre sí extrañados y, en cuanto don Franklin entró con un aparato extraño entre las manos, se hizo el silencio. Era algo parecido a una cámara fotográfica que recibía el nombre de linterna mágica. El docente, con andares ceremoniosos, se encaminó hacia el fondo de la clase y, a los pocos minutos, proyectó en la pizarra un cuadrado de luz blanca. Todos contemplaron boquiabiertos aquella especie de cine en miniatura para después quedar embelesados con la historia muda, dibujada en acuarela, que fluía frente a ellos como en un sueño. Entonces lo supo, llegó el destello. Cuando el maestro apagó la linterna mágica, miró a sus compañeros y, aunque todos intentaban ocultar la emoción de sus rostros para mantener intacta su hombría, tenían la mirada vidriosa y perdida. Gabriel quería ser el hacedor de tales emociones y además sabía por dónde empezar a contarlo todo. Por eso, aquella tarde, sentado en la arena, con las manos ocupadas en el bocadillo de chorizo y la mirada fija en el mar, le pidió a su madre:

—Mamá, cuéntame todo lo que sepas de la bisabuela Esmeralda.

Un año después cerró la escuela. Gabriel tuvo que guardar en un cajón sus recortes de prensa sobre Nueva York. Ya no hubo más linterna mágica, ni laboratorio de biología ni profesores de nombre extranjero. Tuvo que ingresar en la escuela del barrio y acostumbrarse a la poca luz, las tuberías rotas y las clases ruidosas. Al principio eso fue peor que la guerra, que sentía muy lejos, hasta que llegaron los bombardeos e ir corriendo al refugio del castillo se convirtió en algo cotidiano. Su madre pasaba tanto miedo que algunas noches hubiera querido dormir en esos túneles excavados en el subsuelo. Las pocas veces que conseguía conciliar el sueño, Tomasa veía ante sí tumultos de hombres y mujeres ensangrentados que deambulaban como ánimas en pena. Entonces se despertaba sobresaltada y pedía a Gabino entre sollozos que se marcharan al refugio a dormir, que había oído que algunas familias del barrio lo hacían, que a ella le daban igual el hedor a orina y la humedad, que la vida valía más que unas cuantas noches incómodas. Pero su marido, para calmarla, le argumentaba que con un carabinero en casa no tenía nada que temer, que él se enteraba siempre de las informaciones que llegaban del frente y que lo mejor era quedarse en casa, que para eso estaban las sirenas instaladas y funcionando.

—Eres como los paisanos de la aldea, que nunca hacían caso de mi pobre abuela. ¡Ay, si algunos de ellos la hubieran escuchado! Sin ir más lejos, seguiría vivo el avaro de don Enrique que, por proteger cuatro reales, se enfrentó a aquellos bandoleros, cuando bien que mi abuela le había alertado de que nunca pusiera por delante el dinero a la propia vida. ¡Y que me vaya a pasar a mí, en mi propia casa, que mi marido no me crea! —gritaba llorando Tomasa mientras Gabino la abrazaba siseando como cuando se consuela a un niño.

Un día de mayo del 38, Gabriel no había ido a la escuela porque esta había sufrido desperfectos en un bombardeo y las tuberías habían colapsado inundando de agua tanto las aulas como las viviendas contiguas. Se encontraba solo con su madre, pues su hermano Pedro se había marchado a trabajar haciendo recados para un tendero amigo de la familia. Tomasa le prometió a su hijo pequeño que irían a la playa después de hacer algunas compras. Ese día la plaza del mercado estaba a reventar, una muchedumbre rodeaba la manzana formando una cola infinita.

—¿Qué pasa hoy? ¿Por qué hay tanta gente? —preguntó Tomasa a una señora que esperaba sentada en unos escalones con el capazo sobre las piernas.

—Que por fin hay pescado. Me lo han dicho unas vecinas y he venido corriendo. ¡Ponte deprisa a la cola o te quedarás sin nada! —le apremió la mujer, indicándole en qué sentido debía avanzar para alcanzar el final de la fila.

Tomasa cogió del brazo a Gabriel y se dirigieron prestos a donde había señalado el dedo índice de la señora. Pero al fijarse en aquellas caras enjutas, algunas incluso demacradas, de repente cayó en la cuenta: ella ya había visto esos rostros, esas miradas vacías y lánguidas, ese caminar pausado. Y se detuvo en seco.

—Gabriel, nos vamos.

Gabino no podía saber, cuando empezaron a atronar los bombarderos mucho antes de que sonaran las sirenas, que su mujer y su hijo, en ese preciso momento, pasaban cerca del refugio del castillo de camino a casa. Él solo tenía la certeza de que aquella mañana Tomasa y Gabriel iban a ir a comprar al mercado y eso era lo único en que podía pensar mientras se resguardaba, impotente, en el búnker del cuartel de carabineros. Pasaron cinco horas, que le parecieron cinco años, hasta que por fin pudo salir de nuevo a un mundo que no sabía si para él se había acabado. Mientras corría en dirección a su casa se fue topando con una marabunta humana que comenzaba a inundar las calles. Y, de entre todos los ruidos mecánicos y humanos que ensordecían el aire, dos palabras le helaron la sangre: «Central» y «Mercado». Y hasta allí llegó Gabino, quien, preso de un pánico paralizante, se quedó clavado al suelo con los ojos abiertos hasta el borde de los párpados. Porque, donde esa misma mañana se alzaba el imponente edificio ferial, ahora no había más que escombros. Escombros y sangre. Escombros, sangre y muertos. Muchos más de los que había visto nunca. Y como si fuera un demente —o quizá entonces lo fuera— comenzó a mover aquellos pobres cadáveres para descubrirles los rostros.

Tomasa, Pedro y Gabriel se habían reencontrado en el refugio del castillo y de allí, al acabar su misión de muerte los bombarderos, habían partido de nuevo a casa temiendo haberla perdido, pero aún más haber perdido a su marido y su padre. Y, con ese miedo habitual mordiéndoles el estómago, esperaban a Gabino, mientras a duras penas conseguía Tomasa calmar los nervios propios y mucho menos los de sus hijos. Tras demasiadas horas sin noticias, se echó la toca sobre los hombros, sonrió sin ganas a los niños y salió de casa a preguntar por él. Nada más poner un pie en la calle, se topó de frente con un hombre ensangrentado que alargaba los brazos hacia ella, con los ojos muy abiertos, musitando una retahíla de palabras ininteligible. Cuando Tomasa reconoció en aquel fantasma el cuerpo vivo de su marido, le abrazó llorando de alivio y le dijo:

—Ay, Gabino, que estamos vivos gracias a un sueño.

6

Una casa improvisada

El abrazo ha dado paso al extrañamiento. Desde que han separado sus cuerpos, a Ofelia la invade una fría sensación de irrealidad. ¿Qué hace de repente allí? Ella ya no pertenece a ese lugar. Juntas recorren la estación en silencio hasta llegar a la parada de taxis. Lucía está demacrada por el agotamiento, pero no tan envejecida como temía encontrarla. Lleva una de sus batas negras, anudada en la cintura con un estrecho lazo de la misma tela. Su apariencia es incluso elegante, aunque Ofelia sabe que no es más que un vestido de patrón simple y tela barata que cosió seguramente cuando ella era una niña. Tiene las manos tan pequeñas como recordaba, gorditas, con las venas bien marcadas, y en el dedo meñique luce aquella sortija de madera que de pequeña tanto le gustaba.

—A la calle Teniente Álvarez Soto, nueve, por favor —le indican al unísono al taxista.

Ofelia mira por la ventanilla y sigue ensanchando esa sensación de ajenidad que la embarga. No reconoce apenas nada, excepto el trazado urbano de las calles. Los comercios, los colores, el paisaje se han transformado por completo desde la última vez que estuvo en casa. Donde antes había una librería ahora una franquicia de comida rápida, donde un quiosco una casa de apuestas y el parque ha menguado a costa de ampliar la carretera. No queda rastro del tranvía, ni de los bancos de madera, ni siquiera existe ya la tienda de caramelos. Aunque de todo eso ya hacía tiempo. Ofelia confunde sus recuerdos recientes con otros más antiguos porque la imagen de la ciudad que ha quedado grabada en su memoria no es la de la última vez que fue a ver a su padre, sino la de su infancia y su juventud. Porque, aunque no quiera reconocerlo, ella hoy ansiaba una aparición. De este viaje, en lo profundo, no esperaba regresar a un lugar, sino a un tiempo. Que, como en un sueño, al bajar del tren estuviera su padre a lo lejos en el andén agitando el brazo para que le viera y su madre, aguardándolos en casa con el cocido ya servido en la mesa. Las lágrimas se le resbalan por las mejillas porque se da cuenta de que no. No era esto a lo que venía. Y esta ciudad tan nueva, como recién sacada del envoltorio, le grita la razón que la ha traído hasta allí: que su padre ha muerto y ya no le queda nadie. Excepto Lucía. Ofelia sabe que no es la primera mujer del mundo a la que le ocurre esto, quedarse huérfana a los cuarenta y siete años. Sabe incluso que es una suerte en comparación con tantísimos casos. Pero también sabe que eso da igual, qué importará la edad cuando te amputan un miembro. Cierra los ojos y apoya la frente en el cristal esperando que el tiempo le seque las lágrimas, cuando una mano se desliza por el asiento hasta cubrir por entero la suya. Lucía reconoce en la tristeza de Ofelia a la chica insegura y frágil que fue en la adolescencia. Y Ofelia la mira y le devuelve el gesto apretándole la mano con fuerza.

El taxi por fin se detiene frente a un edificio blanco con un portal inmenso que tiene abiertas las puertas de par en par. Ahí está su casa, recién pintada, pero igual. Puede que no sea este el tiempo al que Ofelia esperaba volver, pero, desde luego, esta sí es su casa. Camina resuelta hacia la entrada y se dirige directamente a la parte derecha del zaguán donde sabe que le espera la puertecita con visillos de la antigua portería —hoy ya clausurada— en la que se pasó trabajando su madre más de cuarenta años. Por el pequeño ventanuco, a través del que veían bajar y subir a vecinos, visitantes, mensajeros y algún que otro maleante, ahora mira ella desde fuera hacia dentro. Y comprueba que ahí sigue incólume la butaquita tapizada de azul que acabó por comprarse Pilar para reemplazar la incómoda silla de madera y mimbre sobre la que tanto tiempo pasó sentada. Ofelia cierra los ojos y evoca la figura de su madre allí, haciendo ganchillo a una velocidad imposible, con los ovillos junto a los montoncitos de correspondencia en la mesa, siempre controlando de soslayo lo que sucedía entre la acera y el portal, entre el zaguán y la escalera.

—En las reuniones de vecinos insisten en que nos llevemos el silloncito a casa, pero a mí me gusta verlo ahí, como si tu madre fuera a sentarse en cualquier momento —le dice Lucía por detrás.

—A mí también me gusta. Ese es su sitio. Que siga la portería así, incluso con los visillos que cosió la abuela, es todo un homenaje.

Las dos se quedan todavía un momento ante la ventana hasta que se deciden a subir la escalera al primer piso, en el que pusieron ascensor hace unas décadas. La escalera señorial y acaracolada con la barandilla dorada y los escalones de falso mármol fue siempre seña de identidad del edificio. Cada vez que, de niña, invitaba Ofelia a sus amigos a casa, se hacían la equivocada idea de que era rica, hasta que llegaban a su hogar improvisado, construido fuera de plano y de estructura.

Ofelia ayuda a Lucía a subir los peldaños cogiéndola del brazo y se pregunta cómo se las habrá arreglado todo este tiempo, tan vieja y sin más ayuda que una cuidadora que acudía unas horas por las mañanas. Entonces la toma con más fuerza, como queriendo sostener de una sola vez todo el peso de sus años de ausencia. Cuando salen del ascensor aún les queda por subir un pequeño tramo empinado de escalera hasta alcanzar la estrecha puerta metálica que da acceso al exterior. Para llegar a su casa hay que avanzar por un pequeño corredor que da al patio de luces y que, para colmo de males, tiene una barandilla extremadamente baja. La falta de costumbre aumenta la sensación de vértigo en Ofelia, que se aprieta contra el muro como una salamanquesa. Lucía, sin embargo, avanza confiada y tranquila. Cuando Ofelia por fin entra en la casa, corre a la que fuera la habitación de sus padres esperando encontrarse al difunto. Pero en su lugar solo hay una cama vacía y unas muletas apoyadas en la pared.

—Aún no me has preguntado dónde está, ni cómo fue.

—Es que aún no tenía ganas de saber. Pero sí, ya es hora, cuéntame.

—Vamos a sentarnos a la mesita del comedor. Allí estaremos más cómodas.

Lucía la toma cariñosamente del brazo y la invita a pasar por el diminuto pasillo que continúa decorado con el papel verde de ornamentos vegetales por el que Ofelia hacía caminar a sus muñecas como si fuera un bosque. El salón continúa tan blanco como negra es la ropa de Lucía, con las paredes cubiertas de un gotelé exuberante como un mar encrespado: una escenografía particular que moldearon las manos de su madre, antes de que ella naciera, a base de yeso y estuco. Todas las ventanas dan al patio de luces, ocre de tanto golpear la lluvia contra cables, bisagras y clavos.

—Se quedó dormido, como tu madre. Y yo le tomé la mano como entonces tu tita Raquel, tú y yo hicimos con ella. Solo que él hacía tiempo que ya no estaba en este mundo.

—¿Sabías que se estaba muriendo entonces? —pregunta Ofelia, entre sorprendida y molesta, soltando de golpe la taza de café que le ha servido Lucía.

—Esas cosas se presienten. Ya pasaba más tiempo dormido que despierto. En casa había una calma que asustaba porque sabía que de un momento a otro vendría la muerte a sobresaltarnos. Tu padre llevaba dos días en que ni siquiera abría los ojos más que unos segundos. Yo aprovechaba esos momentos, que eran como suspiros, y le daba *agualimón* con una cañita, ya sabes que le encantaba. Y notaba que la respiración le cambiaba. Iba más lenta, muy fatigada. No me atrevía a levantarme porque me daba mucho miedo que se me muriera solo. Y bien que hice. Le tomé de la mano y aún pasaron como dos horas hasta que vino el ronquido que anuncia la muerte. Y en un momentito acabó todo. El cuerpo se le quedó tieso como un tronco. Entonces corrí a abrir las ventanas para que su alma se fuera volando tranquila. Le vestí con el único traje que tenía, le dejé el muñón bien arregladito dentro del pantalón de vestir y llamé al médico. Te voy a ahorrar el resto porque es muy desagradable, pero solo te diré que esto se llenó de médicos, policías, qué sé yo. Todos haciendo preguntas idiotas. Que si llevaba esa ropa cuando murió, me dice uno. ¡Pero, hombre de Dios, qué preguntas son esas! No iba a dejar que le vieran con la muda manchada de orín y la camisa interior sudada. Porque, hija, al morir la gente se mea encima. No sé si del miedo o porque el cuerpo necesita vaciarse del todo. Pero no iba a consentir que a tu padre se lo encontraran de esa guisa. De eso nada. Les dije que, si le llego a dejar como estaba, su mujer me hubiera venido a buscar para pedirme cuentas. Y, entonces, van y me preguntan que, si yo no era su mujer, dónde es que estaba ella. Y ahí sí que pensé que eran tontos de remate estos chicos, que seguro han estudiado, pero mira tú qué hay cosas que no enseñan en la universidad. Y le expliqué que su mujer era como mi hermana y que llevaba muerta ya una eternidad. Y se miraban de reojo, como si estuviera turulata, y yo hice como que no me enteraba porque quería que se fueran de una vez para poder llamarte tranquila. Que, por cierto, más de diez veces me hiciste esperar. Ya estaba nerviosa pensando que te había pasado algo a ti también.

—¡Qué cosas dices, Lucía! Es que no tenía el teléfono encima, nada más —le miente Ofelia.

—Pues, hija, me verían tanta pinta de loca que primero me dijeron que tenía que declarar en el juzgado y luego que no hacía falta, y se lo llevaron. Anda que cuando se dieron cuenta de que tenían que sacarlo por el pasillito de fuera… se las vieron y se las desearon. Yo no hacía más que pensar que se les caía al patio. Madre del Señor, la que se habría armado.

—Ay, de verdad, Lucía. Si es que al final me tengo que

reír con la manera que tienes de contarlo —dice Ofelia en un estado que combina la risa nerviosa con el llanto.

—Pues mira, me alegro, porque a tu padre sabes que le habría gustado que nos tomáramos las cosas así. Y yo me tengo que ir haciendo el ánimo porque este cuerpo pide tierra.

—No digas esas cosas. Lo que me faltaba. No me puedes dejar sola.

—Pero hija, si yo ya no te hago falta, ni a ti ni a nadie. Creo que he resistido para cuidar a tu padre porque se lo prometí a mi Pilar, que en paz descanse —dice santiguándose y mirando al techo—, pero yo aquí ya no hago nada.

—Bueno, Lucía, deja de decir tonterías y explícame dónde está mi padre y qué tengo que hacer. Todavía no he avisado al instituto, ni a Miguel, ni a nadie. Desde que me llamaste me he quedado algo trastornada. No hago más que llorar y sobreponerme, llorar y sobreponerme, pero no me centro.

—Pues mira, si te digo la verdad, ahora mismo no sé bien dónde está tu padre. Solo que nos llamarían del tanatorio cuando hubiese llegado. Eso sí, en cuanto colgué contigo me contactaron los del seguro de los muertos. Que hay que ver qué rapidez para enterarse cuando alguien se muere. Y me dijeron que pronto nos dirían fecha del velatorio y entierro y además nos pedirían los datos para hacer la esquela.

—O sea, que ahora mismo solo nos queda esperar.

—Eso parece. Por cierto, que ya avisé a tus tías y a Rocío. La pobre se quería coger un avión desde París, pero le dije que de ninguna manera. Con lo mayor que está...

Un ruido de teléfono antiguo quiebra el silencio de la

casa y Ofelia corre a descolgar el auricular. Se sorprende de que siga funcionando esa pieza de coleccionista.

—Sí, aquí es. (...) Soy su hija, Ofelia López, sí. (...) Ah, de acuerdo. (...) ¿Podemos ir ya a verlo? (...) Sí, claro. Por la tarde, no hay problema. (...) ¿La esquela? ¿Tiene que ser ahora? (...) Pues aún no lo había pensado. (...) Bueno, apunte: Gabriel López Parra. Nacido en 1921 y muerto en 2007. Le recuerdan su hija Ofelia, su... —Ofelia duda por un instante— su hermana Lucía y su nieto Miguel. (...) Que les comunican... —cierra los ojos durante algunos segundos— que se nos ha ido, por encima de todo, un hombre bueno.

Lucía prepara para comer un caldo de fideos que les «resucite el cuerpo del disgusto». Por primera vez Ofelia lo prueba tal y como es, sin el aderezo del jugo de limón. Es incapaz de pensar en exprimir uno todavía, no puede ni siquiera imaginarlo sin sentir un amasijo de algodones obstruyéndole la garganta. El limón es la certeza de no volver a mirar a los ojos a su padre, de no rozarle el brazo al pasar por su lado, de no discutir nunca más con él de cualquier tema insustancial. Cuando deja los platos en la pila y se dispone a fregar, comprueba que siguen intactos los utensilios y adornos de cocina que atesoraba su madre. A menudo, cuando mueren los padres, las casas familiares se deshacen. La disposición de los muebles, el orden de los armarios, la pertinencia de los objetos pierden validez, incluso el hogar como tal queda derogado. A veces, el reemplazo de la vivienda se anticipa con la muerte del primero que, tras su desaparición, se revela como verdadero soporte de ese universo particular. Sin embargo, Ofelia recuerda cómo, al fallecer Pilar, pasó justo lo contrario. Mantener la casa en orden fue, para Lucía y Gabriel, la mejor forma de recordarla. Ella, sin embargo, no soportaba la idea de permanecer en aquel lugar tan vacío de madre. Se negaba a cruzar el umbral de su dormitorio para no tener que ver el dibujo de cerezas perfectas que presidía la cama matrimonial y que había heredado demasiado pronto. Pilar se fue como se había ido su madre, Carmen, entrelazada a las manos de su hija. Pero no fue una muerte plácida, ni siquiera fue una buena muerte. En diciembre le detectaron un cáncer de pulmón irreversible que se la llevó a las pocas semanas. La muerte la vino a buscar de madrugada y la certidumbre de que el final se acercaba convirtió aquellos últimos días en un infierno. Pilar reía y lloraba a intervalos, tenía comportamientos erráticos y extraños. Ofelia la encontró una tarde deambulando por las habitaciones como alma en pena acariciando las paredes con las manos mientras susurraba una letanía ininteligible, como si la casa fuera un habitante más del que se estuviera despidiendo.

Era la primera vez que Ofelia sentía quebrarse el mundo bajo sus pasos. Desde el momento en que su madre cerró los ojos y espiró el ronquido final, fue consciente de que se acababa la primera parte de su vida. Como cuando a su padre le amputaron la pierna y decía que incluso así le picaba o le dolía; al igual que él, ella se sentía mutilada, a pesar de que el espejo le devolviera el reflejo de su cuerpo intacto. Ella ya no era ella porque, sencillamente, no sabía *ser* sin su madre. Ahora y para siempre Pilar se convirtió en su miembro fantasma. Una ausencia que le dolería a perpetuidad. Por eso había metido en la maleta el cuadro de las cerezas, justo antes de salir de casa, en un último y arrebatado impulso que se concedió a sí misma.

El tanatorio al que han llevado el cuerpo de su padre no le es ajeno. Allí ha pasado Ofelia noches eternas acompañando las pérdidas de vecinos y familiares. A los niños, años atrás, se les integraba en la liturgia funeraria desde el principio. Recuerda haber tenido noción de la muerte desde que le nació la conciencia. Del mismo modo que acompañaba a su madre y a Lucía al cementerio, dormía junto al regazo de ambas, en sillones incómodos, velando a los difuntos. Aún podía oír las risas de sus tíos contando historias de escaramuzas infantiles durante las densas madrugadas de velorio. Nunca alcanzó a entender esa algarabía con la que la familia de Pilar se despedía de sus allegados. Porque eran siempre sus tíos y tías por parte de madre quienes amenizaban esas últimas horas con el fallecido de cuerpo presente.

Mientras va subiendo la amplia escalera que lleva hasta las salas de la primera planta, Ofelia recuerda la noche en que, en ese mismo lugar, su madre le contó que la tradición de custodiar al difunto surgió de la necesidad de asegurar que realmente había fallecido y que, por tanto, no se trataba de un muerto aparente.

—¿Cómo? —preguntó Ofelia abriendo los ojos hasta que no pudo más.

—Antiguamente, ocurría que se descubría tiempo después del entierro que la persona simplemente se había quedado como dormida, catatónica, pero no muerta —le explicó Pilar, vestida de negro y sentada con su hija sobre las rodillas.

—Pero ¿cómo lo iban a saber, si ya estaba enterrado?

—Porque a veces se vuelven a abrir los ataúdes para comprobar algo o para meter los huesos en un osario cuando han pasado muchos años.

Conforme Pilar iba desmenuzando detalles que alimentaban la curiosidad de una Ofelia de siete años, la niña miraba de reojo la vitrina en la que estaba expuesto el cadáver.

—Cuentan que incluso había gente que pedía ser enterrada con una cuerdecita atada a una campanilla que se colocaba fuera de la lápida. Así, si despertaba dentro del féretro, solo tenía que mover ese cordel para llamar la atención de alguien que pudiera rescatarle.

—¡Pero y si nadie te oye, si ya se ha ido todo el mundo! —inquirió a su madre asustada.

Desde entonces, siempre temió, más que a la propia muerte, a la posibilidad de ser enterrada viva. Así, en los velatorios nunca perdía de vista al difunto, intentando percibir el más nimio destello de vida para salvarle.

—¿Pasarán las dos juntas a ver a don Gabriel o prefieren entrar de una en una? —pregunta a Ofelia y a Lucía un hombre muy elegante y pulcro.

—Yo prefiero entrar sola —dice rápidamente Ofelia, mientras mira de soslayo a Lucía para asegurarse de que su decisión no la importuna.

La sala está oscura pero se distinguen dos sofás, una mesa con una caja de pañuelos en el centro y, frente a esta, una enorme ventana con las cortinas tupidas y echadas. Tan solo un vidrio la separa ya del cuerpo inerte de su padre.

—¿Descorremos las cortinas, señora? No nos han indicado si quieren ataúd cerrado o abierto.

—Abierto, por supuesto —contesta Ofelia sorprendiéndose a sí misma por la agilidad de su respuesta a una cuestión que aún no se había planteado. Se sonríe pensando en cómo las tradiciones familiares se heredan hasta el punto de no concebir la posibilidad de una alternativa.

—¿Quiere pasar adentro a ver al difunto? —El hombre la invita a introducirse en ese escaparate morboso en el que se encuentra el ataúd.

Ofelia accede presa de una inercia que la empuja a seguir a aquel hombre hasta cualquier experiencia mortuoria que le ofrezca. Quiere exprimir los últimos momentos que le quedan junto a la cáscara que, durante más de ochenta años, envolvió a su padre. El pánico atroz que la había devorado durante la espera ha desaparecido para dar paso a un estado de extrañeza.

—¿Está seguro de que es mi padre? ¿Es este Gabriel López? —pregunta Ofelia.

—Sí, señora. No se inquiete, esa duda que usted tiene es habitual. Piense que a su padre le han maquillado, rellenado los pómulos y recompuesto el cuerpo tras la autopsia. No se puede devolver la apariencia de vida a un cuerpo muerto, tan solo llegar a una aproximación. Es cuestión de acostumbrarse. Esperaré fuera.

El hombre le da la espalda y, como si hubiera recordado algo de pronto, se vuelve y, sin expresar emoción alguna, le dice:

—Lamento su pérdida.

Ofelia se acerca al féretro, observa detenidamente los rasgos artificiosos que los restauradores han moldeado en su padre y acaricia la sábana blanca que le cubre en un intento por descifrar su cuerpo. Está buscando una ausencia inconfundible. Y respira aliviada cuando sus manos reconocen la redondez del muñón. Una vez convencida de la identidad del cadáver, llora. Lo hace con serenidad, dejando discurrir las lágrimas como si fueran el único desenlace posible.

—Papá, perdóname —le susurra.

Lo besa en la frente y la estremece su textura gélida y acartonada. Pero, al instante, un apacible hormigueo recorre sus extremidades destensando sus músculos agarrotados hasta entonces y se dice aliviada: «No te hace falta cordel, ni campanilla».

7

La mujer sin cabeza

La primera vez que Pilar ascendió por aquella escalera de cuento tuvo que pellizcarse los mofletes para asegurarse de que realmente le estaba sucediendo a ella, a escasas semanas de que su hogar se hubiera desplomado bajo las fauces de los bombarderos. Nunca olvidaría el día en que su madre llegó de la tintorería, casi sin aliento, a la casa de una prima segunda que les estaba dando cobijo. Desde el rellano la oyó gritar su nombre. Pilar y sus hermanas salieron asustadas a recibirla y la vieron con la ropa mojada por el sudor de tantas horas de plancha, el pelo recogido con cientos de horquillas para evitar que se le fuera a la cara y una sonrisa de oreja a oreja que, de tan inhabitual, posó una nube sobre los ojos de las niñas.

—¡Mamá ha encontrado una casa! —exclamó arrodillándose con los brazos abiertos.

Y, entonces sí, las lágrimas rodaron por las mejillas de las cuatro, al tiempo que las tres hermanas se abrían hueco a codazos para caber en el abrazo de su madre.

Esa tarde una señora morena y cardada, más altiva que alta y muy bien vestida, había cruzado, por vez primera, el umbral de La Japonesa.

—Vengo a preguntar por Carmen Vilaplana, me dijo que trabaja aquí por las tardes.

—Sí, está dentro planchando —contestó Concha, la tintorera más joven, mientras se rehacía un moño perfecto sujetando las horquillas con la boca durante todo el proceso— ¡Carmen, te buscan! —dijo a los gritos.

La enigmática visitante miraba aquella escena como si no fuera con ella, con un marcado gesto de condescendencia. Carmen salió aliviada de la habitación trasera, que parecía alojar un infierno clandestino. Las ojeras hundidas, las mejillas chupadas y una mirada perdida lo decían todo de su estado anímico, de su hambre pasada de vueltas, de sus noches en blanco, de sus horas de plancha interminables y de esa tos eterna que no le daba un minuto de respiro.

—Señora, ¿pasa algo? ¡Qué sorpresa! —Carmen no daba crédito. Si la señora Encarnación estaba allí solo podía ser porque había ocurrido alguna desgracia de la que la haría responsable.

—Definitivamente dan por muertos en el bombardeo del mercado al matrimonio de porteros del edificio —afirmó con pasmosa tranquilidad.

—¡Dios mío! —exclamó Carmen llevándose las manos a la boca.

—Sí, sí. Terrible. Como comprenderás, desde entonces, el caos se ha adueñado de las zonas comunes y de la correspondencia, aunque sea bien poca en estos tiempos, y lo peor es que por las noches se cuelan desarrapados a dormir por los rincones. Los escasos vecinos que resistimos en la finca estamos en una situación desesperada. Por eso he pensado en ti, Carmen. Sé que has tenido dificultades últimamente —dijo bajando la vista, como si le diera vergüenza tratar con alguien en una situación tan miserable— y que te vendría muy bien un trabajo como este, en el que se te ofrece incluso una casa. En estos tiempos que corren no encontrarás nada tan generoso.

Carmen no podía dejar de temblar y de dar las gracias, tanto de palabra como para sus adentros. Tan bendecida se sentía que, cuando cerró el contrato verbal con aquella mujer a cuya casa iba a planchar y limpiar los viernes por la mañana, llegó a besarle las manos como haría después de la guerra con las monjas del Auxilio Social.

Si existe alguna diferencia entre considerarse pobre y serlo de solemnidad, la familia de Pilar hacía meses que había cruzado esa frontera invisible. Perdieron lo poco que tenían bajo las ruinas, lo que se hizo evidente en el momento de tomar posesión de su nueva vida. Tanto los niños como sus padres entraron en aquel edificio señorial con las manos vacías, a excepción del viejo baúl de Carmen, así que, cuando supieron que la vivienda del portero se hallaba en el último piso, se alegraron por primera vez de ser los propietarios de aquella carga tan ligera.

Instalarse en una casa vacía es ilusionante; hacerlo en una abandonada por defunción repentina de sus ocupantes resultaba, cuando menos, desolador. Sin embargo, hallar tras el desastre un hogar tan provisto de comida, mantas y ropa era un milagro. En la despensa había una buena panoplia de latas con las que poder afrontar hasta un par de meses por delante y Carmen consiguió aprovechar hasta el pan duro que había quedado olvidado en una bolsa enganchada del pomo de un armario. La cena de la primera noche les supo a festividad de antes de la guerra, cuando las vecinas sacaban las mesitas y las sillas a la calle para compartir el puchero o el arroz con pollo. Aunque ese recuerdo volvió a poner el condimento al gozo al darse cuenta de que aquella vida despreocupada del barrio se había acabado para siempre. La tristeza y las risas se daban la mano constantemente aquel día, lo que condujo a los niños a una montaña rusa de emociones sobre la que era imposible conciliar el sueño. Así que Carmen y Blas, completamente exhaustos, les permitieron dormir a todos juntos en la misma habitación.

—¿Estáis durmiendo? —preguntó Antoñito al resto de sus hermanos.

—¡Sí! —gritó Pepito provocando carcajadas en los demás.

—Yo no puedo porque tengo miedo —confesó aquel.

—¡Toefo tiene miedo! ¡Toefo tiene miedo! —cantaron todos a coro.

Toefo era el apodo cariñoso con el que su familia llamaba al pequeño Antonio. La historia se remontaba a cuando tenía dos años y, a preguntas como qué juguetes eran suyos o qué quería comer, solía responder diciendo «toefo», en vez de «todo eso». Desde entonces era Antonio o Antoñito para el mundo, pero en casa siempre fue, hasta el final de su vida, Toefo.

Pilar estaba tranquila e incluso contenta, pero cuando su hermano verbalizó la palabra «miedo», se le pusieron los ojos como platos. Con la emoción de la casa nueva no se había permitido pensar en cosas tristes, ni siquiera se había acordado de la guerra. Pero el solo hecho de que su hermano mayor mencionara su temor desplomó sobre ella toda aquella inquietud cotidiana que, durante unas horas, había conseguido descargar de sus hombros. Por ello no siguió los coros burlones de sus hermanos; todo lo contrario, les chistó y mandó callar:

—¡Vale ya! Padre vendrá y nos dará leña al culo por vuestra culpa.

El silencio se hizo de golpe. Y, tras varios minutos, Pilar preguntó a su hermano:

—¿De qué tienes miedo, Toefo?

—De que la señora que vivía aquí sea la mujer sin cabeza y venga por las noches.

El pequeño Antoñito había escuchado contar a otros niños de su antiguo barrio que, en medio del silencio sordo que dejó tras de sí la última bomba del mercado, alguien vio emerger una silueta de mujer de entre la humareda. Durante unos instantes la figura permaneció erguida, pero poco después le cayó rodando la cabeza a los pies, como si un sable invisible se la hubiera segado. Aun decapitada y todo, la mujer caminó unos diez pasos hasta desplomarse sobre el suelo dejando un reguero de sangre que daba fe de su póstumo paseo.

El bombardeo del mercado había abierto una grieta insalvable en la vida de la ciudad. La herida seguía supurando muchas semanas después y no cicatrizaría mientras los escombros, la sangre y las coronas de flores no desaparecieran del paisaje. Los familiares de las víctimas seguían yendo cada día a rezar por sus muertos y algunos, incluso, continuaban desplazando las piedras en busca de sus desaparecidos, a pesar de que los trabajos de rescate hubieran acabado. Pronto se supo que había sido una masacre bien planificada en la que, además de los pilotos italianos que lanzaron racimos de bombas, habían sido cómplices algunos vecinos que, a sabiendas, animaron a la población a acudir al mercado a por pescado fresco. El bando fascista se había aprovechado del hambre de la gente para asestar un golpe terrible del que no pudiera recuperarse el Gobierno de la República. Así se lo contó su padre poco tiempo después a Pilar, para que no olvidara nunca quiénes habían sido responsables de aquella pesadilla que cambió el discurrir normal de los días. Era raro no conocer a alguien que hubiera muerto durante esas cinco horas eternas en las que cayeron casi un centenar de bombas que destruyeron, a su vez, centenares de edificios y acabaron con la vida de más de trescientas personas. Era imposible para Pilar arrancar de la memoria el miedo que le caló los huesos durante aquel tiempo inmenso que pasó hacinada en el refugio con su familia. Porque, a pesar de que no sonó la sirena a tiempo, la hora de la barbarie —las once y veinticinco— les pilló a todos reunidos saliendo de una de las casas que les había guarecido, donde habían recogido lo poco que tenían para exiliarse en otra, esta vez separados porque juntos no cabían. Después del bombardeo del mercado no había día en que no surgiera una historia nueva sobre alguna de sus víctimas, reproducida, mutilada y modificada por el trasiego del boca en boca, tejiendo así toda una mitología urbana de los desaparecidos.

En el segundo día de su vida nueva, se le sumó a Pilar otro elemento que alimentó su terror nocturno cuando, al abrir los cajones de la habitación aún sin explorar, descubrió ropita de niño. Uno que, al parecer, según decía el bordado de un jersey, se llamaba Félix y que, por la talla, no debía de contar más de tres años. Fue entonces cuando todos los hermanos se obsesionaron imaginando los cuerpos derramados de aquella familia que acabó exterminada por el único delito de querer comer pescado. Las niñas se aguantaron las lágrimas, como tantas otras veces, y siguieron vaciando y limpiando rincones, por los que salían a flote constantemente retazos de aquella vida que apenas había sido. Pilar, sin decir nada a nadie, iba guardando todo lo que de él encontraba, por si acaso algún día el niño regresaba a por sus cosas. Desde entonces, sintió que un hilo invisible la unía a aquel fantasma que, con su muerte, les había devuelto a ellos a la vida. Fue por eso por lo que decidió que, cuando tuviera un hijo, le llamaría como a él. En aquellos momentos no imaginaba que tendría que adaptar el nombre al femenino.

Cinco años después, la leyenda de la mujer sin cabeza era ya un relato habitual para los habitantes de la ciudad. A Pilar, las compañeras de La Japonesa, cuando se cansaban de cantar coplillas, le pedían que contara aquella historia que condimentaba con ingredientes brotados de su propia cosecha. Una mañana de trabajo como otra cualquiera, comenzó su relato tan a voz en grito, para que se la oyera bien en toda la estancia, que dos clientes que acababan de entrar quedaron embelesados escuchándola. El más joven incluso mandó callar con la mano a la dependienta que les quiso atender.

—... lo que no sabía la gente era que aquella mujer sin cabeza caminaba buscando a su hijo Félix, que había salido despedido al otro lado de la calle. Cuando desde lejos lo reconoció en el suelo, a pesar de estar decapitada, fue empujada por la fuerza de su amor de madre hasta cruzar la avenida. Al alcanzar el cuerpo de su pobre niño, cayó de golpe sobre él cubriéndole por completo y quedando sus manos mágicamente encajadas. Tanto fue así que, al recoger sus cadáveres del suelo, no lograron separarlos, y por eso yacen juntos y ensamblados en la fosa común del bombardeo. Desde entonces, cada 25 de mayo vuelven sus fantasmas a cobrar vida por unas horas y, si estáis atentas, podréis verles pasear cogidos de la mano por la avenida del mercado. Para reconocerles os tendréis que fijar en las letras bordadas junto al pecho en el jersey del niño, en las que se puede leer «Félix». Porque ese es el nombre del niño fantasma.

Tras acabar, Pilar se sobresaltó por el imprevisto aplauso que inició uno de los dos clientes. El resto de las planchadoras lo siguieron, mientras reían y le pedían que saliera al mostrador para dar las gracias a su nuevo público. Y aunque se hizo de rogar, fue a saludar a aquellos hombres.

—¿Era usted la cuentacuentos?

—Sí, ¿les ha gustado? Son historias mitad reales, mitad inventadas por mí. Una tontería que hago para distraernos de la plancha cuando nos cansamos de cantar coplillas.

—Pues, enhorabuena. Me ha encantado. ¿Cómo se llama usted?

—Pilar. ¿Y ustedes?

—Él es mi hermano Pedro y yo soy Gabriel.

Y así fue como se estrecharon la mano por vez primera.

8

Gabriel

Mientras Ofelia marca el teléfono de su hijo en el móvil, con la mano izquierda sostiene el periódico local abierto por la página en la que está publicada la esquela de su padre. Le sobrecoge reconocer su nombre junto a la palabra «defunción» y, más aún, ver escrito el de Miguel, quien todavía no sabe que su abuelo ha muerto. Comprueba que los datos del sepelio son correctos mientras escucha los tonos de llamada. No lo coge. Insiste para que su hijo advierta que se trata de algo urgente. Al quinto, responde en un susurro:

—Mamá, estoy en clase. ¿Qué pasa?

Ofelia duda, titubea. No había pensado hasta ese momento cómo decírselo.

—¿Qué? —inquiere Miguel.

—Nada, es que no estoy en casa. Me he venido a la casa de los yayos.

—¿Y?

Decide cortar por lo sano. No le queda otra opción.

—El yayo ha muerto.

—¿Qué?

—El yayo ha muerto —dice subiendo el volumen de voz.

Ninguno de los dos se atreve a decir nada. Pasan segundos que parecen años y el pensamiento de Ofelia se refugia en la imagen de su padre acunando a su hijo y cantándole la misma nana que le cantaba a ella. Y se le vuelve a encajar la melodía entre las sienes.

—Espera.

Miguel le cuelga. Ofelia no sabe que su hijo ha salido de clase corriendo, se ha sentado en un banco del pasillo y se ha roto por dentro. Como si no tuviera dieciocho años ni estuviera en la facultad. Llora como el niño que cada verano se moría por ir con su abuelo a la playa, por que le enseñara a jugar a las cartas, por que le contara historias de fantasmas antes de dormir. Pero Ofelia no lo sabe y mira el móvil angustiada. Teme que a Miguel su abuelo ya no le importe, y ese miedo es una lapa que se le adhiere a la pared del estómago y se lo retuerce. Se sienta de nuevo en la cama y fija la vista en la pantalla del móvil, que se moja en contacto con sus manos sudorosas, hasta que, al fin, vibra.

—¿Qué hacías?

—Nada, salir de clase. ¿Cuándo ha sido? —dice Miguel con dificultad.

—Pues… ayer —miente Ofelia.

—¿Y ya estás allí? ¿Por qué no me has avisado para que fuera contigo? —pregunta el chico, indignado.

—No sabía si querrías venir conmigo —confiesa ella.

—Pero mamá, ¿qué dices? —clama Miguel ofendido.

—El entierro es esta tarde.

—Pero es una locura, mamá. Tengo un examen esta misma tarde. Deberías haberme avisado antes —dice gimoteando.

—Lo sé, lo sé. Es culpa mía. —Ofelia se toma unos segundos para relajar la tensión—. Pero desde que te fuiste a vivir fuera, no sé muy bien cómo tratarte. Si te llamo, siento que te incordio; si no lo hago en dos días, siento que me falta el aire. Es complicado y, la verdad, Miguel, a veces no me lo pones fácil. Te aíslas y no sé bien cómo actuar.

Se hace un silencio que aprovecha Ofelia para revisar sus palabras y calcular las consecuencias de las que está a punto de pronunciar.

—Perdóname por no avisarte en cuanto lo supe. Me he equivocado, como tantas veces.

—Pues sí, yo también lo siento. Pero ahora ya es imposible.

—Claro, si tienes un examen además, no te preocupes. El yayo habría preferido mil veces que aprobaras.

Ofelia calla porque la culpa es una soga que le rodea la garganta. Miguel no responde porque las palabras de su madre le han dejado desvalido, como un juguete sin cuerda. Así que, como pueden, se despiden.

A Lucía no le gusta que no haya velatorio. Pero ya es tarde. Ofelia, tras despedirse de su padre y regresar a su lado, ha tomado la decisión.

—Los pocos familiares que quedan vivos son demasiado mayores para pasar la noche en un sofá, y tú y yo estaremos mejor en casa.

Lucía, a regañadientes, accede porque, en el fondo, sabe que Ofelia tiene razón, que Gabriel habría querido algo así. Era Pilar quien siempre se sentía cómoda apuntalando aquellos rituales. Y ahora Ofelia había conseguido desligarse de la tradición, y le gusta la sensación de no dejarse llevar. Además, llamar a Miguel tan a destiempo, en el fondo, también había sido algo premeditado. No estaba dispuesta a arriesgarse, no quería concederle el tiempo suficiente para que fuera él quien decidiera si ir con ella o quedarse. Necesitaba protegerse de una nueva decepción. Eran demasiadas las heridas que no acababan de cerrarse.

Las horas previas al entierro transcurren en silencio. Tanto Lucía como Ofelia lo necesitan para reposar el trauma que las mantiene quietas y aletargadas. Aunque conforme se acerca la hora del funeral la calma comienza a zozobrar y da paso a una desazón indefinida. «¿Por qué este nerviosismo inútil, si nada va a cambiar? Si mi padre ya está muerto y solo vamos a guardar su cuerpo...», piensa Ofelia mientras observa su cara inflamada y ojerosa en el espejo del baño.

A Ofelia el cementerio siempre le ha parecido una península. Un fragmento de muerte rodeado de tierra por todas partes menos por una: el camino de asfalto por el que ahora transita. Con sus muros blancos y su inmenso pórtico de madera y hierro le parece la entrada a un jardín secreto jalonado de árboles y flores, habitado por vírgenes y ángeles convertidos en piedra. Desde pequeña había sentido verdadero placer al internarse en él, hasta que murió su madre, y se transformó en el monstruo subterráneo y oscuro que la había engullido. Así lo percibe también ahora mismo, mientras el coche de la funeraria va acercándose a la puerta. El servicio de transporte va incluido en el seguro de decesos, como también una corona de flores y la misa que no se ha llegado a celebrar por orden expresa suya. Su padre nunca habría permitido que un cura le despidiera del mundo oficiando lo que para él no habría sido más que la escenificación de una farsa.

El coche se ha internado por los caminos de tierra del cementerio y se abre paso entre las cruces de piedra que parecen dar la bienvenida al nuevo habitante. Ofelia observa a Lucía, que mira concentrada por la ventanilla. Sabe que está buscando el cuadrado de tierra que abriga el cuerpo de su marido: la fosa común de los represaliados de la Dictadura. Ahora ya tiene nombre. Se la conoce así desde que en la década de los ochenta algunos familiares se atrevieron a colocar unas placas en homenaje a sus desaparecidos. Hay cinco o seis, no más. También una lápida grande en el lado norte que recuerda a los asesinados en el bombardeo del mercado. «El marido de Lucía descansa a pocos metros de la mujer sin cabeza», piensa Ofelia y se sonríe. Mantiene esa vieja costumbre de imaginar la vida en la muerte. Ese uso de eufemismos que intenta mermar la carga de saberse futuro pasto de larvas y ratones.

Al descender del coche, ya hay gente rodeando la tumba abierta en la que desde hace décadas reposa el cuerpo de Pilar. Sabía Ofelia que no estaría preparada para afrontar con entereza el ritual absurdo y cruel de contemplar cómo se traga la tierra el cadáver de un padre. Esto piensa Ofelia mientras asiste en primera línea al desmoronamiento de su familia primigenia. Lucía la mantiene cogida de la mano con toda la fuerza que es capaz de imprimir desde sus ancianos pero eficaces brazos. Está desolada, pero percibe en Ofelia un dolor mayor que el suyo. Parece que vaya a quebrarse por momentos, como hizo en el funeral de su madre.

Entonces también fue Lucía quien la recogió del suelo porque Gabriel, apoyado en sus muletas, no podía.

Cuando las cuerdas comienzan a hundir la caja de madera en la fosa, Ofelia pierde la conciencia. Lucía no puede sostenerla y pide ayuda a los presentes, que son pocos y ancianos, excepto un hombre de unos cincuenta y tantos que se abalanza para sujetar la espalda de Ofelia antes de que toque el suelo. La lleva a una sepultura cercana y la sienta, mientras la abanica como puede con un pañuelo que se ha sacado del bolsillo. Ofelia va recuperando el aliento y agradece al desconocido su ayuda.

—Muchas gracias. Odio los entierros, no entiendo para qué existen si no es para causar más dolor —dice fatigada, pero cada vez más dueña de sus acciones.

—Sí, así es. Tradiciones... —contesta el hombre con marcado acento francés.

—Ya puede marcharse, no se preocupe. Mi familia se quedará conmigo a ayudarme —le explica Ofelia mientras hace un gesto de asentimiento a Lucía.

—Es que yo también he venido a este entierro —afirma el hombre.

—Anda, ¿y quién es usted? No le conozco. ¿Viene usted desde París? ¿Es familiar de Rocío?

—Me temo que no conozco a Rocío. Me llamo Gabriel, encantado —le dice tendiéndole la mano.

—Qué casualidad, como mi padre —replica ella mientras se la estrecha.

—La cuestión es que no se trata de una casualidad. Me llamo Gabriel precisamente por su padre.

Segunda parte

La fosa

Es que obedecer por obedecer, así sin pensarlo, eso solo lo hacen gentes como usted, capitán.

GUILLERMO DEL TORO,
El laberinto del fauno

9

La cuarta vez

—Para mí, Franco ganó el día en que huyó mi padre. Lo recuerdo todo como si fuera ayer, aunque, al mismo tiempo, tengo la sensación de que ocurrió en otra vida. ¿Me entiendes? Soy capaz de ver las imágenes en mi cabeza, pero no como algo que me pasó, sino como si lo viera todo desde fuera. Como si yo estuviera en un asiento del cine y esos recuerdos estuvieran pasando en la pantalla. Porque puedo contarlo sin llorar ni nada. A veces creo que debe de ser que soy un poco mala persona, pero no tengo pena por mi padre; al principio sí, pero ahora solo me da pena de nosotras: de mis hermanas y, sobre todo, de mi madre. Lo agotadica que estaba la pobre en esos últimos días de la guerra y lo mucho que le costaba respirar sin toser. Y, cuando más lo necesitaba, va su marido y la abandona con cinco hijos y un miedo metido en el cuerpo que la consumía. Era principios del 39 cuando mi padre llegó una tarde a casa emocionado perdido. Mi madre y yo pensábamos que se había enterado de alguna buena nueva del frente, pero él se rio, nos llamó tontas y dijo: «La guerra está perdida». Mi madre se llevó la mano al pecho porque le entró un ahogo del susto y yo, como siempre, me abalancé para acariciarle la espalda hasta que se le pasara. Mi padre ni se inmutó, también como siempre, y siguió fumando el cigarrillo que traía ya de la calle colgando del labio. Mis hermanas andaban en su cuarto jugando, mis hermanos estaban fuera, vete a saber dónde, así que estábamos solos los tres allí sentados en la mesita de la cocina. Entonces, mi madre y yo le preguntamos que por qué estaba tan contento y, tendrías que haberlo visto, no sabía dónde meterse las manos. Jugaba con el cigarro, pasándoselo de una mano a la otra, sin ton ni son, mientras nos contaba con qué compañeros de la sociedad portuaria había estado, lo que le habían dicho del avance de los fascistas en la guerra, que un coronel republicano al parecer nos había traicionado y se esperaba que en pocos días todo se acabara, que los sindicatos y los partidos estaban alertando a los suyos para que los que pudieran se marcharan, pero que aún no lo decían oficialmente. Y entonces, por fin, se atrevió; hizo una pausa con la vista fija en el cigarro y, después de unos minutos que parecieron años, nos miró a la cara y nos dijo que le habían aconsejado que, al estar sindicado y haber participado en la huelga del puerto de hacía unos años, pues que lo recomendable era que se marchara cuanto antes, que sería lo mejor para él y también para su familia, porque podría instalarse en algún país de América y enviar dinero cuando estuviera asentado, que aquí sus hijos se iban a morir de hambre si se quedaba o que incluso podría acabar en la cárcel. Yo no terminaba de entender que era lo que nos estaba diciendo porque no me cabía en la cabeza que mi padre pudiera irse a ninguna parte, pero entonces mi madre, la pobrecita, que de tan buena que era decían en el barrio que no había otra igual —tus padres a lo mejor han oído hablar de ella, luego les preguntas, la mujer del Gayato la llamaban—, mientras le caían unos lagrimones así de gordos, le dijo: «Ay, Blas, a la cárcel, no, por Dios. Haz lo que tengas que hacer». Yo no me lo podía creer. No sabía si me daba más miedo la idea de quedarnos solas o la de que pudieran hacerle algo a él. No entendía qué había podido hacer mi padre como para que le detuvieran. Esa noche fue cuando me di cuenta de verdad de lo que significaba perder la guerra. También supe enseguida que si mi padre se marchaba era para no volver. Lo supe por lo poco que nos abrazaba y nos besaba cuando llegaba a casa o cuando se iba, porque nunca se agobiaba cuando a mi madre le daban los ataques ahogados de tos que duraban horas, porque nunca tenía una palabra bonita para ella ni para nadie y porque todas las tardes le perdíamos de vista hasta bien entrada la noche. Yo ya sé que así son muchos padres, pero no creo que todos pudieran largarse de casa cuando más miedo daba el mundo. El de mi amiga Lucía también se había ido, pero a la guerra, que no es lo mismo. Y lo mataron en el frente, aunque no me dio ninguna pena. Si supieras las tundas que le daba a su mujer por las noches, pobre Ana. Yo no lo oí nunca, pero era cosa sabida en el barrio. A pesar de todo, ella le lleva un luto muy cerrado y tiene siempre encima una pena enorme. Lo contrario que Lucía, que engordó y todo cuando se fue su padre. A la pobre, de tanta paliza a su madre, los nervios le comían el estómago y, mira por dónde, fue quedarse las dos solas y empezar a comer como una lima. Bueno, todo lo que se podía en esos tiempos. Aunque en el barrio con el estraperlo nos apañábamos bastante bien. Me acuerdo de cómo íbamos mis hermanos y yo corriendo hasta las vías que pasan por la cantera. Desde el tren, en ese lugar, nos tiraban los sacos. ¿Tú fuiste alguna vez? Bueno, qué pregunta tonta, si a vosotros no os haría falta con tu padre de carabinero, pero nosotros éramos unos muertos de hambre. A mí me encantaba ir. Era una inconsciente. Tenías que haberme visto las mañas que me gastaba para guardarme el arroz con cartoncicos por entre la ropa. La verdad es que a nosotros nunca nos pillaron. Mi madre decía que seguro que era porque los policías hacían la vista gorda, pero yo creo que lo sabíamos esconder muy bien. Me sentía orgullosa cuando llegaba a ca la señora Remedios, que hacía de intermediaria y nos pagaba a media peseta el saco. Bueno, a lo que iba, que para mí el día en que ganó Franco fue el 13 de marzo y no el 1 de abril. La última vez que vi a mi padre fue la noche de antes. Entonces sí que nos abrazó y lloramos todos, incluso él. Se fue con otros dos compañeros en un coche hasta un pueblico cercano, desde donde salía el barco al día siguiente. Primero iban a África y ya de allí vería cómo hacer para llegar a América. Durante esos días, nos hablaba de México y de Argentina, decía que nos escribiría desde uno de esos dos países cuando ya estuviera instalado y con trabajo. Y que ya veríamos que muy pronto estaríamos todos juntos y felices. Aún tengo bien guardada la imagen de cómo se despidió guiñando un ojo a mi madre desde el umbral de la puerta, pero, sobre todo, me acuerdo de la crisis asmática que sufrió ella esa misma noche. Creía que se me moría. Fue entonces cuando me di cuenta de verdad de que estábamos las dos solas para llevar adelante la casa y las niñas, porque de mis hermanos podíamos esperar bien poco. Lo que nunca podré perdonarle a mi padre, dondequiera que esté, son las noches en vela que le hizo pasar a mi madre durante meses, muertita de miedo por no saber nada de él. Abandonadas de la mano de Dios, así nos dejó mi padre. Desamparadas. Y casi desde el primer día de su marcha empezaron las preguntas para nosotras por todas partes: en la portería, en la tintorería, en nuestro barrio de antes, en el nuevo. No había manera de olvidar que nos habíamos quedado solas. Encima, para contrarrestar su ausencia teníamos que trabajar el doble: yo me ocupaba de todas las tareas de la portería y, cuando llegaba mi madre de la tintorería y de limpiar casas, nos poníamos a planchar todavía más ropa que traía ella de última hora. Y después me iba con mis dos hermanos a repartirla casa por casa, ¿qué te parece? Bueno, ahora seguimos haciéndolo, se paga un poquito más que al terminar la guerra y nos las arreglamos mejor sin acabar a las tantas de la madrugada. Bueno y se me olvidaba contar el miedo que pasamos cuando empezaron a venir los policías de Franco a preguntar por mi padre. Eso sí que era terror y no el de las bombas. Cada vez que se me plantaba delante del ventanuco de la portería el *desgraciao* ese del falangista del bigotito, tenía que cruzar las piernas para no orinarme encima. De puro susto se me olvidaba cómo se usaban las palabras. Muda me quedaba. Pero cuando me repetía la pregunta, con la cara roja de rabia las palabras me salían de golpe: «Nuestro padre nos ha abandonado y no sabemos nada de él». Era mi frase aprendida, que se inventó mi madre hasta que se convirtió en la verdad. El del bigotito vino cuatro veces entre abril y mayo y la última se llevó a mi madre a comisaría. Fue a por ella a La Japonesa, y yo no me enteré de lo que había pasado hasta que volvió a casa. Según ella, la trataron bien y le preguntaron lo mismo de siempre, pero muchas veces, para ver si cambiaba en algo la historia. Al parecer, les importaba mucho el tema de la huelga, pero me dijo que estuviera tranquila porque mi padre no había hecho casi nada, lo que pasaba es que había dos compañeros suyos que se ve que eran los cabecillas y a los que realmente iban buscando: un tal Manolo el Chato y Pep el Músico. Mi madre me dijo que los había oído nombrar alguna vez, pero a los policías no les contó ni eso, claro está. Aprendimos pronto que la mejor forma de resistir era saber cuándo callar, cuándo sonreír y cuándo levantar el brazo. Esa noche no dormimos ninguna de las dos. Ella porque no se quitaba de encima el miedo que había pasado y yo porque no me creía nada de lo que me había contado. Esa gente no sabe tratar bien a nadie. Lo único que sé de lo que le hicieran a mi madre es que les pareció suficiente. Nos dejaron tranquilas, tanto la policía como mi padre. No tuvimos noticia nunca más de ninguno de ellos. No te creas tú que, a pesar de todo, sabemos que hemos tenido suerte. Hay que fastidiarse, que encima una se pase la vida dando gracias. Dando gracias porque el último parto de mi madre no se la llevara por delante, dando gracias porque ninguna crisis de tos la ha matado todavía, dando gracias porque aquellas bombas que nos tiraron la casa cayeron sin que nosotros estuviéramos dentro, dando gracias porque murió una familia y conseguimos la portería, dando gracias porque mi padre se marchó y soy una hija abandonada, pero no la hija de un preso, dando gracias porque los policías se cansaron de mi madre. Siempre dando gracias de ser unas muertas de hambre. Yo creo que con tanta gente presa que tenían de la que ocuparse, al vernos a nosotras con tantas bocas que alimentar y con unas caras de cansancio y hambre que no nos teníamos en pie, se creyeron de verdad que mi padre era otro de tantos granujas que había aprovechado para lanzarse a la aventura. Y acertarían, pero también te digo que no somos las únicas a las que les ha pasado en el barrio. A la señora Remedios, la del estraperlo, el marido se le marchó mucho antes a Argentina y, aunque le mandó al principio algunas cartas y algún dinero, un buen día dejó de recibir noticias, y hasta hoy. La gente dice que se echó otra mujer y fundó otra familia, pero vete a saber de dónde lo han sacado. Lo mejor es no pensar. Eso me canso de decirle a mi madre, que vacíe la cabeza todo lo que pueda. Pero es caso aparte. Se vistió de luto al mes de no saber nada, y de eso ya va para cinco años. Ahora ella es la que más tiempo pasa de portera porque para sus pulmones no era bueno que estuviera tantas horas en la tintorería planchando, así que nos hemos intercambiado el puesto. La verdad es que a mí me encanta la portería, creo que he nacido para trabajar en eso, pero, cuando pienso que mi madre está casi todo el día sentada, me pongo contenta y, si estaba un poco triste, enseguida se me pasa. Es que la pobre se merece una vida buena y esa silla de mimbre es todo lo que yo puedo darle. —Pilar saca del bolsillo un pañuelito blanco, con el que se seca las lágrimas que le han brotado después de decir la última frase, y regala una sonrisa a su acompañante—. Perdóname, he estado hablando sin parar y ya no vas a querer volver a verme.

—Todo lo contrario, de verdad —le dice Gabriel mientras le coge la mano—. Da gusto hablar contigo. Eres tan graciosa contando cualquier cosa, aunque sea triste…

—Bueno, ahora vas a tener que contarme alguna historia tú también.

—¿Os falta mucho, teta? ¿Podemos pedirnos otro churro? —les interrumpe Raquel, la hermana de Pilar, desde la mesa de enfrente.

—¡Sí, pedid otro, pero uno y ya está, que no tengo para más! —le responde a la niña, devolviendo después la mirada a Gabriel, que remueve su café con leche sonriendo divertido ante la interrupción infantil.

—Pues empezaré por el principio. ¿Sabes?, mi madre siempre dice que cuando me case me dará para mi futura mujer un anillo de madera muy especial que perteneció a mi bisabuela Esmeralda, una mujer increíble que veía el futuro en sueños…

—Esta historia promete mucho más que la de la mujer sin cabeza.

—No te creas, la calidad de las historias no depende tanto de lo que cuentan como de quién las cuenta. Y en eso, señorita Pilar, es usted una maestra.

Era la cuarta vez que se veían desde aquella mañana en que se estrecharan la mano sobre el mostrador de la tintorería. La segunda vez que lo hicieron fue gracias a la casualidad. Una tarde, Pilar iba cargada de pantalones y chaquetas recién planchados, sin apartar la mirada de la ropa, preocupada de que no sufriera ningún percance, cuando en la calle de enfrente vio un bulto en el suelo y a una pareja de uniformados que, después de gritarle algo, siguieron adelante como si nada. Pilar no pensaba acercarse porque tenía prisa y algo de miedo, pero distinguió en aquel bulto que se movía un rostro familiar. Cuando confirmó que los hombres de uniforme estaban suficientemente alejados, cruzó la calle corriendo y con los brazos levantados para no arrastrar los pantalones. Y entonces le reconoció. «Serán cerdos y cobardes», dijo susurrando con rabia Gabriel cuando Pilar se le acercó y, sin dejar que la ropa rozara el suelo, esta le ayudó a levantarse. Él tenía los ojos llorosos, torcía el labio superior en una mueca de desprecio y le caía un hilo de sangre de la nariz.

—¿Qué le ha pasado? —le preguntó en voz baja Pilar.

—Andaba tan tranquilo cuando esos cerdos me han mandado parar y me han preguntado que si no sabía que al pasar por debajo de la bandera hay que saludar. Les he dicho que no tenía ni idea, que nadie me lo había explicado. Y, entonces, me han gritado que eso mismo era lo que estaban haciendo y que levantara el brazo de una vez. Lo he hecho, pero, al parecer, no lo suficientemente alto y me han empezado a pegar con la mano abierta y, cuando me he caído, me han atizado unas cuantas patadas. Lo único bueno es que se han cansado pronto porque si no me dejan hecho trizas.

—Ay, tiene que ir a su casa a lavarse y taponarse la nariz con algo —le dijo Pilar a punto de llorar de indignación.

—Pero no llore, Pilar. Que ya casi se me ha pasado —le contestó mientras se ruborizaba por haberse atrevido a llamarla por su nombre.

—Yo también me acuerdo de usted, Gabriel —se atrevió igualmente Pilar.

—Si es capaz de guardarme un secreto, se lo cuento.

—Sí, claro. Soy buenísima en eso —sonrió mientras, cual espantapájaros con los brazos en cruz, mantenía la ropa indemne.

—La verdad es que ha sido a propósito —contestó él

con un hilo de voz y la cabeza inclinada hacia atrás para intentar frenar la hemorragia.

—¿El qué? —preguntó Pilar con los ojos al límite de sus órbitas.

—Lo de no levantar el brazo del todo.

Y esa fue la frase que le volvió a cambiar la vida a Pilar. Porque, a partir de entonces, ya no fue capaz de sacar de su cabeza la imagen de aquel muchacho ensangrentado que no se había dejado doblegar a la primera de cambio por aquellos bestias de azul. Y comenzó a ocupar su pensamiento, en cualquier momento y lugar, en imaginar cómo sería besar a Gabriel igual que hacían las parejas en el cine.

10

Las frases huecas

—¿Perdón? ¿Qué dice? —Ofelia no da crédito a lo que ese hombre acaba de soltarle y entonces repara en su aspecto desaliñado—. ¿Quién es usted? —le inquiere tras mirarle de arriba abajo arqueando el labio superior con desdén.

—Discúlpeme. No debería haberme presentado así tan de súbito. Le pido mil perdones. Si le parece, le doy mis coordenadas para que pueda usted llamarme cuando esté más tranquila y hablamos en un lugar más oportuno. Vivo en Barcelona, aunque como habrá adivinado no soy de allí —se sonríe—. Nací en Toulouse, pero hace unos años que *habito* en Cataluña.

Gabriel le habla con rapidez y soltura, aunque sin perder la sonoridad de su acento, mientras se agacha continuamente para quedar al nivel del rostro de Ofelia, que sigue sentada, entrelazando las manos en una exagerada actitud de humildad.

—Es que no le he visto en mi vida y de repente me dice eso, en pleno entierro de mi padre. No sé. No entiendo nada. La verdad es que no tengo el cuerpo para mucha conversación, como usted comprenderá. Si puede contarme la versión resumida de la historia, se lo agradecería.

Mientras le dice esto, toma la mano de Gabriel para incorporarse y se sacude el polvo de la sepultura sobre la que ha estado sentada. Afortunadamente, no va de negro, sino de azul claro, así que apenas se distingue la suciedad en la falda. Lucía se acerca a ellos para indicar a Ofelia que el sepelio ha acabado y que debería despedirse de los familiares allí presentes y permitirles que le den el pésame. Ofelia pide a Gabriel que la espere, que no se marche sin explicarle. A unos cuantos metros de ellos, vestidas de oscuro como mandan los cánones, están Raquel, la hermana preferida de su madre, y Guillermina, la que más se le parece, tanto que el corazón le da un vuelco cuando la tiene de frente. Tras intercambiar los abrazos obligados, aunque apretados y sinceros debido tanto al cariño como al tiempo transcurrido desde la última vez que se vieron, se despide y regresa junto a Gabriel, que ha caminado por detrás de Lucía manteniendo una distancia respetuosa. Se encuentran ambos sobre la tierra baldía de la fosa común. Aquel limbo sin nombre al que Ofelia acompañaba a la fiel amiga de su madre a arrojar flores al aire. Después volvían con Pilar, que se quedaba limpiando la sepultura de su madre, la misma en la que ella yace y en la que hoy han sumergido a su marido.

Gabriel está absorto mirando una de las placas que hay dispersas sobre la tierra, que ya no está yerma del todo sino cubierta por un archipiélago de flores silvestres que la decoran, como si la naturaleza se hubiera rebelado para ofrendar a aquellos muertos olvidados algunas verdolagas, borrajas y, sobre todo, margaritas. La placa es gris con vetas blancas imitando el mármol y tiene una foto en blanco y negro de un joven que, según se puede leer allí grabado, murió con veintitrés años en 1940. Gabriel se ha quedado contemplando el retrato en cuclillas y, minutos después, se pone a acariciarlo. En su gesto, Ofelia percibe una ternura tan poco habitual que se siente obligada a acercarse. Ni siquiera se percata de Lucía, que se ha sentado en un escalón junto a la gran losa en homenaje a las víctimas del bombardeo del mercado. Lleva en la mano un clavel que ha cogido de una de las coronas de flores de Gabriel antes de que la arrojaran al hoyo.

—Qué pena, un muchacho tan joven... —comenta Ofelia para romper el hielo y reconducir la actitud hacia Gabriel a su cordialidad acostumbrada.

—La gran mayoría de los fusilados durante los primeros años de la Dictadura eran jóvenes, porque eran quienes habían combatido en la guerra. Aunque la edad no importaba mucho a los asesinos. Es una pena que no haya una placa grande con todos los nombres de los ejecutados que descansan aquí. Este gran trozo de tierra debió de ser una enorme fosa común. ¿Sabe cuántas personas hay aquí enterradas? —pregunta Gabriel volviéndose hacia Ofelia, que le mira con el ceño fruncido.

—¿Cómo quiere que lo sepa? Ni siquiera sabía que aquí hubiera represaliados.

—Pues la señora que la acompaña parece que sí. De hecho, acaba de lanzar una flor a la tierra de la fosa. Supongo que tiene a alguien querido allá dentro.

Mientras plantea la cuestión, Gabriel se ha erguido de nuevo sin abandonar la mirada sobre Lucía, quien, a su vez, tiene la vista fija en el lugar en el que ha depositado el clavel. Quizá, incluso, más allá de él.

—Es Lucía, la mejor amiga de mi madre. Bueno, y de mi padre. Ha vivido toda la vida con nosotros. Es como una tía para mí. Siempre he sabido, aunque nadie me lo dijera nunca expresamente, que su marido estaba aquí enterrado; pero solo sé que murió después de la guerra y que se llamaba Marcos. Nada más.

Ofelia verbaliza la enorme laguna que es para ella el pasado de Lucía y siente cómo le cubre el rostro un halo, bien tupido, de vergüenza. Aquel enigmático hombre de origen francés ha iluminado en apenas unos minutos una oscuridad antigua, muy antigua, demasiado. La que ella no ha sido capaz de disipar en cuarenta y siete años.

—¡Su marido fue fusilado! —dice en voz alta y de carrerilla, con la boca y los ojos muy abiertos y las manos posadas sobre sus mejillas.

—Pero eso ya lo sabía, ¿no? Me lo acaba de contar. Lo dice como si acabara de descubrirlo.

—Es la primera vez que soy consciente de lo que acabo de decir. Es extraño. No sé cómo explicárselo, pero hasta ahora mismo no lo sabía. Es decir, sabía que su marido había muerto, pero no que lo habían fusilado. ¡Madre mía! Por eso veníamos hasta aquí y lanzábamos las flores corriendo y de tapadillo. En fin, ya le explicaré bien. ¡Por favor, cuántas emociones juntas! Me están entrando náuseas, creo que será mejor que vayamos a algún lugar tranquilo y hablemos de todo esto, de quién es usted y de su historia. En fin, de todo un poco, pero sentados ante un vaso de agua bien grande o, mejor, una manzanilla.

Gabriel posa la mano en la espalda de Ofelia para asegurarle un punto de apoyo. En el rostro de ella se adivina un estado de confusión y aturdimiento que no le permite dar más de dos pasos sin perder el equilibrio. Decide llamar a Lucía para marcharse en el vehículo de la funeraria, que sigue parado en el camino de tierra que hay junto a la tumba de sus padres.

—Si quiere puede venirse con nosotras en el coche. Podemos tomar algo en una cafetería cercana a mi casa. Así dejamos a Lucía que descanse.

—Se lo agradezco mucho. Alquilé un coche para el viaje, pero lo he dejado aparcado en el hotel y he venido en taxi al cementerio. La verdad es que desde aquí no sabría cómo regresar. Esto está verdaderamente apartado de todo.

—Pero, antes, tan solo confírmeme una cosa. Por favor, no irá a decirme que usted y yo somos hermanos, ¿verdad? Creo que no estoy preparada para algo así —dice Ofelia achinando los ojos y arqueando las cejas, implorando una respuesta negativa.

—¡No, *mon Dieu*! Bien es cierto que si existo es gracias a su padre, pero no porque interviniera en ese sentido —contesta, entre sonrisas, Gabriel.

—Perfecto, entonces podemos marcharnos tranquilos.

El viaje en el coche fúnebre se sucede en un silencio sepulcral que solo quiebra la voz de Lucía para indicar al chófer el camino que debe seguir. De soslayo percibe Ofelia cómo el enigmático visitante se retuerce las manos, que le brillan de sudor, y le asaltan de golpe todas las preguntas que no se hizo antes. «¿Cómo ha llegado hasta allí?, ¿Por qué sabía que su padre había muerto?». Conforme se acerca el vehículo a su destino, Ofelia va cobrando conciencia de cómo ha ido evolucionando el día hasta acabar embutida en el asiento trasero de ese Mercedes con las lunas tintadas. Busca los ojos de Lucía para sostener con ellos una mirada cómplice, pero no están a su alcance. La gran amiga de la familia parece hallarse a varios años luz de allí, a más de medio siglo al menos. Le gustaría abrazarla, pero no puede. Le frena la vergüenza de tener que reconocer que su pena, hasta hoy, le había importado poco. Aunque eso tampoco es cierto. Nunca fue que no le importara, sino más bien que había naturalizado su tragedia como una de tantas que se sufrieron en aquel entonces. Cuántas veces se oía «A Fulanita le mataron el padre en la guerra», «A Menganita le mataron al hijo después», «No sabe dónde está enterrado su tío, al que un día fueron a buscar a su casa por ser de la UGT». Casi todas las familias que se cruzaron por la vida de Ofelia, a lo largo del tiempo, ofrecían una historia vital parecida que quedaba circunscrita a eso: una frase. Nada más. Ni quienes la repetían profundizaban en ella ni quienes la escuchaban se cuestionaban que hubiera más que saber. La generación de Ofelia creció así, condenada al silencio por omisión de sus mayores o a la repetición de una consigna, un eslogan, un enunciado que habían aprendido en la infancia y que, de tanto reiterar, había perdido por completo el significado. «Mi tía Lucía vive con nosotros porque es la mejor amiga de mi madre, no es que sea su hermana, pero casi. Su marido murió después de la guerra y como no tenía a nadie se vino a vivir aquí». Ese era el discurso vacío de Ofelia que relegaba el trauma de Lucía a un renglón desgastado e insulso del libro de familia. La explicación que daba sentido a que esa mujer viviera en su casa, con su padre y su madre. Nada más. El miedo, el dolor, el asesinato, la causa, el cómo, el quién, el dónde son factores interesantes en una película, en un suceso publicado en el periódico, en un libro de detectives, pero no lo eran para entender la herida de Lucía. «¿Pero, qué herida? Nunca pensé que la hubiera. Solo sabía de su pena. Una pena que me parecía natural, ley de vida».

El chófer frena en seco y la devuelve al presente.

—Lucía, me quedo a tomar algo con este señor que ha venido de Francia. Así me repongo del vahído. ¿Te parece bien? ¿Subes tú a casa?

—¿Ha venido de Francia? ¿Conoce a Rocío? —pregunta la anciana.

—No, Lucía, no. No la conoce de nada. Es amigo mío —improvisa Ofelia.

—Ah, ya me extrañaba. Sí, me voy a casa, sí. Este cuerpo pide cama —sentencia Lucía, mientras se despide con timidez—. Que tenga buen viaje de vuelta usted. Hasta mañana, nena.

Ofelia espera a que la anciana desaparezca por el vano de la entrada al edificio y solo entonces comienza a caminar junto a Gabriel en dirección a la avenida principal.

—Entenderá que no haya querido contarle la verdad sobre usted a Lucía. No creo que fuera momento de sobresaltarla cuando ni siquiera yo sé aún muy bien por qué está aquí.

—Sí, no se atreva a pedirme disculpas. Soy yo quien debe restituir el orden en su mente confusa, en un día de dolor como el de hoy. Pero cuando le cuente entenderá bien que para mí también ha sido un día de vital importancia. De hecho, crea de verdad que siento la muerte de su padre porque me habría encantado conocerle. Y no será porque no lo he intentado.

—Bueno, para conocer a mi padre debería haberle encontrado hace más de cinco años. El alzhéimer le vació la memoria por completo, tanto que hace casi cuatro dejó de reconocerme. En mi fuero interno había muerto hace ya bastante tiempo, aunque eso no me consuela ahora.

—La entiendo. Yo perdí a mis padres hace casi una década. Primero a mi padre y después, a los pocos meses, a mi madre. Como hijo único es una tragedia.

—Sí, yo también lo soy. Cuando ya no te queda nadie tomas una conciencia de la muerte aterradora.

—Es como hallarse al borde de un precipicio por el que sabes que, tarde o temprano, terminarás cayendo.

En el transcurso de la conversación han ido caminando por una gran avenida hasta adentrarse en una cafetería elegante, ambientada en la década de los cincuenta, con música jazz y luz atenuada. Se han sentado frente a frente en una mesa negra y cuadrada con una rosa artificial en el centro.

—¡Bueno, Gabriel! —le espeta Ofelia, después de dar un buen sorbo al vaso de agua fría que le han servido—. No se escabulla más. Estoy preparada para escuchar su historia.

—Se va a reír, pero, después de tantos años esperando este momento, ahora que la tengo delante no sé muy bien por dónde empezar a contarle.

11

El cordel negro

—Puede decirse que soy el fruto de un milagro concebido por un par de pecadores redomados —dice Gabriel dedicando una media sonrisa a Ofelia—: dos comunistas españoles exiliados en Francia. Mi madre quedó embarazada a los treinta y muchos años, cuando ya casi se había resignado a morir sin descendencia. Y digo casi porque su obstinación era legendaria. A pesar de lo que los médicos le decían, ella nunca perdió la esperanza de que yo llegara algún día. Le decía a mi padre continuamente, cuando él intentaba convencerla de que se rindiera a la evidencia, que no había sobrevivido a la guerra y a Franco para quedarse sin ser madre. Y no piense que tenía una concepción tradicional de la familia, todo lo contrario, pero decía que, si poseía el poder de crear un ser humano, no quería perderse la experiencia. Ni siquiera mi padre creía posible que estuviera embarazada cuando la acompañó al doctor para que la revisaran después de pasar tres meses sin periodo. No era de extrañar su desconfianza, a mi madre le habían dado más de una paliza en los calabozos y, por lo visto, siempre encaminadas a dañarle en el mismo punto. Pero, al parecer, su útero era como ella misma, obstinado y resistente. Cuando, con muchas dificultades, me parió, ambos tenían ya muy claro cuál iba a ser mi nombre: el de la persona que salvó la vida de mi padre, sin ni siquiera conocerle. Y bueno, a estas alturas, ya sabrá usted de quién le hablo.

—¿De mi padre? —pregunta Ofelia muy despacio.

—*Évidemment*.

—Pero ¿cómo y cuándo tuvo mi padre la oportunidad de salvarle la vida? —pregunta Ofelia con las manos enmarcándole el rostro, como si necesitara sostenerlo.

—Para que lo comprenda todo mejor, empezaré por el principio. Mi padre era hijo de unos campesinos que se ganaban la vida como podían en un pueblo de la serranía. No fue nunca a la escuela, pero aprendió lo suficiente para apañárselas solo en la ciudad poco antes de cumplir los diecisiete años. A esa edad entró a trabajar en un restaurante de camarero; después lo hizo en una fábrica de azulejos y fue allí, durante los años de la República, cuando entró en contacto con algunos sindicalistas. Había por aquel entonces mucho movimiento de organización y protesta en las industrias de la zona. Para él fue como si se le abriera una ventana a un mundo nuevo, como haberse matriculado en la universidad. Comenzó a asistir a conferencias, a leer libros de marxismo, a escribir panfletos informativos. En definitiva, se fue formando de manera totalmente autodidacta pero tremendamente eficaz. He tenido en mi madurez conversaciones interesantísimas con mi padre sobre Foucault que no tenían nada que envidiar a las que mantenía con algunos compañeros. Pero bueno, al tema, que me voy por los cerros, como dicen ustedes. Cuando Franco dio el golpe de Estado, él era ya uno de los cabecillas locales más relevantes del sindicato. Y fue entonces, en la retaguardia, donde cumplió un papel muy importante en los comités de defensa haciendo agitación y propaganda, colaborando en la construcción de refugios antiaéreos en Valencia e, incluso, estuvo en uno de los grupos de recepción que organizó el acondicionamiento de los cuadros del Museo del Prado. Porque mi padre estaba totalmente significado con la causa republicana y, cuando Casado traicionó al Gobierno y se desencadenó el final, se negó a abandonar el país. Así que se escondió en el sótano de la casa de sus padres, en el pueblo. Allí permaneció durante casi un mes, pero enseguida entendió que no era un espacio viable para ocultarse a largo término. Decidió huir a las montañas que conocía mejor que los surcos de sus manos, porque las había recorrido siendo niño. Y allí se quedó durante días que se volvieron semanas que, a su vez, se tornaron meses. Mi abuela le fue procurando el alimento necesario. Lo dejaba cerca de unas piedras enormes que había al principio del camino al monte. Él sabía que los falangistas no habían molestado a sus padres porque pactó con ellos, antes de su marcha, una clave secreta para avisarle: un cordel atado a la rama de un olmo viejo. Si no había rastro de cordel, todo estaba en calma. No se lo creerá, pero después de morir mis padres hice un viaje para recorrer los lugares importantes en sus vidas. Ya sabe, desanduve sus pasos esperando encontrarles, aunque fuera a retazos. Y ahí estaba el cordel. Cuando llegué al pueblo de mi padre paseé hasta la montaña, seguí las indicaciones que me contó en vida cientos de veces y ahí estaba, como si mi abuela lo hubiera dejado allí para mí. —Gabriel hace entonces una pequeña pausa para secarse la orilla encharcada de los ojos—. En fin, ya ve que soy un romántico. Pero lo cierto es que cuando vi esa pequeña cuerda ya de un color oscuro, indefinido..., tuve que apoyarme en el tronco de aquel enorme olmo para no caerme al suelo. De golpe, todo cobró sentido. Todas las historias que me había contado mi padre sobre su pasado tomaron vida propia. Y era una vida muy triste. Le imaginé, cuando encontró ese mismo cordel, muerto de miedo por sus padres, sin saber si necesitaban su ayuda o si ya era demasiado tarde. Y ciertamente, así era. Ya era tarde. A mi abuelo se lo llevaron para interrogarle hasta tres veces. Ninguna de las anteriores había querido avisarle mi abuela, por miedo a que bajara del monte y le descubrieran. Pero, para cuando ató el cordel al árbol, mi abuelo ya había desaparecido.

—¿Desaparecido?

—Sí, mejor dicho, ya le habían desaparecido. Torturar y asesinar a las familias era la mejor forma de hacer que se entregaran los huidos. Era el *modus operandi* de esos malditos fascistas. —Gabriel hace una pausa para beber un sorbo del agua con gas que tiene delante—. Mi abuelo es otro de mis fantasmas particulares. Mi padre vivió casi toda su vida sin saber dónde estaba enterrado, ni siquiera sabía qué le habían hecho. Pero localicé su paradero antes de que muriera. Significó mucho para él. Está en una fosa del «paredón de España», así es como llaman al cementerio de Paterna, porque bajo su tierra reposan los huesos de más de dos mil doscientas personas provenientes de todas partes del país. Llevo un tiempo organizando a los familiares de las víctimas que he podido hallar. Incluso hemos constituido una asociación. Mi objetivo es exhumar sus restos para poder enterrarlo en la sepultura de mi abuela y que, por fin, descansen juntos. Pero es una tarea enormemente compleja. Una quimera.

—Vaya, no tenía ni idea de que existiera un lugar así. La verdad es que conforme le oigo hablar me doy cuenta de que no sé nada de esa época. Tampoco mis padres, ni Lucía, me contaron mucho. Más allá de las típicas frases que repetía siempre mi madre: «La guerra fue dura, pero mucho peor fue lo que vino después». Aunque supongo que, en su caso, se refería más a que se quedó a cargo de la familia cuando se largó su padre a África, o a Sudamérica. No lo supieron nunca. Mi abuelo Blas los abandonó poco antes de acabar la guerra. Así que, cuando decía eso, se refería sobre todo a sus dificultades económicas, porque mi familia nunca tuvo nada que ver con la política. De hecho, en mi casa no recuerdo que se trataran esos temas. Mis padres siempre votaron izquierda, eso sí, porque decían que ser trabajador y no hacerlo era como pegarse un tiro en el pie. Pero nada más.

—En fin, resumiendo las cosas, mi padre decidió continuar huido. Sabía que le esperaba la muerte si volvía, y su madre, a la que fue a buscar en cuanto vio el cordel, le dejó claro que no le permitiría entrar en casa. Que ella podía soportar perder un marido, pero no iba a enterrar a un hijo, o «ni eso, porque ni enterrarte me dejarían», le dijo. Así que mi abuela salvó la vida de mi padre obligándole a volver a la sierra. Allí, poco después, contactaron con él algunos compañeros ya que, evidentemente, no era el único que había escapado; eran ya varios y comenzaron a organizarse en la guerrilla a través del Partido Comunista.

—¿Y qué pasó con su abuela?

—Que se convirtió en enlace.

—¿En qué?

—Mi abuela se convirtió en una pieza clave de la guerrilla. Era un punto de apoyo, es decir, servía para enviar mensajes a los del monte, avisarles de si había movimientos de la Guardia Civil y, sobre todo, se ocupaba de darles lugar para descansar, para reponerse si acababan malheridos, proveerles de comida, en definitiva, de todo. La red de apoyo a la guerrilla era mayoritariamente femenina. Madres, esposas, hermanas, hijas se jugaban la vida diariamente para que ellos pudieran conservar la suya. No se trataba solamente de resistir, la guerrilla tenía como objetivo acabar con la Dictadura. Pero bueno, ya sabe usted que no lo consiguieron.

—¿Y mi padre cuándo conoció al suyo? —pregunta tímidamente Ofelia, tras respetar la pausa melancólica que se ha concedido a sí mismo Gabriel.

—Sí, perdone. Me pierdo en mi propia historia. Fue alrededor de 1946, cuando mi padre y sus compañeros estaban planeando una emboscada a una comandancia de la Guardia Civil en la que, se decía, estaban acuartelados quienes habían participado en el asesinato de tres guerrilleros unos meses atrás. Una de las víctimas, un chaval de la edad de mi padre, había entablado mucha amistad con él estando en el monte. De hecho, más de una vez, mi padre desahogó conmigo el trauma que aún cargaba encima, siendo ya anciano, por haber visto el cuerpo acribillado de su amigo. El caso es que él era el encargado de acercarse al cuartel para vigilar los horarios y movimientos de los guardias y diseñar el ataque. Entonces salió una pareja a hacer la ronda. Y en ese momento a mi padre se le cayó el encendedor del bolsillo. «Ni siquiera recordaba llevarlo encima», me insistía una y otra vez siempre que me lo contaba. Un ridículo error que le pudo haber costado la vida, de no haber sido por su padre, claro. En cuanto el metal chocó contra el suelo rompió el silencio de la noche de una forma sutil pero suficiente como para llamar la atención de la pareja de guardias. Lo siguiente que vio mi padre fue la cara de uno de ellos frente a él. Tenía el bigote largo y fino formando una línea recta y el dedo índice apretado contra los labios reclamándole silencio. Mi padre se quedó petrificado, sin atreverse a mover un solo músculo. Y Gabriel, le susurró al oído: «Cuando nos oigas volver a caminar, cuenta treinta y te vas corriendo», dio media vuelta y se marchó.

—Perdone, pero nada de esto encaja. Mi padre nunca fue guardia civil. Trabajó toda su vida como ferroviario y, a veces, descargaba mercancía en el puerto cuando necesitaban más manos. Pero nunca fue guardia civil. Mi abuelo era carabinero, eso sí. Lo único que hizo mi padre relacionado con las armas fue el servicio militar, vamos, como cualquier otro hombre.

—¿Y sabe si en esa época llevaba un bigote estrecho y largo?

—Sí, eso sí. No solo en esa época, lo llevó toda la vida. De hecho, una vez se lo afeitó de broma y a mi madre casi le dio un patatús cuando se lo topó de frente por el pasillo. Estaba irreconocible.

—Bueno, no solo coinciden la edad y la fisonomía del bigote, su nombre y sus dos apellidos también encajan.

—¿Y cómo pudo saberlos su padre? Si fue esa la única vez que se vieron, es imposible que supiera cómo se llamaba.

—Es que esa no fue la única vez que su padre le salvó la vida al mío.

12

Obediencia debida

—Hubo una segunda vez, el día de la emboscada —le dice Gabriel, después de una pequeña pausa.

—¿Y entonces le dio tiempo a mi padre a decirle el nombre al suyo? —pregunta escéptica Ofelia.

—A su padre, no. A un guardia que salió de la comandancia por sorpresa, justo cuando mi padre y sus compañeros iban colocándose en las posiciones que habían previsto para lanzar el ataque. Gabriel, su padre, no sabía nada, por supuesto, pero todos los guerrilleros estaban avisados de su fisonomía para mantenerlo a salvo. De hecho, mi padre había elegido el momento en que se disponía él a hacer la ronda, y nunca sabremos si fue casualidad o que ya se olían algo los guardias civiles, pero aquella noche salieron de la comandancia otros dos, justo a tiempo de adelantarse a la emboscada. Mi padre siempre insistió en que, si el suyo no hubiera gritado entonces aquel valiente «¡No!», yo jamás habría nacido. Gracias a esa exclamación, tan espontánea, la mala bestia erró el tiro y después bramó: «¡Gabriel López Parra, serás hijo de puta!». Eso fue todo lo que supo mi padre de aquel joven que le salvó la vida dos veces.

Ambos se conceden una nueva pausa, que invierten en beber de sus respectivos vasos, hasta que Gabriel reanuda la historia.

—Estoy convencido de que todo se debió al instinto. Su padre no podía dejar de ser buena persona, aunque eso supusiera obrar en contra de sus intereses. Mi padre, que, por cierto, se llamaba Florencio, vivió toda su vida obsesionado con el suyo. Así que le busqué por todas partes, como hice con mi abuelo. Ojalá hubieran podido reencontrarse. Mi padre habría estado dispuesto a devolverle el favor con todo lo poco que tenía. Al menos logré consolarle cuando descubrí que a Gabriel no lo habían matado.

—Pero ¿cómo supo que no había muerto? Me estoy perdiendo.

—Bueno, pedí información al Archivo Histórico de Defensa, que está en Madrid, y tardaron en contestarme, pero conseguí que me enviaran las fotocopias de los expedientes que tenían sobre Gabriel López Parra. De hecho, es posible que haya más documentación en el Archivo de la Guerra Civil de Salamanca o en el Provincial de aquí. Pero lo que yo tengo es el expediente de condena por «colaborar con bandoleros».

—¿Y qué dice ese documento?

—Bueno, ese documento es su sentencia y, claro, me asustó muchísimo. Durante la Dictadura, tiene que entender que no había acceso a un juicio justo. Esa acta cuenta que un tribunal militar condenó a muerte a su padre. Seguramente al garrote vil, la forma habitual para estos casos.

Ofelia lanza un grito, se tapa la boca con las manos y salta de la silla para correr hacia el baño. Gabriel se restriega los ojos con rudeza, como castigándose por su falta de empatía. Ella, mientras, vomita. Arroja al rectángulo de agua del inodoro el caldo con fideos. Cuando ya no le queda nada de lo que desprenderse, va dejándose caer al suelo de ese ridículo zulo transformado en baño. Allí sentada, con el brazo apoyado en el váter, se repite en un murmullo lo que ya sabe, pero que necesita recordarse: que a su padre no lo mataron, que acaba de morir en su cama. Sigue los consejos que le procuró la psicóloga que visitó durante meses tras la separación de Íñigo. Siempre ha sufrido de ataques de pánico y un trastorno ansioso compulsivo que, habitualmente, se concentra en su aparato digestivo transformando sus problemas en arcadas. Imaginar a su padre recibiendo la condena a muerte le provoca un dolor insoportable. En su cabeza, ahora mismo, el garrote vil le estranguló el cuello. Sigue masajeándose el vientre como si fuera ella quien habitara su interior. Acaricia a la niña que fue para recordarse a sí misma que existe y que, por tanto, su padre no pudo morir antes de su nacimiento. «Son solo palabras escritas en un folio. Solo palabras, no hechos. Papá siguió vivo hasta hace dos días. Papá ha muerto en 2007. Papá se salvó, aunque no sepa cómo». Y esa idea ilumina como un destello el baño. Ofelia necesita saber qué pasó. Cómo se salvó. Conocer la verdad de los hechos será la única manera de borrar de su cabeza la falsa imagen de su padre siendo asfixiado hasta la muerte.

—¿Se encuentra mejor? Perdóneme, no sé cómo he podido ser tan insensible. —Gabriel se deshace en disculpas cuando Ofelia reaparece.

—Mire, me voy a sentar con la condición de que me lo cuente todo de golpe, sin anestesia, sin rodeos. Necesito saberlo todo ya.

—Siéntese, por favor. Lamentablemente, yo lo único que tengo es esto —le dice sacando de su mochila una carpeta de cartón azul, dentro de la cual guarda fotocopias de documentos antiguos—. Aquí tiene la sentencia y en este otro folio un listado público de ferroviarios donde aparece su padre. Como comprobará, son los mismos apellidos y la fecha es muy posterior a la de su condena a muerte. Así fue como descubrí que Gabriel López Parra había seguido vivo.

—¿Puedo quedarme todo esto?

—Faltaría más, por supuesto. Esos documentos son suyos.

A pesar de que quiere leerlos, Ofelia no está en condiciones. No consigue enfocar la vista en las palabras mecanografiadas y le parece todo un gran galimatías que se difumina en el papel como si la tinta estuviera flotando sobre un océano en blanco.

—Tenga mi tarjeta de contacto, por si necesita cualquier tipo de aclaración o consulta.

—De acuerdo, gracias. Creo que es hora de marcharme. Este cuerpo pide cama, como dice Lucía.

—Por supuesto, la acompañaré hasta su casa. Y le ruego acepte de nuevo mis disculpas, nunca pensé que las cosas se sucederían de este modo. Pensé que sería usted quien disiparía mis dudas y no yo quien se las sembraría todas.

—No, Gabriel. Usted me ha devuelto algo que no sabía que había perdido.

Ofelia sube la escalera derrotada. Se aferra a la barandilla de madera con tanta fuerza como cuando de pequeña hacía acrobacias sobre el pasamanos. Se convierte en esa niña que aún la habita y recuerda o imagina —no sabe— a su padre ayudándola a subir cogida de su mano. Por primera vez, piensa en él de una forma nueva. Es su mirada lo que ha cambiado, pero a ella le parece que la transformación le ha afectado a él, que se ha convertido en un hombre diferente con ojos, bigote, voz y manos diferentes. Ve a su padre como un intruso que ha suplantado al verdadero: un guardia civil que salva guerrilleros, condenado a muerte y estrangulado por un enorme tornillo. Ya no es el marido, el amigo, el hermano, el hijo, el ferroviario, el cuentacuentos, el suplente de portero, el hombre sin pierna, el enfermo de alzhéimer, ni siquiera el padre. Es un extraño.

13

Las cartas de los miércoles

Te escribiré todos los días, mi vida. La separación convertirá nuestro amor en inmortal. En dieciocho meses podré volver de permiso y el reencuentro será inolvidable. Cuídate, guapita mía, y recuerda que no habrá ningún hombre que te quiera como yo, no dejes que se te olvide.

Tuyo siempre,

G

Cada noche, desde que Gabriel se marchó disfrazado con uniforme verde en un tren del mismo color a hacer el servicio militar, Pilar releía la carta —con mucho esfuerzo al principio, hasta que se la supo de memoria— que él mismo le había introducido en el bolsillo del abrigo, mientras la abrazaba al despedirse, sin que ella lo notara. Siempre recordaría emocionada aquel momento en que, al resguardarse las manos del frío, de camino a casa, terriblemente abatida, descubrió aquella cuartilla que, plegada hasta la saciedad, se escondía agazapada en un agujero del forro de su bolsillo. Pensó que se trataba del envoltorio de algún caramelo olvidado y por muy poco no lo arrojó al suelo.

Pero, al inspeccionarlo, reconoció extrañada, en una esquinita del papel, el trazo diminuto pero inconfundible de una de esas mayúsculas de Gabriel, tan rimbombantes y perfectas que, más que letras, parecían flores dibujadas. Entonces se detuvo en seco, en mitad de la calle, para deshacer nerviosa perdida los pliegues de aquella nota y leer, a la velocidad de la luz, esas frases que condensaban tanto cariño, tanta pena y tantos miedos compartidos.

Los últimos días antes de su partida habían sido, sin duda alguna, los más felices. Aún podía oler el aroma a limón de Gabriel impregnado en su abrigo, en su pañuelo y también en su blusa, porque antes de quedar con ella siempre se embadurnaba el pelo y el pecho con agua de colonia concentrada Álvarez Gómez (fragancia limón). La certeza de la despedida había elevado la intensidad de sus afectos a un estadio de pasión desconocido para ambos. El último día que pasaron juntos, se escondieron detrás del muro de la portería para abrazarse y besarse como si fueran un par de prófugos. Y en parte, lo eran. En aquellos tiempos, demostrar impúdicamente el amor podía ser considerado un delito de escándalo público, por no hablar de lo que Pilar se jugaba si alguna de las vecinas se la encontraba en la escalera de tal guisa. Pero en esos momentos no eran capaces de pensar con frialdad, porque cuando se quedaban solos y aparentemente a salvo de las miradas ajenas, no había hueco para el aire entre sus cuerpos. Y aunque nunca se habían atrevido a cruzar la frontera de lo prohibido, se sabían la piel del otro tan de memoria que en sueños desbordaban ambos de deseo.

De su vida de entonces, lo único que salvaba a Pilar de morir de agotamiento o de locura era su noviazgo. «Tienes mucha suerte, hija, aprovéchala, que cuando yo falte quiero saber que estarás bien», le decía cada día, con dificultad y casi en un susurro, su madre. Porque a Carmen, en poco menos de un año, la enfermedad la había ido derribando hasta dejarla en ruinas. El único doctor que se pudieron permitir, después de auscultar a la enferma en pecho y espalda, había alzado la vista para mirar a Pilar y torcido la boca augurando lo que ella ya se imaginaba, pero no se había atrevido a decir en voz alta. Después, en el umbral de la puerta, mientras se metía en el bolsillo las pesetas que a Pilar le costaban dos semanas de plancha, se lo confirmó de palabra: «Su madre se muere».

Bastó una frase de cuatro palabras para que todo su mundo quedase reducido a ellas dos: Pilar y Carmen. Los dos hombres de la casa, Antoñito y Pepe, se habían marchado ya hacía unos meses, tras enterarse por casualidad de las posibilidades de trabajo en un pueblo cercano, atiborrado de fábricas de zapatos, donde siempre se necesitaban manos nuevas. Tampoco es que se hubieran preocupado demasiado por llevar dinero a casa y cuidar de ellas, así que Pilar llegó incluso a alegrarse cuando vio salir por la puerta a esos dos larguiruchos con quienes únicamente había compartido el hambre, el abandono y la guerra, que no era poco, pero se había demostrado insuficiente. Tiempo después, cuando ya fue evidente que Carmen no podría salir nunca más de la cama y que viviría emparedada entre el colchón y las sábanas hasta la muerte, Pilar se sumió en la desesperación de quien se sabe carente del poder de la ubicuidad. Porque no podía cuidar de su madre, trabajar de portera de día y de planchadora de noche, mientras atendía además a sus hermanas, que acababan día sí día también en los comedores para pobres del Auxilio Social que Pilar no soportaba. Así que, después de hablarlo con Carmen, tomaron ambas la dolorosa determinación de pedir ayuda. Y fue Pilar en procesión a mendigar a los pocos familiares lejanos que les quedaban —como cuando se encontraron en la calle durante la guerra— el cuidado de las niñas durante una temporada. Y fue, de nuevo, la prima segunda de su madre, la señora Juana —que tenía un marido que trabajaba vendiendo telas y lanas y una casa bastante aseada, con dos habitaciones y sin hijos para habitarlas— quien, después de mirar de arriba abajo a las niñas —que iban muy bien arregladas porque Pilar les había puesto la falda y la rebeca verde que les hicieron Carmen y ella la Navidad anterior—, les dijo que lo hablaría con su marido cuando llegara por la noche. Y al día siguiente, antes de que Pilar hubiera tenido tiempo de barrer la portería, aquellos primos lejanos ya habían dicho que sí, y fue así como llegó uno de los peores momentos de su vida cuando tuvo que despedirse de Guillermina y Raquel, que se iban para una temporadita corta, pero que, aun así, se llevaron casi todas sus cosas «por si acaso». Pilar quedó en que iría todos los domingos a buscar a las niñas para acompañarlas a ver a su madre y luego a pasear. Les dijo entre lágrimas, sin apenas poder terminar las frases por la congoja, mientras se abrazaban y se embadurnaban los mofletes de los mocos de las otras, que en poco tiempo volverían a casa, cuando estuviera mejor madre, y que les asaría castañas, como hacía antes, y que se portaran bien, que la tía Juana era muy buena, y que recordaran que ella era su hermana mayor, «pasara lo que pasara», y que «jamás de los jamases» las abandonaría, que regresarían muy pronto a casa, a su habitación de siempre. Pero sus hermanas, rabiosas e insistentes, le repetían que lo prometiera y que, si no, no se iban. Y así fue como, sin saberlo, Pilar les hizo una promesa que el tiempo acabó convirtiendo en una mentira.

Por todo eso, desde hacía dos meses, cada noche se restregaba la cara empapada de lágrimas en aquella carta de amor de Gabriel y se dormía agotada, a pesar de la sempiterna opresión en el pecho que unas veces no le dejaba respirar y otras empujaba a palpitar su corazón desacompasadamente. Cuando eso pasaba, Pilar se incorporaba asustada y caminaba por el pasillo, arrastrando los pies y descalza para no hacer ruido, hasta la habitación de su madre y se quedaba allí, junto a ella, con las rodillas hincadas en el suelo, la mejilla derecha recostada sobre la cama y la mirada clavada en la barriga de Carmen, para cerciorarse de que seguía moviéndose. Después de un rato, se recogía en la que aún era la habitación de sus hermanas, se ovillaba en el colchón desnudo de sábanas y pedía en silencio, siempre para sus adentros: «Por favor, Félix, no permitas que la muerte se lleve a mi madre todavía».

El mundo de Pilar había quedado reducido a la exigua portería, el comedor donde planchaba y un hueco entre la pared y la cama, desde donde contemplaba cómo se iba consumiendo el hilo de vida al que, a malas penas, se mantenía asida su madre. A veces perdía la cuenta de los días que llevaba puesta la bata azul marino y ya ni se molestaba en cambiarse cuando se acostaba. De esas semanas que se convirtieron en meses, interminablemente iguales, solo la restablecían las visitas de Lucía, quien con su energía renovada devolvía a Pilar al terreno de la cordura. Porque, cuando su amiga llegaba a última hora de la tarde a llevarle los encargos de la tintorería, se la encontraba con las manos y las uñas negras de haber estado limpiando la escalera y las zonas comunes. Normalmente sentada en la silla de mimbre, con la cara agachada sobre alguna prenda de ropa que anduviera remendando. Entonces subían juntas a la casa y Pilar empezaba a planchar a destajo con su plancha de hierro heredada. Mientras, para animarla, Lucía le preparaba un caldo caliente y le contaba las anécdotas del día en La Japonesa, donde había entrado a sustituirla cuando se hizo evidente que no podría seguir asumiendo dos trabajos. Las compañeras echaban de menos las historias de Pilarín, pero se divertían también con las coplas que les tarareaba su amiga. Lo que les habría gustado trabajar juntas, se repetían siempre la una a la otra. «Tal vez algún día, cuando tu madre mejore», le mentía Lucía, a lo que Pilar contestaba con un suspiro y alzando la mirada al techo.

Una de esas noches, Lucía le soltó de sopetón que se había enamorado.

—Se llama Federico y lo conocía del barrio. Yo ya me había fijado en él de verlo pasar con su pandilla. Siempre me seguía con la mirada hasta que ayer, por fin, me habló. Resulta que había preguntado mi nombre en la calle y me soltó un «buenas tardes, Lucía». Noté enseguida que se me ponían las orejas encarnadas, pero me aguanté la vergüenza y le respondí muy rápida: «Hola, Federico, ¿qué tal?». Y así empezó todo. Hemos quedado mañana domingo con su pandilla para ir a la playa a merendar.

Aquella noche, con tanta novedad, no tuvo tiempo Pilar de dictarle a Lucía una carta de respuesta a la última que había recibido de Gabriel. Si bien él le había prometido escribirle todos los días, solo le llegaban misivas los miércoles sin falta y algunos afortunados lunes. Aunque en ellas había párrafos de días distintos en los que le contaba cómo eran el cuartel, la comida y sus rutinas, sin dar más nombres que el de un compañero llamado Roque, con el que compartía litera y su afición por jugar a la brisca en los descansos. A Pilar siempre le extrañó que su novio no se entretuviera en darle detalles de cómo eran los ejercicios físicos que tanto miedo le daban antes de marcharse. Porque, a pesar de ser un hombre alto y fornido, Gabriel nunca había destacado en ningún deporte. Prefería leer una novela a jugar al fútbol con los amigos en la plaza del Puente, el único espacio diáfano del barrio, que estaba siempre ocupado por muchachos de edades variadas corriendo tras un balón mientras algunas niñas los miraban sentadas en los soportales. Por eso, a Gabriel siempre le habían considerado el raro de Lepanto, la calle en la que vivía junto a sus padres.

Gabino se había conseguido librar de la depuración después de la guerra por un estúpido traspiés que le salvó, puede que incluso la vida, semanas antes de que entraran las tropas franquistas en la ciudad. Un tropiezo mientras corría le produjo una rotura de menisco y le dejó cojo de la pierna derecha para toda la vida. Así fue como pasó de carabinero republicano a oficinista en dependencias ferroviarias. La desaparición forzada de miles de profesionales cualificados había dejado las instituciones en cuadro y permitido a quienes habían quedado en el limbo de la adscripción ideológica adaptarse a las nuevas condiciones. Consciente de la influencia del azar en su destino, el padre de

Gabriel había decidido que sus hijos seguirían su mismo camino para poder labrarse un futuro en el nuevo régimen. Gabino había visto las orejas al lobo desde demasiado cerca como para permitirse titubear, y mucho menos que lo hicieran los suyos. Fue por ello por lo que obligó a Pedro a marcharse a estudiar contabilidad lejos de allí y a Gabriel, ya en edad de hacer el servicio militar, a formarse en el cuerpo de la Guardia Civil para así labrarse una carrera. Sin embargo, el novio de Pilar, que nunca había osado desobedecer a sus padres, se sabía incapaz de cumplir con su deseo. Él anhelaba una vida distinta, seguía soñando con ser escritor y, aunque sabía que no era posible, al menos quería trabajar en algo que no le repugnara. Desde el principio le prometió a Pilar que tan solo se iría el tiempo que durara el servicio militar, pero que después abandonaría la Benemérita y se casarían.

En las primeras cartas, Gabriel le contaba que todo era interesante y nuevo, que no estaba tan cansado como habría imaginado, que comía muy bien y que tenía unas vistas preciosas de la sierra desde su ventana. Pero poco a poco ese entusiasmo fingido fue pasando a unas pocas líneas diarias sobre lo mucho que la echaba en falta. Dejó de haber espacio en su correspondencia para hablar del resto de las cosas y se fueron haciendo las misivas más cortas y repetitivas. Pilar sabía que en esos silencios habitaba una gran tristeza que, en el fondo, la aliviaba. Como si cada miércoles con sus cartas le inoculara una pequeña dosis de mezquina calma.

14

El álbum de fotos

A Ofelia la noche le ha pasado por encima como un suspiro. Ni siquiera se ha tapado con la colcha, algo inusual en ella, que, incluso en verano, necesita sentir sobre su cuerpo el roce de la tela para conciliar el sueño, como si la sábana fuera a protegerla de los peligros nocturnos. Siempre ha sido así desde que tiene uso de razón. También cuando dormía acompañada de Íñigo, aunque los recuerdos de su matrimonio se le tornan cada vez más lejanos, difuminados entre las brumas de su mala memoria. Se pregunta si Lucía seguirá viendo el rostro de su esposo cuando le sueña o si, por el contrario, ya se habrá convertido en una cara nueva, inventada por el paso del tiempo, ese genial escultor capaz de transformar lo vivido. Esa fue siempre la piedra de toque en la relación de Ofelia con su marido: las diferentes miradas sobre lo que sucedía. Lo que para él no eran más que nimiedades —banalidades inofensivas, las llamaba— suponían para ella un agravio indeleble que le provocaba todo tipo de ansiedades e incluso ataques de pánico. Él siempre tan simpático y formal, frente a ella, tan racional hacia fuera y, a la vez, tan vulnerable por dentro.

Con la mirada fija en la escayola del techo, se deja llevar por pensamientos que la empujan sin remedio hasta su padre. ¿Cómo es posible que ella no supiera? ¿Cómo es posible que, en cuarenta años, él nunca encontrara un momento, un hueco, una brecha a la que asomarse a explicarle? Puede que todo sea una verdad a medias o que haya aún una explicación perdida que... ¿Que qué? No sabe ya ni qué pensar. Y de pronto el destello de una duda razonable le devuelve la confianza en que todo no sea más que un trágico disparate. ¡No le llegó a preguntar a ese hombre cómo supo del funeral de su padre! ¿Quién es ese Gabriel de hablar tan ridículo y pomposo? ¿Será su verdadero nombre? ¿Qué prueba le pidió ella de su identidad? Le dio una tarjeta donde aparece escrito, pero es lógico que, si ha fabricado un teatrillo, ese sencillo trozo de cartulina forme parte del atrezo. ¿Cómo pudo ser tan descuidada de no hacer más preguntas? Se dejó atrapar por esos folios, por esas palabras que amenazaban de muerte a su difunto padre. Y ella, la frágil pero racional profesora, sucumbió al engaño. Mas algo no encaja. Porque para idear un fraude semejante hace falta una buena razón. ¿Cuál?

Suena el timbre, y Ofelia aprovecha para salir del bucle y de la habitación de sus padres. Anoche se acostó allí porque sin ellos ya no tiene sentido seguir ocupando su viejo cuarto, tan desnudo de cosas que parece el fruto de un desahucio. Sus libros, sus juguetes, sus fotos y documentos han sufrido oleadas de mudanzas a lo largo del tiempo hasta dejar la habitación únicamente provista de una cama, un escritorio mínimo y un silloncito. Se cubre el pijama con el batín de cuadros con el que siempre recuerda a su padre en casa. «¿Quién será a estas horas de la mañana?», se pregunta, mientras comprueba en su reloj de muñeca que son ya casi las doce del mediodía. «¿Por dónde andará Lucía? Debe de hacer un siglo que está despierta». Abre la puerta sin saber a quién, porque el telefonillo no cumple su función. Nunca lo hizo. Su madre decía que no le hacía falta porque siempre sabía si esperaba a alguien y, si contestaba y no quería abrir, al preguntar ya era tarde para esconderse. Era una de esas peculiaridades de Pilar que sacaban de quicio a Ofelia en su juventud, pero que ahora le encanta recordar y contarle a la gente. Se mantiene pegada a la puerta, para ver si se acerca alguien hasta allí o solo se trataba del timbrazo del cartero o de un repartidor de publicidad.

—¡Mamá! ¡Lucía! Soy yo, Miguel, abridme.

Ofelia no da crédito a lo que oye y clava el ojo en la mirilla para comprobar que es realmente su pequeño el que le habla desde fuera.

—¡Pero cariño! ¿Qué haces tú aquí? —grita eufórica Ofelia mientras le abraza bien fuerte y aprovecha el entusiasmo por la sorpresa para plantarle unos cuantos besos sonoros en la mejilla.

Lucía se ha despertado debido al barullo del reencuentro y sale en camisón a recibir a Miguel, al que no ve desde hace más de cinco años.

—Ay, Miguelín. Pero qué mayor te has hecho, por favor. Dame un abrazo bien grande.

Ofelia se siente feliz por primera vez en mucho tiempo y es consciente de que se debe a la conmoción de la inesperada visita. Saborea el instante de ver a su hijo en la casa de su infancia.

—Lucía, ¿te acabas de levantar? —le pregunta al fijarse en su cabello blanco despeinado.

—Sí, hija. Me costó dormir y después me ha costado despertar. A ver si dejo de hacerlo pronto porque ya no pinto nada aquí, la verdad. Pero vamos a preparar algo para este pequeño que necesita un buen cocido. Se está quedando en los huesos, Ofelia. ¿Es que no te da de comer bien tu madre? —pregunta con sorna Lucía mientras regresa a su habitación dejando la puerta entornada para seguir conversando.

—Lucía, ya no vivo en casa de mi madre sino en un piso cerca de la facultad. Me mudé hace pocos meses.

—¡Ay, chiquillo! ¡Que ya vas a la universidad y todo! Me visto y preparo unas cositas para picar.

Ofelia se ha quedado apoyada contra la pared del pasillo observando a su hijo. Se da cuenta de que le envuelve un aire distinto, un halo de madurez ha poseído sus gestos y su habla. Tal vez sea una transformación que viene de lejos, pero ella ha necesitado cierta distancia para advertirla.

—Gracias —le susurra en un hilo de voz emocionada.

—Mamá, tenía que venir. ¿Cómo no iba a hacerlo?

—Podías no haberlo hecho perfectamente. Yo no he sabido hacer las cosas bien, debería haberte avisado en cuanto lo supe. Pero lo importante es que estás aquí y no sabes cuánto necesitaba tenerte cerca.

—Claro, mamá.

Como suele ocurrirle a Miguel, esa demostración de vulnerabilidad en su madre congela su expresividad y le desarma por completo. Ni siquiera sabe cómo colocar las manos, ni es capaz de imaginar lo que ella espera que diga. O sí, claro que lo sabe. Solo que no puede. Cuando los roles entre ellos se intercambian y su madre deja de serlo para transformarse en una persona, una mujer, una adulta cualquiera, Miguel se siente como si estuviera subido a un escenario y hubiera olvidado su papel. Así que, aunque dubitativo, se lanza al vacío y vuelve a abrazarla. Y una vez que acomoda la mejilla en su hombro, se abandona y recupera su rol de hijo. Entonces llora, no tanto por su abuelo, como por todo lo que lleva cargando sobre sus espaldas desde hace demasiado tiempo. Ofelia, sin embargo, imagina que es el dolor por la pérdida lo que aflora en Miguel y lo aprieta fuerte entre sus brazos. Necesita compartir con él las dudas y los miedos que la atraviesan desde la noche anterior y por eso interpreta su llegada como algo providencial. Es evidente que Lucía no está en condiciones de ser interrogada acerca de toda la información que le dio anoche Gabriel el francés. Ofelia no tiene claro si ella lo sabe todo, pero es evidente que no puede ser ajena a la historia. Tiene que ser conocedora de al menos una parte, un fragmento. Ahora la ve pasar por delante de su abrazo con un caminar renqueante. Ofelia siempre olvida que, a pesar de su aguante sobrenatural, no es más que una anciana que ahora, además, se sabe sola. Completamente sola. Porque Gabriel, aun sin memoria, seguía siendo alguien, un paciente al que cuidar, un amigo al que acompañar en las últimas horas, el marido de su amiga y hermana. Y cuando Miguel y Ofelia se vayan, ya no le quedará nadie.

—Tenías hambre, ¿eh?

—Está buenísima la tortilla, Lucía. Es que no me quedaba casi nada para desayunar y en el tren venían rugiéndome las tripas.

—Ay, Miguel, no me digas esas cosas que me enfado. Tienes que ser responsable, sobre todo ahora que vives fuera de casa —le riñe cariñosa Ofelia.

—Sí, mamá. No me eches la bronca. Ha sido por el parcial del demonio que tuve ayer. Me he tirado estudiando una semana entera, pasándome las tardes en la biblioteca de la uni y, cuando llegaba a mi casa, ya no me daba tiempo a hacer la compra.

—Bueno, eso, ¿cómo te salió el examen?

—Yo qué sé, mamá. Sabes que no me gusta decir nada, que gafo el resultado.

—Hay que ver cómo te pareces a tu yaya Pilar, hijo —le dice Lucía—. Ella era igual, siempre decía esas cosas. Tenía muchísimas manías. Se las enseñó su suegra, tu bisabuela Tomasa, que veía el futuro en los sueños o, al menos, eso decía. Yo no creo mucho en esas historias, pero es verdad que eso a tu yayo le salvó la vida durante la guerra.

—Te refieres a lo del bombardeo y la mujer sin cabeza, ¿no?

—Claro, te lo contaba yo siempre de pequeño —le comenta sonriente su madre, feliz de que Miguel lo recuerde—. Y lo de que te pareces a la yaya es así. Es increíble.

—La verdad que sí, ¿eh?. Sin conocerla ha heredado esas manías tan suyas —dice Lucía, que acaba la frase con un hilo de voz que desemboca en un suspiro. Es entonces cuando sus ojos se posan en la antigua mesita telefonera que guarda, desde hace décadas, un viejo listín telefónico, algunas revistas amarillentas y un libro de recetas rojo con el lomo castigado—. ¿Quieres ver fotos antiguas, Miguel?

—Vale —responde él cortésmente disimulando su falta de interés.

Ofelia, por el contrario, es incapaz de ocultar su nerviosismo cuando abre el álbum sobre la mesa camilla y lo despliega como si fuera un abanico descubriendo de golpe los rostros perdidos de sus padres, que parecen mirarla desde la prehistoria de sus vidas. En una fotografía muy pequeña aparece Pilar rodeada de mujeres vestidas de domingo. Miguel señala la foto y pregunta a Lucía quiénes son.

—Las compañeras de la tintorería de tu yaya y de tu bisabuela. Yo también trabajé en La Japonesa algunos años después planchando y, sobre todo, haciendo arreglos de ropa.

—¡Menudos peinados y vestidos!

—Pues, Miguel, los que se llevaban entonces —contesta tajante Ofelia, que apenas puede reprimir sus nervios.

—Si lo digo porque van muy elegantes, mamá. Parecen figurantes salidas de una peli antigua.

Ofelia no sabe qué busca en esos retratos, pero está segura de que, lo que quiera que sea, no se encuentra en esas dos primeras láminas. Cuando por fin pasan a las siguientes, Lucía se detiene a señalar un posado de Pilar con sus hermanas y ella misma. Están sentadas en los peldaños de una casa del barrio de Santa Cruz, el lugar que las vio crecer. Las niñas pequeñas van vestidas todas iguales, con falda de cuadros y rebeca de lana.

—Estos trajecitos los cosíamos entre la bisabuela Carmen, tu yaya y yo. Empezábamos a hacer la ropita un mes antes de Navidad. Era nuestro regalo para las chiquillas después de que se marchara tu bisabuelo. No nos podíamos permitir otra cosa.

Miguel mira a su madre cómplice, sabe que su bisabuelo es un tema prohibido en la casa familiar a pesar de que nadie nunca le haya pedido callar sobre él. Simplemente lo sabe. Es algo que solo hablan cuando están solos su madre y él. Delante de Lucía, nombrarlo sería como revelar un secreto, una desgracia incómoda.

—Por cierto, mamá, que la esquela quedó muy bonita. Me hizo ilusión que me incluyeras —cambia de tercio Miguel.

—¿Dónde la has visto? —le pregunta Ofelia sorprendida achinando los ojos y frunciendo el ceño.

—La busqué en internet. Quería ver si en alguna parte se habían hecho eco de su muerte. Era el primer enlace que aparecía.

Ofelia no da crédito a lo que ve y escucha. Se da cuenta de que esa puede ser la explicación a que el francés supiera de la muerte de su padre y de la convocatoria del funeral, y, por tanto, la primera prueba de que su historia sea cierta.

—Tu yayo siempre fue guapísimo —dice Lucía—. Y ahí más. Era cuando aún estaba de novio con tu yaya. Este retrato se lo hizo antes de irse a hacer el servicio militar.

—¿Y qué uniforme lleva? ¿Es de soldado? —inquiere Ofelia señalando la fotografía.

—Yo qué sé. Ahí no se ven más que las hombreras, hija.

Tiene ante sí la evidencia que ha estado esperando y se da cuenta de que ha errado con la pregunta sobre el uniforme, pero no se le ocurre ninguna más que no levante sospechas acerca de todo lo que sabe. Se queda observando fijamente la efigie del joven que mira al infinito, con el rostro ladeado, en blanco y negro, a la antigua usanza, con su bigote estrecho y largo. Es el rostro de un galán de cine. Entonces, se envalentona, toma aire y pregunta:

—¿Y mi padre cómo es que hizo el servicio milit...?

—Eso, ¿qué me he perdido? —interrumpe a su madre Miguel, divertido—. ¿Cómo era la mili en esos tiempos?

Ofelia se queda muda y mira expectante cómo se abren los labios de Lucía para responder a la pregunta de Miguel, que, sin saberlo, ha encauzado la conversación hacia lo verdaderamente importante.

—Bueno, yo no sé mucho de cómo era, pero tu yayo la hizo en la Guardia Civil. Tu bisabuelo, que había sido carabinero, estaba obsesionado con que se labrara un futuro en el cuerpo, pero no.

Lucía se calla de forma abrupta. Ofelia aguanta la respiración para intentar no romper el momento, quiere que siga hablando y no sabe si se ha detenido para pensar cómo continuar o si ha dado la frase por concluida. Sin embargo, es Miguel de nuevo el que quiebra el silencio para, sin saberlo, satisfacer la necesidad de su madre.

—Pero no, ¿qué? —inquiere a Lucía el joven.

—No, aquello no salió bien. Tu abuelo no quería ser guardia civil de ninguna manera. ¿Queréis bajar a comprar para hacer la comida? Se va a hacer tarde.

La anciana ha sabido cambiar de tema tan rápida y espontáneamente que Miguel no se sorprende. Pero Ofelia es consciente, por primera vez en su vida, de que Lucía le oculta un fragmento del pasado de sus padres. Y no por desconocimiento. Su actitud confirma la lealtad a un pacto de silencio que dura ya más de medio siglo.

—Vale, pues vamos a comprar, mamá. Que te has quedado embobada. Yo no puedo ir solo, que no controlo nada estas calles.

—Sí, espera un momento que me vista —le contesta su madre visiblemente aturdida.

Ofelia se levanta de la silla y va caminando hacia la habitación de sus padres rozando con los dedos el papel pintado de la pared del pasillo. Cuando nadie la ve, se abraza el vientre. Le asoma una arcada que reprime. Inspira profundamente para relajar su estómago y se da cuenta entonces de que, por primera vez, ya no le cabe duda. Ahora ya sabe.

15

Lo conocí en el Corpus

Una pesada sensación de irrealidad se condensaba en las bolsas malares de Pilar, esos pliegues abultados que le habían brotado bajo los ojos. Cuando mirándose al espejo se los hundía con el dedo, le parecía que estaban llenos de las lágrimas que no había llorado todavía. Para ella, el tiempo había pasado muy deprisa. Como un rayo. Hacía apenas unos meses era Carmen, su madre, quien se encontraba a las puertas de la muerte y Lucía la que le contaba emocionada que se había enamorado. Y ahora estaba sentada en un banco de madera, con su mejor vestido, esperando a que los hombres del barrio trajeran a cuestas a Ana para que, antes de morir, pudiera ver a su hija Lucía casarse.

Pilar había puesto en la portería un cartel de «Cerrado por boda» y había llegado pronto a la iglesia para poder estar sola un rato. Necesitaba hacerse a la idea. Pensaba en la impresión equivocada que podría dar al vecindario aquel cartel, escrito a lápiz sobre cartón, que había dejado apoyado en el cristal, rodeado por los visillos blancos que colgaban del ventanuco. Nadie pensaría que ella era la novia, porque la marcha de Gabriel fue corriendo de boca en boca el mismo día de su partida, pero sí supondrían que sería el enlace de alguien cercano. Un acontecimiento feliz, por tanto. Sin embargo, no había un adjetivo más inapropiado para describir lo que Pilar sentía.

«Lo conoció en el Corpus», susurraba Pilar para sí, sentada con las manos engarzadas como si estuviera rezando.

Todavía era capaz de recordar de forma nítida —casi tangible— cómo era la vida de su querida amiga antes de que, hacía apenas cinco meses, la suerte le diera un vuelco. El primer golpe la sorprendió de noche, cuando después de cenar, su madre, Ana, reunió el valor necesario para enseñarle aquella sombra que le cubría el pecho izquierdo y que, de cerca, emanaba un hedor putrefacto. Así se lo relató Lucía a Pilar cuando, después de muchos días, se atrevió a contárselo. Según le dijo, en un principio, Ana solo le había enseñado aquella mancha negra a su vecina Tomasa —la madre de Gabriel—, quien, a su vez, le recomendó visitar a la señora Amalia, una curandera del barrio que tenía muy buena fama, pero también algunos estropicios en su haber muy sonados. Todo el mundo recordaba lo que le hizo a aquel niño que se cayó de una silla y se rompió el brazo; ella misma se lo terminó de destrozar estirándole tanto del músculo que al final le partió un nervio a la pobre criatura. Desde entonces al chaval le llamaron «el manco de Lepanto», apodo malévolo que hacía referencia a la calle en que vivía y señalaba sin compasión la inutilidad del brazo que, a pesar de seguir pegado a su tronco, quedó anclado en los cuatro años de edad, mientras el resto de su cuerpo crecía. Esa misma hechicera de tres al cuarto era la que había sometido el tumor de Ana a todo tipo de ungüentos mágicos, sin mayor resultado que el de su propagación salvaje. Por eso, cuando la madre de Lucía, al fin, se atrevió a enseñarle a su hija aquella sombra, era ya demasiado tarde.

Sobre Pilar y Lucía pesaba desde entonces la misma condena: la de saberse huérfanas por anticipado. Vivían ambas con la náusea de la soledad asomando en el horizonte, cada día un poco más cerca. Y a pesar de tenerse la una a la otra, no eran capaces de consolarse mutuamente. Pilar se refugiaba en la portería, la plancha de hierro y las cartas de los miércoles. Lucía, sin embargo, cayó presa de algo similar a un delirio y, literalmente, enmudeció. Pasó semanas envuelta en una especie de trance, como si toda ella se hubiera enfundado en una membrana invisible que la protegiera del roce de los cuerpos, de las cosas y hasta del propio aire. Parecía estar embrujada por la misma sombra que devoraba a su madre. Y fue este estado de disociación el culpable de apartar de su vida a Federico, quien al no recibir explicación alguna y ser ignorado día tras día, decidió no volver a verla para así dejar de sufrir en balde.

«Lo conoció en el Corpus», repetía Pilar, mientras se lamentaba de no haber estado más atenta, o más bien, de no haber estado. A Federico solo le había visto en una ocasión en la que, por cierto, le resultó muy simpático y guapo con esos ojos verdes como el trigo verde, como decía la canción de la Piquer que tanto le gustaba cantar a Lucía. Porque, en ese tiempo, Pilar era también una sombra. Y se sentía culpable de estar sentada en ese banco, esperando que llegara su amiga para casarse con un malnacido. Pero era ya demasiado tarde.

Mientras acariciaba la última carta de Gabriel en su bolsillo, deslizaba la vista sobre todos aquellos objetos que se erigían, silenciosos, frente a ella en la penumbra. Observó las llamas oscilantes de los cirios, las esculturas frías de los santos y la cara insulsa de la Virgen de madera, que parecía esquivar su mirada, como si a ella también la hubiera decepcionado. Entonces le vino a la mente, otra vez, la maldita frase con la que, días atrás, una Lucía temblorosa había comenzado a contarle cómo la vida se le había trastocado para siempre.

—Lo conocí en el Corpus —le dijo.

A Pilar se le erizó el cuerpo al recordarlo, tanto que se asustó cuando notó la levedad del peso de una mano sobre su abrigo. Era Tomasa, la madre de su Gabriel, que la saludaba y le pedía con un gesto cariñoso que le hiciera un hueco en el banco para sentarse a su lado. Solo entonces advirtió Pilar que debía de hacer ya tiempo que había dejado de estar sola. Como un enjambre de abejas negras, los invitados habían comenzado a ocupar la iglesia y se saludaban alegres aunque contenidos. Unas mujeres se santiguaban, otras se besaban sonoramente, los hombres se daban la mano y todos murmuraban para evitar que el eco amplificara sus voces.

—A Ana ya la están bajando por la cuesta. La traen entre dos. Es complicado porque se queja de que le duele, pero van poco a poco. Gabino lleva una silla de casa para que de vez en cuando descanse. Pero, Pilar, no pongas esa cara. Ella está muy contenta, a pesar de todo. Se casa su hija, lo ha conseguido. Así que alégrate por tu amiga —le susurró Tomasa.

«Lo conoció en el Corpus», volvió a pensar Pilar, quien no tenía ya ni ánimo para disimular y no alivió un ápice su gesto mustio. Se puso en pie y giró el cuerpo todo lo que fue capaz para controlar visualmente a los asistentes que se iban acomodando en los bancos, desperdigándose como migas de pan recién lanzadas esperando la llegada de la paloma. A todos los conocía porque, excepto Federico, no había nadie en la vida de Lucía que a Pilar le fuera ajeno. Si bien de familia de sangre su amiga no tenía más que a su madre, en el vecindario era muy querida, y eso se percibía en las caras relucientes, los vestidos impolutos y las mantillas que caían en cascada decorando la nave central de la pequeña iglesia, ya de por sí recargada de formas sinuosas y ondulantes.

Pasados unos minutos, unos gritos lejanos anunciaron la llegada de Ana, que entró sostenida por dos hombres recios, el señor Vicente y don Genaro, que la porteaban sobre sus antebrazos a la sillita de la reina. Llevaba vestido negro en homenaje y recuerdo a su marido, aquella mala bestia que la maltrataba y que murió en la guerra, quedando desaparecido su cuerpo bajo la tierra del frente. Detrás llegaba Gabino, el futuro suegro de Pilar, con su pierna renqueante, cargado con una silla de madera tapizada en terciopelo rojo, mirando hacia todos los lados confuso, hasta que reconoció a lo lejos a Tomasa, su mujer, que con un gesto enfático le ordenó ir a sentarse con ellas y desasirse del mueble, que dejó apoyado junto a una enorme columna. Fue en ese preciso instante cuando apareció Lucía, como un ángel, partiendo la luz del sol del mediodía desde el vano de entrada. Sostenía unos jazmines lilas que parecían derretirse entre sus manos y llevaba el rostro cubierto por un velo de tul ligero. Iba con la cabeza agachada, en una pose extraña, como anhelando el suelo.

Pilar, al ver a Lucía, creyó morir. «Lo conocí en el Corpus», recordó que le había dicho. Se tuvo que sentar de nuevo para no caer redonda, porque de soslayo había creído entrever la figura del novio a sus espaldas. Tomasa y Gabino le acariciaron el hombro y la espalda convencidos de que era presa de una profunda emoción al ver a su mejor amiga iniciando el camino soñado hacia el altar. El matrimonio como destino fijo de cualquier joven de bien, el puerto al que permanecer varada para toda la vida. A ojos de Pilar, sin embargo, la penumbra se había espesado hasta convertirse en niebla y había difuminado los contornos de las cosas y reducido las personas a borrones. Solo alcanzaba a ver con nitidez el suelo de piedra que pisaba, completamente abigarrado de lápidas en las que apenas se adivinaban ya los nombres.

«Lo conocí en el Corpus y me sacó a bailar. Yo no quería, pero mi madre me obligó a salir a la plaza, a festejar —me decía— para que no acabes sola y enferma de pena cuando yo me vaya y no te quede nadie».

Lucía caminaba sola por el pasillo de la iglesia, coronado por una cúpula de media esfera con un cielo pintado de azul y cubierto de estrellas. Cuántas tardes de infancia, durante la catequesis, se había pasado mirándolo soñando despierta que traspasaba volando los muros de piedra, para huir de las fauces de su padre. Ahora ni siquiera podía pararse a contemplarlo. Miraba el suelo por miedo a tropezar y caerse de bruces por culpa de aquellos zapatos de tacón que estaban ya dados de sí. Pero también porque se avergonzaba de toda esa parafernalia de boda, que se le hacía tan rara y ajena, tan de mentira.

Lucía caminaba sola, ante la cara pasmada de los allí presentes. Todo había sido tan precipitado —el noviazgo, el cáncer, la boda— que nadie había reparado en que no había ningún hombre que la llevara del brazo para así perpetuar la costumbre de pasarse a la novia de varón a varón, de repartírsela como si fuera una cabra, como si fuera un melón, como si fuera lana. Una cosa que solo a ellos pertenece. Era una mujer vestida de novia caminando sola por el suelo sacro: la viva imagen del escándalo. Por eso empezó a crecer un murmullo que se intensificaba a cada paso lento y corto de la novia.

«Federico estaba allí, lejos de mí, bailando con otra. Ni me di cuenta de cómo era el muchacho que me estaba invitando a hacerlo con él. Quería que Federico me viera. Que viniera enfadado a plantarle cara, que se diera cuenta de que me quería y que hiciéramos las paces. Quería explicarle muchas cosas, ahora que me habían vuelto las ganas de hablar. Pensé que dándole celos a Federico todo se arreglaría, como pasaba siempre en las historias de amor».

La señora Josefa, con su moño bien alto atravesado por una peineta, se levantó del asiento y se atrevió a gruñir soliviantada: «Que la niña no puede ir sola, por Cristo bendito». Y estallaron risotadas varoniles y unos grititos como maullidos provenientes de algunas indignadas señoras. Ana asentía con la cabeza y miraba hacia su hija pidiéndole que esperara y, entonces, Lucía se detuvo en seco y la miró asustada, con los brazos levantados en ademán implorante. Ese fue el gesto que obligó a Pilar a reponerse del disgusto, levantarse como un resorte y, con paso firme, situarse junto a su amiga, que bajo aquel velo blanco parecía, más que una novia, una amortajada.

«Después no me acuerdo mucho. No me preguntes. Solo sé que Federico no vino hacia mí, que aquel muchacho me sacó a pasear un poco lejos de la plaza, que me encontré de repente completamente sola con él en la parte alta. No me acuerdo de lo que pasó. Solo sé que no quería que pasara y que cuando desperté estaba acostada en el suelo. Veía el cielo lleno de estrellas sobre mí. Y durante unos segundos sentí que volaba sostenida por las ramas de los árboles. Hasta que sus manos me tomaron por los sobacos y recordé dónde estaba y recordé también más cosas. Le costó mucho levantarme. Era como si se me hubiera quedado el cuerpo dormido, como si estuviera muerta. Me acompañó a casa agarrándome con fuerza del brazo. Ninguno dijimos nada. Yo no podía. Al día siguiente, volvió a por mí. No quise verle, pero gritaba como un loco mi nombre, y al final salí. Entonces me agarró de la muñeca y me llevó donde no nos veía nadie. Me dijo que, si no era su novia, le contaría a todo el mundo lo que le había dejado hacer por la noche bajo los árboles y que me convertiría en una perdida. En una mujer perdida».

Camino del altar, Lucía se abandonó al abrazo de su amiga, el mismo que la refugió cuando le confesó todo el día en que la tuvo que mirar a la cara para invitarla a esa boda. Mientras la tomaba del brazo y se aproximaban al punto de no retorno situado frente al altar, Pilar le dijo al oído: «Dime que haga algo y nos vamos». A lo que Lucía contestó: «No puede ser. Mi madre se me muere y Marcos me mataría». Y fue entonces cuando Pilar miró hacia delante por primera vez desde que entró en la iglesia, cruzó sus ojos con los de aquel hombre que le había arruinado la vida a su amiga y juró por dentro que algún día se vengaría.

Cuando volvió a su banco a sentarse junto a Tomasa, esta le pellizcó el brazo para llamar su atención y, al volverse, Pilar se asustó al ver su cara.

—La sortija de madera, Pilar —gritaba en voz baja—. Se me ha perdido. Lleva días que me viene algo suelta y se me acaba de resbalar del dedo, como si tuviera vida y escapara de mí.

—Está ahí delante, señora Tomasa. Cuando acabe el cura de hablar se la cojo.

—No lo entiendes, Pilar. Esto es un mal presagio. Esta tarde pondré velas al retrato de Gabriel. Júrame que tú también lo harás.

Y se lo juró sin prestarle atención, absorta como estaba en la náusea de ver a Lucía unir su vida a la de aquel malnacido que se llamaba Marcos y conoció en el Corpus.

16

¿Qué será de nuestras lápidas?

Se le hace extraño adentrarse en el cementerio acompañada de su hijo. «¿Puede que sea la primera vez que me acompaña?». No era consciente Ofelia de que su forma de crianza hubiera roto tan radicalmente con la liturgia casi necrófila que le inculcaron a ella, con esas procesiones dominicales que antecedían siempre al cocido, el plato insignia de Pilar, por el que era reconocida y aplaudida en el patio de vecinos. Pretende paliar esa carencia de un plumazo, a la vez que aspira a hacer partícipe a su hijo de los secretos que sobre su padre conoce desde hace apenas unas horas.

En cuanto traspasan la enorme reja de la entrada, Ofelia vuelve a percibir la tierra árida y ocre que se abre ante ella como ese monstruo mitológico que ha engullido a sus padres, a sus abuelos, a todos los muertos que la preceden. Qué distinta era la mirada inocente de la infancia que se maravillaba ante las sepulturas cubiertas de musgo. Ahora ve en las cruces, los panteones y las esculturas aladas las señales inequívocas del futuro, del suyo e incluso del de su hijo. Qué terrible pensar en la propia muerte, pero qué inimaginable hacerlo sobre la de Miguel, sin ella, enfrentándose al último destello. «¿Será muy anciano, tendrá mujer, será padre? ¿Sabrá que muere?». Todos esos pensamientos se le agolpan mientras contempla una lápida coronada por un ángel esculpido en piedra. Es la tumba de un niño. Tiene una foto descolorida por el impacto diario del sol durante décadas. Se llamaba Pedro Ballester y murió con tres años en 1954. No hay rastro de flores en el macetero a los pies de la losa. Hace tiempo que nadie le visita. «¿Qué será de nuestras lápidas cuando ya no quede nadie que nos recuerde?». Ha comprado un ramo de claveles rojos en una de las floristerías que se amontonan en la pequeña plaza que da acceso al cementerio. Saca uno del cucurucho de papel con el que los han envuelto y lo deja encima de las letras que dan fe de que aquel niño existió una vez.

—¿Quién es, mamá? —le pregunta atónito Miguel.

—Pues no lo sé, pero parece que hace ya mucho que no queda nadie que le recuerde. Por cierto, a ti que te gusta tanto la literatura, ¿no te inspira este paisaje de tumbas?

—Si quisiera escribir, claro. Pero solo me gusta leer y criticar lo que leo.

—Eso es porque nunca le has dedicado el tiempo necesario.

—Mamá, por más que insistas no voy a convertirme en poeta.

—En eso tienes toda la razón. Ya te darás cuenta tú solo.

—Ya, ya, qué gran poeta —dice irónico Miguel—. Todo este rollo porque en el instituto gané un premio. Mamá, ¡supéralo! —insiste riendo.

—Algún día te acordarás de esta conversación, pero yo ya me habré muerto y dirás: «Qué razón tenías, mamá».

—Claro, y ya te habrás muerto y todo. Anda, no hables de esas cosas y menos en el cementerio.

Caminan con cuidado entre las tumbas esquivando las sepulturas quebradas que parecen cercarles. Ofelia va por delante de Miguel y no se miran. Tienen la vista concentrada en sus pasos. Pero, a pesar de no verse las caras ni andar de la mano, están más cerca el uno del otro de lo que se han sentido en los últimos seis meses. Desde que Miguel comenzó la facultad y, a las pocas semanas, decidió irse a vivir fuera de casa, una brecha insalvable se abrió entre ellos, hasta hoy.

—Mira, mamá, esa mujer parece una actriz de esas antiguas de Hollywood.

—Es verdad, es un calco de la señora Danvers.

—¡Sí, esa! El ama de llaves de la película de *Rebecca*. Me daba mucho miedo de pequeño, ¿te acuerdas? ¡Podríamos volver a verla después de tanto tiempo!

—Qué buena idea. Nada más regresar, te vienes a casa a cenar y la vemos.

Están codo con codo frente a la lápida de una mujer que murió a los cuarenta y ocho años. La fotografía está impecable. Su rostro ladeado parece que los mire directamente a los ojos, desde un mundo lejano en blanco y negro.

—Tenía prácticamente mi edad cuando murió —dice de pronto Ofelia cambiando de tercio.

—Ya, me he dado cuenta.

—Tuvo mala suerte. La verdad es que en la vida siempre hay que estar dando gracias, eso decía la yaya siempre, que todo podía ser peor, hasta que le diagnosticaron su enfermedad, claro. Ahí todo se acabó.

Miguel se ha agachado para ver de cerca el retrato de la señora.

—Un día estaré donde está ella y tú tendrás que hablarme hacia dentro. Así es como yo hablo con mi madre. A veces, cuando estoy sola, lo hago en voz alta mirando el dibujo de las cerezas.

—Mamá, por favor, deja de decir esas cosas. Me agobian mucho.

—De acuerdo, me callo, pero levanta de ahí, que fíjate cómo te está mirando ese gato.

Miguel se aparta de un salto. Teme poderosamente a los gatos y además le provocan una alergia desmedida. Sin embargo, allí los únicos habitantes vivos pertenecen a una colonia felina de importantes magnitudes. Por cada cinco o seis lápidas hay un gato enroscado en un rincón, y no es de extrañar porque, al parecer, alguien se encarga de ponerles comida en recipientes de plástico dispersos entre las tumbas.

Ofelia y Miguel han reanudado el camino y se acercan con paso decidido hacia una pared de nichos de piedra en los que el tiempo ha borrado la mayor parte de las inscripciones. Se detienen ante uno ubicado a la altura de sus rostros. El nombre de su difunto habitante es ilegible, solo se distingue una cruz pequeña junto a lo que fue una «A» mayúscula.

—Te presento a tu bisabuela Tomasa.

—¡Vaya! La que veía el futuro en sueños, ¿no?

—Efectivamente. Aunque aquí dentro solo quedan sus huesos recogidos en un saquito de tela. Todos estos nichos tan pequeños son osarios. A los muertos los trasladan aquí cuando ya han pasado muchos años bajo tierra. Y así se hace hueco a los muertos nuevos.

—¿En serio me lo dices? Se me ponen los pelos de punta.

—Tu generación vive demasiado ajena a la muerte. No sé hasta qué punto os hace bien eso.

—Mejor no pensar en ella hasta que llegue y disfrutar de la vida, ¿no?

—Sí, claro. Cada cosa tiene su tiempo. Mi niñez no fue comparable a la tuya, pero creo que estos paseos de domingo con mi madre y Lucía me vinieron bien para naturalizar la muerte. No digo que no me duela ni sienta miedo, pero siempre he tenido muy presente que este sería el último lugar en el que descansarán mis restos. Y saberlo me da tranquilidad.

—Así que quieres que te entierren aquí.

—Por supuesto, con los yayos. Aquí nací, aquí pasé los domingos de mi infancia, aquí descansan mis padres y aquí quiero estar cuando me muera.

—Anotado. Y ahora deja ya de hablar del tema.

—Prometido —contesta ella haciendo el gesto de cerrar los labios con una cremallera imaginaria.

Ofelia transporta un beso en la yema de los dedos, desde sus labios hasta la piedra, y se despide de Tomasa.

—¡Mira, mamá!

Miguel la saca de su ensimismamiento con el grito. Él se encuentra a varios metros de distancia de Ofelia y señala con una amplia sonrisa una lápida encerrada por un pequeño murete y custodiada por un par de macetas de flores.

—¡El poeta! ¡Qué emocionante! No tenía ni idea de que estuviera aquí.

—Vaya, yo tampoco. Dejé de venir hace años y te garantizo que antes no estaba.

—¿Sabías que murió con los ojos abiertos y no se los podían cerrar?

—No, no lo sabía.

—Se me quedó grabada esa frase cuando le estudié. Eso y que murió con la pena de no ver a su hijo cuando ya sabía que la vida se le acababa.

—Qué terrible.

—Mira, tiene un buzón para dejarle cartas. Si lo llego a saber…

—Así tienes un motivo para volver aquí conmigo —le dice su madre con ternura mientras le acaricia la mejilla para, después, colocar la mano en su nuca.

Cuando dejan tras de sí los restos de Miguel Hernández se encaminan por fin hasta la tumba de Pilar y Gabriel. Está situada a unos cien metros de distancia. Ahora mismo no hay lápida, tan solo un pequeño montículo de tierra cubierto por una corona de flores.

—Aquí está —alcanza a pronunciar Ofelia, que asume impasible un nuevo e inevitable desborde de sus propias lágrimas.

Miguel se agacha a acariciar la tierra.

—¿Está con la yaya? ¿Los han enterrado juntos?

—Por supuesto. Además, también está la madre de la yaya, mi abuela Carmen.

—Siempre pienso en lo que me habría gustado conocer a la yaya —dice mientras sigue rozando las flores y la tierra con los dedos y mirando hacia abajo como si sus arrullos pudieran atravesar los estratos hasta alcanzar a sus abuelos.

—Te habría gustado mucho. Poseía un humor muy particular, aunque cada vez soy más consciente de que tenía muchos momentos de tristeza en los que necesitaba echarse o estar sola. Pero, normalmente, era muy risueña, generosa. Le habría encantado tener un nieto. Perder a mi madre fue lo peor que me ha pasado en la vida. Si no hubieras llegado tú, no sé si habría sido capaz de superarlo.

Después de un silencio algo incómodo, Miguel mira hacia los lados intentando evadirse y Ofelia aprovecha la intensidad del momento para revelarle al fin sus nuevos secretos.

—Cariño, siéntate en esa lápida de ahí. Y no tengas miedo, que aguantan mucho estas losas. Tengo que contarte algo que sucedió ayer.

—¿Qué pasa, mamá?

—No pasa nada. Más bien es algo que pasó hace mucho tiempo. Ayer en el funeral del yayo, apareció un hombre que yo no conocía. Es francés y se llama Gabriel.

—¡Anda, como el yayo! —dice mientras consigue acomodarse sobre el mármol.

—Precisamente. Se llama Gabriel por el yayo.

—¿Qué?

Miguel aún no ha sido capaz de articular ninguna palabra más allá de ese «¿Qué?» que pronunció al principio.

—Pensaba que ibas a contarme que el yayo tenía un hijo secreto. No me esperaba esta historia.

—Yo también me imaginé algo así al principio. Tiene gracia, cuando era pequeña siempre anhelaba tener un hermano perdido.

—En fin, habrá que ponerse a trabajar enseguida. ¿Está aún ese señor de Francia por aquí?

—No te sigo, Miguel. ¿Ponernos a trabajar en qué?

—Si el yayo perdió su memoria, habrá que salir a buscarla.

«A menudo a la memoria hay que salir a buscarla, como si fuera un niño perdido». Estas son las palabras que ha escrito Miguel en la libreta que guarda en el pequeño bolso con el que va a todas partes. Lo ha hecho mientras su madre llama por teléfono a Gabriel, desde el baño de una cafetería de mala muerte que hay junto a la entrada al cementerio. Ofelia marca el número de teléfono, sentada sobre la tapa del váter, rodeada de paredes cubiertas de azulejos agrietados y de un olor ambiguo, una mezcla a lejía y cañerías viejas. No sabe qué hace allí, no sabría explicar por qué ha decidido meterse en ese zulo a llamar por teléfono, pero no quería hablar con Gabriel en presencia de su hijo. Si bien es cierto que no esperaba un aseo tan decadente.

—Hola, Gabriel, soy Ofelia.

Miguel guarda con disimulo su libreta y el bolígrafo de punta fina en el bolso. Su madre vuelve del baño y lo mira con una sonrisa ufana.

—Estará aquí mañana todavía. Dice que pensaba marcharse temprano, pero que para él es un verdadero placer acompañarnos al archivo.

Se detiene para reír divertida mientras toma asiento frente a su hijo.

—Ya le conocerás, habla perfectamente el castellano, pero lo hace de una forma rimbombante que, unida al acento, le da un toque muy gracioso.

—Bueno, si molesto os dejo solos —le dice Miguel en tono burlón.

—Ay, no seas tonto, por favor. Ya sabes que no estoy para esas cosas —contesta Ofelia intentando disimular lo mucho que le ha molestado el comentario.

—Vale, mamá, no te enfades —le dice él con una sonrisa tierna.

Se miran y comprenden ambos la importancia de ese instante. A pesar de la banalidad de sus comentarios, se saben al principio de algo importante, tal vez crucial en sus vidas.

—¿Cómo se salvó? Esa es la gran pregunta. ¿Qué pasó para que le perdonaran la vida? ¿Tú crees que el yayo tenía algo que ver con esos guerrilleros, mamá? A lo mejor, este señor no sabe bien toda la historia —le pregunta Miguel a Ofelia retomando la conversación importante.

—No lo creo, cariño. Puede que yo no sepa todo acerca de su pasado, pero sí sé cómo era y te puedo asegurar que no le pegaba nada eso de unirse a unos tipos que se habían fugado al monte. Además, no tenía razón alguna para hacerlo. Mi abuelo era carabinero y él podía haber llegado a ser guardia civil. El padre del francés se hizo guerrillero por necesidad. Si se quedaba en su pueblo lo mataban.

—Pero ¿cómo puedes estar segura? Hay demasiadas cosas que no te contaron. Y tú misma me has dicho antes que ni siquiera te habías parado a pensar nunca en lo que le pasó al marido de Lucía. Tengo un amigo en la facultad al que le ha ocurrido una cosa parecida. La verdad es que cuando me lo has contado todo, no me podía creer que me estuviera pasando también a mí. Resulta que Jaime, mi amigo, estudia Historia, él ya va a segundo, y leyendo un libro que había escrito un profesor suyo de Contemporánea sobre la represión en su pueblo encontró unas iniciales que se parecían a las suyas y que se repetían en algunos documentos, hasta que, al mirar en el anexo, comprobó que correspondían al nombre y apellidos de su bisabuelo. A él le habían dicho que había muerto en la guerra y que no sabían dónde estaba su cuerpo. Pero en ese libro estaba todo explicado: cuándo le detuvieron, por qué y hasta la fecha en la que lo mataron y dónde podría estar enterrado. En su familia cayó como un rayo todo aquello porque, más o menos, todos lo sabían, solo que de eso no hablaban nunca. Total, que nadie se había atrevido a buscar su cuerpo. Pero, ahora que Jaime está investigando, su abuelo y su padre no paran de hablar del tema. Él también lo hace, claro. Por eso te digo que me parece una casualidad tremenda que me pase ahora esto a mí.

—La verdad es que mi generación sabía mucho de la muerte, pero no tanto de cómo se llegaba a ella. No me refiero únicamente a que no se hablara de quienes eran asesinados por la Dictadura, sino también de los que fallecían de alguna enfermedad. Siempre se decían cosas difusas como que «ha cogido algo muy malo», «tiene el mal metido en el cuerpo». Se tendía a enmascarar la terminología médica como si nombrarla te dejara al descubierto, desprotegido ante la enfermedad. Había miedo a mentar tantas cosas, como si al decir sus nombres las invocaras. Había miedo y mucha ignorancia impregnándolo todo.

—Bueno, ahora también nos callamos muchas cosas.

—Pero no tantas, Miguel. No tantas. No se pueden comparar nuestras épocas.

Miguel pone los ojos en blanco ante la tozudez de su madre. Él también vive con un silencio clavado en el pecho que, día a día, se le hace más grande, más pesado, como una piedra que va haciéndose roca.

Una ráfaga de viento cierra de golpe la puerta del bar, que una vez fue blanca, pero ahora está desconchada y pintarrajeada por fuera. Empieza a bajar la temperatura y a oscurecerse la tarde. Es ese momento del día en que Ofelia, cuando trabaja en su escritorio, se relame al contemplar la puesta de sol en su terraza. Recuerda entonces su limonero y se emociona al pensar en su padre.

—Mamá, paga y vámonos, que es tarde. Y, por cierto, ¿qué le diremos a Lucía mañana? ¿Dónde le contamos que vamos?

—Le diremos que te llevo a ver el barrio viejo.

—Pero luego será complicado mantener la mentira si me pregunta detalles.

—Es que el archivo está allí, justo en la calle en la que vivieron tus bisabuelos.

17

Las desgracias nunca viajan solas

—¿Vais a ir las dos solas?

Eso fue lo último que Pilar oyó decir a Gabino antes de salir corriendo por la puerta de la casa de sus futuros suegros. Desde la boda de Lucía —y de eso hacía ya más de cuatro semanas— no había recibido carta de Gabriel: ni miércoles, ni jueves, ni viernes ni ningún otro condenado día. Al principio, creyó que sería un retraso del servicio postal, sin mayor importancia, pero cada vez que se acordaba del anillo de madera de Tomasa tirado frente a ella en el suelo de la iglesia, se sentía tan culpable que le faltaba el aire. Porque no podía borrar de su cabeza la imagen de aquellos malditos cirios que nunca encendió frente al retrato de su novio, a pesar de habérselo jurado a Tomasa. Por eso, cuando aquella mañana pasó por casa de sus suegros para ver si tenían noticias de Gabriel, no le sorprendió encontrarlos berreando a lágrima viva ante un telegrama abierto sobre la mesa en el que se leía desde lejos: «Gabriel López Parra detenido». Parecía imposible que en una frase tan corta cupiera un horror tan grande.

Decidieron que viajarían hasta la prisión que constaba

en el remitente aquel mismo día. Y que lo harían ellas dos: Tomasa y Pilar. Solas. Sin ningún hombre. Porque Gabino no podía faltar al trabajo, además de que era demasiado asustadizo, por no hablar de que su pierna renqueante las obligaría a ir despacio. Todo se decidió en apenas veinte minutos de reloj porque, desde la llegada del telegrama, la velocidad del tiempo se había multiplicado.

Pilar se dirigió corriendo a la casa de Ana y de Lucía, que ahora también era del malnacido, quien las obligaba a tener siempre la puerta cerrada. De un día para otro, había acabado con aquella familiaridad casi ancestral de los hogares accesibles. La única vivienda de la calle con una mujer encamada y enferma tenía la puerta cerrada con llave. Toda una declaración de intenciones.

—¡Señora Ana, señora Ana! A mi Gabriel le ha pasado algo malo. Nos vamos a buscarlo la señora Tomasa y yo. Cogemos un tren en dos horas. Necesito que Lucía se encargue de ir a mi casa a ver a mi madre. Yo creo que volveré en el día, pero por si acaso que le eche una miradita. ¡Hágame una seña para que yo sepa que me ha oído!

Se quedó Pilar observando muy concentrada la puerta y la ventana, la ventana y la puerta, sin saber de dónde vendría la señal que esperaba. Después de unos minutos que se le hicieron eternos, vio cómo el visillo se movía, al principio levemente, hasta que el trozo de tela bordada se estiró y empezó a oscilar, como si danzara un charlestón, su baile antaño preferido.

Con aquel gesto de Ana aún titilando en su retina, Pilar enfiló el camino hacia su casa para dejar un cartel apoyado en la ventana de la portería que justificara la obligada ausencia. ¿Sería tan solo por aquella tarde o también debería excusar, por si acaso, el siguiente día? No lo sabía. Ni siquiera eran conscientes Tomasa y Pilar de hacia dónde se encaminaban. Podrían haberse quedado quietas, resignadas, a la espera. Pero en aquel tiempo se sobrevivía en un estado perpetuo de alerta, y con tantas historias de desaparecidos calladas a la luz del quinqué de los hogares del barrio, no podían quedarse de brazos cruzados.

En su carrera de liebre, por un momento Pilar creyó tropezarse con una mirada azul. Estaba casi segura de que su brazo había rozado sin querer el del innombrable, el del malnacido. Para cuando se dio cuenta ya estaba lo bastante lejos del lugar como para que él se le pudiera acercar. Solo de imaginar que le tocara la mano o la espalda le daban escalofríos. Pensó en cómo podría soportar su amiga tener que unir su cuerpo al de ese ser cada noche. Porque, además, el malnacido era bastante mayor que Lucía. Pilar lo supo en cuanto lo reconoció, justo después de dar el sí ante el cura, el maldito día de la boda. Tuvo entonces la oportunidad de mirarlo detenidamente y se percató al instante de que ya le había visto antes, muchas veces. A ráfagas. Porque era él, no le cabía duda. Más adulto, eso sí. Demasiado. Era, hacía ya unos cuantos años, el más joven de los compañeros del trabajo de su padre y del de Lucía. Siempre estaba en la taberna con el resto de los portuarios, con un vaso en la mano y un cigarrillo mal liado sostenido entre los dedos, dándose aires de adulto. Sin embargo, en aquel entonces no era más que un adolescente ansioso por encajar en ese ambiente tan viril, en el que se mezclaba la densidad del alcohol con la del tabaco. Así que aquel supuesto romance no había sido la voluntad de la Virgen —como le repetía Ana a su hija desde entonces—. No había sido la providencia la que había empujado a Marcos a acercarse a Lucía en la verbena del Corpus, después de que Federico la hubiera rechazado. Según le confesó Marcos a su reciente esposa, ya le tenía «echado el ojo desde pequeña». Era también afiliado al sindicato, como casi todos los trabajadores del puerto. «Admiraba a tu padre en todo. Si hubiera tenido la edad, me habría ido con él al frente». Le admiraba en todo. «En todo», le dijo el muy canalla. Aún crepitaban en la cabeza de Pilar esas cuatro letras, con esas dos oes tan seguidas que parecían engullir el aire y, al mismo tiempo, ahogar a Lucía con el nudo de una velada amenaza.

Pilar apenas tenía tiempo de despedirse en condiciones de su madre, que llevaba días durmiendo una agonía para la que Pilar ya no podía hacer nada. Ni quedarse a su lado le era posible, se lamentaba ansiosa. Se quedó dudando, con el estómago encogido al escuchar los ronquidos sobrenaturales de Carmen, pero no podía faltar a la cita con Tomasa en la estación, no iba a dejar que aquella mujer tan poco familiarizada con la realidad se marchara sola a buscar a Gabriel. Debía acompañarla para así al menos ir solas juntas. Retrocedió sus pasos y acarició la mejilla de su madre con los labios para no asustarla en medio de esos sueños agitados que la acompañaban en el final de su viaje. Entonces lo escuchó muy claro: «Blas». Su madre acababa de nombrar en un susurro al marido que la había abandonado. Hacía tanto tiempo —tantos años, quizá siglos— que aquel nombre no rellenaba el silencio de la casa que a Pilar se le hizo extraña la azarosa y breve concatenación de letras que lo componían. Se esforzó por acompañar a su madre en la añoranza, pero se descubrió incapaz de no odiarle. Lo que sí supo en ese preciso instante es que ese «Blas» era el síntoma inequívoco de que el final se aproximaba. Evocar a un muerto —porque para ella su padre lo estaba— era el preludio de la muerte. «No, no puedo quedarme y tampoco puedo dejarla, no después de escucharla». Así que, sin permitirse pensar más, se abandonó en su hueco preferido, aquel medio metro de suelo situado entre la pared y la cama. Y se quedó allí mirando a su madre hablar en silencio escribiendo con los labios los nombres familiares. A veces era Blas, otras Guillermina, a ratos Toefo y Pepito, muchas veces Raquel y, de entre todos ellos, el que más se repetía era el de Pilar. «Mi Pilarín». El tiempo quedó en suspenso mientras Carmen iba perdiendo el aire. Hasta que, de repente, una sombra se dibujó en el umbral.

—¡La puerta de la casa estaba abierta! —exclamó apurada Lucía, que intentaba recuperar el aliento apoyándose en el quicio.

Pilar la miró y le hizo una señal de silencio con el dedo mientras apuntaba con la cabeza a Carmen, que tenía los ojos cerrados y hundidos. Pilar no apartaba la vista de su pecho exiguo, que tardaba cada vez más tiempo en hacer algo parecido a respirar, pero que se asemejaba más al acto de desinflarse. Como un globo, el cuerpo de su madre se iba ahuecando y contrayendo, quedando su piel reseca adherida a los huesos como si su carne no fuera más que un visillo. Lucía, que lo entendió todo al instante, con precaución y mucha ternura, se acercó a Pilar y, como si fuera todavía una niña, le cogió la mano izquierda y se la colocó sobre la de Carmen, mientras ella le tomaba la derecha con fuerza, con toda la que le faltaría a su amiga cuando de su madre no quedara más que el cuerpo.

Y así fue como murió Carmen, en aquella cama en la que había resistido más de un año, acompañada de su hija Pilar y de Lucía, quien sería para ella —y sobre todo a partir de entonces— más que una hermana. El final llegó con un ronquido profundo y cavernoso, como un eco abisal. Cuando los estertores de aquel terrible rugido se disiparon al fin, Lucía se levantó y abrió una a una las ventanas de la casa, con admirable sigilo, como si el reciente cadáver aún pudiera despertar.

—¿Qué haces? —le dijo Pilar, que seguía refugiada en aquel diminuto hueco con su mano aún sosteniendo la de su madre.

—Hay que dejar que el alma pueda volar para que no se quede encerrada aquí dentro.

—¿Pero qué dices? ¡Ciérralas todas! Yo no quiero que se marche a ninguna parte. La que se tiene que ir soy yo. ¿Qué hora es?

Lucía la miraba alucinada, sin poder creerse lo que oía.

—¿Cómo que te vas?

—Tomasa me está esperando —dijo Pilar incorporándose y sin atreverse a soltar la mano de su madre muerta—. Aún llego a tiempo de coger el tren. Cierra las ventanas, déjala bien tapadita y no digas ni una palabra a nadie.

—Pero, Pilar, cariño, ¿te das cuenta de lo que acaba de pasar? Tu madre...

—No lo digas. Mientras no lo digamos en voz alta, no tiene por qué haber sucedido aún. Ya no existe el tiempo para mi madre. Pero para Gabriel puede que sí. Le han detenido, Lucía.

—¿Qué dices?

—Cuando vuelva me ocuparé de ella, pero, hasta entonces, haremos como que esto no ha pasado. —Pilar besó la mano de su madre antes de soltarla y se acercó a su amiga—. Por favor, por favor. Necesito coger ese tren. No puedo perder todo lo que tengo en el mismo día.

Se hizo un silencio en el que ambas, mirándose a los ojos, contuvieron la respiración.

—Vete, no te preocupes.

Lucía hizo ademán de abrazarla, pero Pilar se lo impidió.

—No. Si me abrazas no podré seguir fingiendo y me volveré loca. Gracias por venir, dudaba si tu madre me habría entendido bien. Muchas gracias.

Pilar le dijo todo esto casi de espaldas, con la mirada fija en la puerta abierta de la entrada, anticipando sus propios pasos, imaginándose ya en la calle, luchando por desbancar de su memoria lo que acababa de vivir.

Cuando llegó a la estación de tren con sus enormes columnas de piedra flanqueando la entrada, se encontró de frente con Tomasa que, muy nerviosa, la regañó por haber tardado tanto. Menos mal que se había adelantado y comprado los billetes. Y le preguntó dónde llevaba el bolso con la muda para cambiarse si hacían noche.

—Perdone, señora Tomasa. Se me ha olvidado, solo he cogido el bolsito de mano y he salido corriendo. Mi madre no se encontraba bien y tuve que atenderla. Se me ha ido el santo al cielo.

—Ay, hija, cuánto lo siento. ¿Y cómo está ahora, mejor?

—Se ha quedado muy tranquila.

18

Un folio en blanco

Ofelia no ha pegado ojo. Está tan nerviosa que, cuando llama al ascensor y comprueba que lo están utilizando, en vez de esperar, coge del brazo a Miguel y lo arrastra con ella por la escalera de caracol, esa que, una vez, fue buque insignia del edificio. No nota ni rastro de ciática al ejercitar sus muslos y disfruta del vértigo de bajar corriendo la escalera de la mano de su hijo. Siente el crepitar de una hoguera en su vientre y correr calma la vibración de sus sentidos. Pero está tan nerviosa que una arcada le da la bienvenida al llegar al vestíbulo de entrada. Su hijo la mira extrañado mientras ambos recuperan el resuello. Frente a ellos hay un hombre que espera. Miguel le reconoce por la forma en la que mira sonriente a Ofelia desde la calle. Es alto, tiene el pelo blanco y una barba generosa que le oculta la mitad del rostro dándole un aire bonachón como el de un Santa Claus moderno.

—Buenos días. Muchas gracias por quedarse a acompañarnos.

—Para mí es un verdadero placer, ya lo sabe.

—Antes de nada, Gabriel, necesito que me explique

cómo supo que ayer se celebraba el funeral de mi padre. No desconfío de su palabra ni nada parecido. Ya no. Pero tengo que saberlo antes de que me vuelva a olvidar de preguntárselo.

—Pues *bien seguro*. Es muy sencillo. Existe la posibilidad en internet de recibir notificaciones por correo electrónico si en cualquier noticia aparece una palabra en concreto. Uno de mis avisos corresponde al nombre y apellidos de su padre. Así que, en cuanto se publicó la esquela, me llegó un email. Una necrológica sencilla pero muy bonita, por cierto.

—Disculpe a mi madre. Es que para la tecnología es algo negada.

—Este es mi hijo, Miguel. Llegó ayer. No pudo estar en el entierro porque tenía un examen en la universidad.

—Sí, claro. Por eso no llegué a tiempo —afirma Miguel con sorna mientras inquiere con la mirada a su madre.

—Bueno, por eso y porque no le avisé, pero esa es otra historia. No creo que a Gabriel le interesen estas cosas —le dice Ofelia a su hijo entre divertida y molesta por su indiscreción.

Los tres están animados por la visita al archivo, el lugar en el que caben todas las posibilidades y ninguna. Se dirigen a la equis del mapa del tesoro, donde esperan hallar el cofre que arroje luz a todas las incógnitas de su pasado compartido. Saben que existe el riesgo de toparse ante un baúl vacío, pero no quieren pensar en ello mientras recorren las calles que separan el edificio de la portería de Pilar del barrio en el que nació su marido y, con él, la razón de que estén allí los tres juntos. Las expectativas son de todo punto inalcanzables porque tanto Ofelia como Gabriel, el francés, aspiran a encontrar oculto tras un archivador al propio padre, cada uno al suyo. Buscan una resurrección de forma inconfesable, irracional, pero inevitable. Se conforman con un documento que encaje en el marco en el que han incrustado su relato de vida. Ese es el miedo que esconde Ofelia bajo la pátina de nerviosismo alegre que cubre su rostro esta mañana. El pánico a que las piezas del pasado de sus padres no coincidan con el resto. Teme más eso a que se hayan perdido para siempre.

—¡Buenos días, enseguida les atiendo! —exclama la archivera antes de desaparecer por una puerta lateral.

Miguel estira de la manga a su madre para llamarle la atención acerca del suelo que pisan, que, al igual que algunas paredes, es de vidrio. Los muros macizos se encuentran únicamente en la parte izquierda. Los tres están mirando a sus zapatos o, mejor dicho, más allá de ellos. Caminan sobre lo que fue una necrópolis islámica, cuyas fosas han quedado abiertas y expuestas en su lugar original. Los restos esqueléticos están acostados de lado y orientados al este para toda la eternidad. De ellos se desconoce el nombre, pero sus cuerpos han pasado a formar parte del archivo como un documento más, uno óseo, casi pétreo.

La archivera se ha acercado a ellos tan en silencio que solo cuando toca el brazo de Gabriel consigue hacer que el trío repare en su presencia.

—Ah, buen día. Disculpe, es que es una sorpresa encontrarse un cementerio bajo los pies.

—Sí, nuestros invitados estrella. Hay días en que son mi única compañía y nunca defraudan, siempre guardan silencio. —Mientras les habla, camina decidida hacia una mesa situada al fondo de la sala. Cuando se percata de que los nuevos visitantes no la siguen, se vuelve hacia atrás bruscamente—: ¡Pero vengan, que luego seguro que quieren todo con urgencia y hoy estoy sola!

—Qué carácter, me gusta —susurra Ofelia a su hijo mientras avanzan apresuradamente para alcanzarla—. Buenos días, disculpe usted, me lo imaginaba menos blanco y sin muertos bajo el suelo. Me ha sorprendido este lugar muy gratamente. En fin, entiendo que tendrá muchas cosas que hacer y no quiero entretenerla, pero verá, me llamo Ofelia y busco a mi padre. Quiero decir, que vengo a por información sobre una parte de la vida de mi padre de la que yo hasta ayer, que fue su funeral…

—Antes de ayer, mamá.

—Eso, antes de ayer. Este es mi hijo, Miguel. Pues hasta el día en que enterramos su cuerpo, yo no sabía nada de nada. Pero apareció este señor que se llama Gabriel y nació en Francia y me dijo que su nombre se lo pusieron por mi padre, en homenaje a él, porque, por cierto, su nombre era Gabriel López Parra, el de mi padre, no el de este señor. Vamos, que resulta que me contó que mi padre hizo la mili como guardia civil, cosa que yo ni siquiera sabía que se podía hacer, y que por aquel entonces salvó a su padre que era un guerrillero de los que huyeron a los montes después de la guerra. Yo no sé por qué le salvó, seguramente le daba pena, porque mi padre era muy bueno, y entonces le metieron en la cárcel y le juzgaron y le condenaron a muerte. Nada menos. Pero claro, mi padre fue mi padre y me tuvo a mí en los sesenta y eso pasó a finales de los cuarenta, así que no le mató nadie. Y por eso estamos aquí, porque quiero, bueno, queremos saber qué ocurrió, cómo se salvó de la muerte y por qué nunca me lo contaron en casa.

Tras el discurso atropellado de Ofelia se hace el silencio. La archivera ha ido tomando nota del relato que iba desgranando y, después de repasar sus propios apuntes, la mira y sentencia:

—Querida, en cuanto veo una familia entrar por la puerta ya imagino que busca a un familiar desaparecido. Ahí fuera hay más personas que callan tragedias que personas a las que el paso de la historia no haya rozado. Se lo digo yo, que llevo trabajando aquí más de quince años.

Después de decir esas palabras con tono firme, la archivera marcha de la sala a través del acceso lateral por el que desapareció al principio. Toda la escena ha discurrido a gran velocidad, como si esa mujer los hubiera aupado a un tren en marcha y acabaran de apearse de nuevo en el mismo andén. Ofelia está abrumada por el peso que ha dejado dentro de sí el sonido de su propia voz verbalizando todo aquel galimatías en que se ha convertido la historia de su familia. Mira a Miguel, que está de pie junto a ella contestando un mensaje de texto en el móvil.

—¿Con quién hablas? —le pregunta.

—Nada, con nadie —le contesta Miguel guardando rápidamente el teléfono en su inseparable bolso azul y verde.

—Siéntese, Ofelia, hay unas sillas allí. Sé que estas cosas son complicadas, aunque no lo parezca. Debe tener paciencia y, muy importante, nunca se niegue a descansar si tiene una silla cerca. —Gabriel, con mucha delicadeza, la ha tomado del brazo para acompañarla a sentarse.

—Pues le parecerá una tontería, pero estoy muy cansada de repente.

—No lo es. Sé de lo que hablo. Hay cansancios que no nacen del esfuerzo físico, sino del otro. —Gabriel se toca con el dedo la frente mientras le dedica una sonrisa cómplice.

—¿Fue difícil para usted encontrar la información sobre su abuelo?

—Fue triste porque suponía la constatación de que había muerto, pero, al mismo tiempo, era una información que ya teníamos completamente asumida. Lo peor de todo fue conocer algunas de las tropelías que le hicieron a mi abuela. Pero eso no está en los archivos. El sufrimiento de las mujeres se quedó olvidado mucho tiempo. Sin duda, fue lo más terrible. Lo supe después de conocer a otras víctimas del pueblo de mis abuelos. Todos los tormentos insoportables por los que pasó habían permanecido en la memoria de algunas vecinas que, a su vez, se lo habían contado a sus hijas. Ellas fueron las que me lo descubrieron a mí sin saber que yo era su nieto. Nunca conseguí borrarme esas palabras de dentro y nunca se las conté a mi padre.

—Cuánto lo siento.

—Mi consuelo era saber que sobrevivió a ese infierno, aunque puede que eso no le sirviera de mucho a ella. Murió después de que mi padre cruzara por fin la frontera, al poco tiempo de que le llegara la postal de una Virgen sin remitente ni texto, pero con matasellos francés. Al parecer, el corazón le falló al final. Demasiado aguantó.

—Destrozado debía de tenerlo.

Miguel anda concentrado en su móvil, algo apartado de la pareja que habla en susurros en un rincón con sillas donde esperan. Cuando se fija en el reloj de mano de Gabriel, Ofelia calcula que han pasado más de veinte minutos desde que la mujer de bata blanca les dejó solos. Y sin ella, en ese lugar tan diáfano, se sienten desamparados, conscientes de la página vacía que necesitan escribir para seguir avanzando.

—Si esta mujer no encuentra nada, no sé cómo voy a reaccionar, la verdad —se sincera Ofelia, que intenta contener con las manos el temblor de su pierna.

—Bueno, esto no es el final. Es tan solo el comienzo. Si he aprendido una cosa de todo el periplo que he recorrido para completar mi memoria familiar es que hay que ser muy paciente.

Los tres vuelven sus cabezas hacia la puerta lateral por la que se marchó la archivera. Oyen un ruido de pasos que se acercan.

—Han tenido suerte. No suele pasar, no se crean. La gente piensa que todo está digitalizado y a nuestra disposición con tan solo pulsar un botón, pero aquí no ha llegado aún ni el presupuesto ni la tecnología suficiente para que eso sea así. He tenido que comprobar uno a uno los registros de que disponemos para consulta rápida y he encontrado dos documentos correspondientes a Gabriel López Parra, pero, me temo, que son de dos personas diferentes. Uno es un señor que nació en el siglo XIX...

—No, imposible, ese no es.

—Me lo imaginaba. El otro, sin embargo, es un hombre que fue trasladado a la cárcel de aquí desde Valencia, porque lo único que de él consta es el trámite previo de admisión a los servicios penitenciarios.

—¡Vaya!

—Sí, si tuviera más tiempo podría hacer alguna que otra averiguación más, llamar a colegas de otros archivos. En fin, hoy es viernes y me quedan algunas horas aquí todavía. Si pudieran pasarse el martes, sería perfecto.

—No, imposible. Verá, tengo un permiso de cinco días por el funeral de mi padre y el mismo lunes debo estar de vuelta en Madrid. A lo mejor podría pedir el favor de que me dejen ausentarme ese día, pero ni uno más. Y ya es bastante porque no me corresponde y mi director es un imbécil.

—La entiendo, hay que evitar siempre deberle favores a un imbécil. Haré todo lo que pueda entre hoy y el lunes por la mañana.

—Muchísimas gracias.

—Sí que me gustaría que me dijera otros nombres relacionados con su padre, por si hubiera documentación sobre esas personas donde se les asociara. El nombre de su madre, de los padres de su padre, de sus hermanos si los tenía.

—Claro, por supuesto. Se los anotaré todos aquí.

Ofelia coge el folio que llevaba en la mano la archivera con las notas que había tomado. Se apoya en la mesa y escribe los nombres de sus abuelos, su tío y sus padres en mayúsculas para evitar posibles errores de lectura.

—Muchas gracias por todo. Por cierto, ¿cómo se llama usted? —le pregunta Ofelia al devolverle el bolígrafo.

—Lucía, encantada —le contesta la archivera estrechándole la mano en un gesto de despedida.

Ofelia mantiene durante unos segundos la boca entreabierta y cuando se vuelve hacia la salida, sonríe y piensa que no podía llamarse de otra manera.

Pasadas unas horas, madre e hijo se encuentran de nuevo en la casa familiar. De forma espontánea han decidido embarcarse en un viaje de fin de semana a los paisajes de la historia de los antepasados de Gabriel. Mientras comían en un bar cercano al archivo, el francés les explicó que había organizado una reunión de la asociación de víctimas de la fosa común en la que se encuentra su abuelo. Miguel se emocionó al instante solo de imaginar que podría tocar aquel cordel atado al olmo viejo, a pesar de que Gabriel le advirtió de que estaba demasiado lejos del pueblo al que se dirigía.

—Sería una suerte que me acompañaran y así podrían escuchar las terribles historias que guardan esas mujeres detrás de sus sonrisas y su carácter generoso, e incluso tantas veces divertido. Son verdaderas guardianas de la memoria. Creo sinceramente que sería una gran experiencia para ambos. La reunión es en un pueblecito de la serranía de Valencia, a poco más de dos horas de aquí. Los llevaría con el coche y luego pueden tomar el tren de regreso porque...

Miguel no dejó siquiera que Gabriel acabara de hablar. Dijo que necesitaba ir y que su madre también, aunque no lo supiera. Ofelia accedió sin ofrecer resistencia. Hacía tiempo que se había rendido a seguir el hilo de la historia de su padre como si fuese Ariadna intentando salir del laberinto del Minotauro.

—Lucía, disculpa.

Ofelia se acerca a la anciana, que está sentada en la mecedora frente a un pequeño televisor completamente dormida.

—¡Lucía! —la despierta por fin Ofelia.

—Ay, dime, hija. Me he quedado traspuesta después de comer.

—Es que quería comentarte que vamos a salir de viaje

171

a Valencia hasta el domingo. Miguel quería conocer la ciudad y no he sabido decirle que no. ¿Te parece bien? —le miente Ofelia.

—Sí, como veáis —contesta con sequedad.

—Bueno, aún no hemos hablado de si me necesitas para guardar las cosas de mi padre o cualquier otra tarea en la casa, dime si te hago falta.

—No, no necesito nada. La enfermera que venía por las mañanas me fue ayudando poco a poco a recoger todas sus cosas. Aunque prácticamente es solo ropa y los pantalones no le valen a nadie porque tienen el camal cortado y cosido para el muñón. Ya sabes que a tu padre no le gustaba acumular trastos. Así que no, no te necesito, como tampoco te he necesitado estos últimos años.

Lucía le lanza esa última frase como un dardo, aunque sin cambiar un ápice el tono afable con el que le ha hablado hasta ahora. Sin embargo, a Ofelia le ha dolido y se muerde la lengua para intentar moderar su respuesta.

—Bueno, yo he pagado a la enfermera y todo lo que habéis necesitado cada vez que me lo has pedido.

—Sí, claro. Como debe ser.

—Lucía, si no quieres que nos marchemos, no tienes más que decírmelo. Sé que no he sido la mejor hija del mundo, pero no podía soportar que mi padre me hubiera olvidado. Desde aquella tarde en que no me reconoció, asumí que se había marchado para siempre. Lo siento.

Ofelia no puede contener las lágrimas y se marcha a su habitación ante la mirada atónita de Miguel, que ha contemplado la escena sin saber qué hacer. Lucía, a los pocos segundos, se levanta y la busca.

—Hija, no me hagas caso. Estoy muy cansada. Es solo

eso. No vivas con culpa, que no sirve de nada. Y tu padre estuvo siempre muy bien cuidado. De eso sí te ocupaste.

Ofelia está sentada en la cama, mirándola con el rostro desencajado. Lucía se sienta junto a ella y le rodea la espalda con el brazo.

—Echo tanto de menos a mi madre, Lucía…

—Claro, hija. Yo también. No hay día en que no piense en ella. —Después de un silencio, retoma la palabra—: ¿Sabes que tu madre me ayudó a amortajar a la mía? Yo no podía. Estaba deshecha de dolor y de miedo.

—¿De miedo por qué?

—Pues por quedarme sola.

—¿No estabas casada todavía?

—Pues por eso, por eso mismo.

Miguel rompe la intimidad del momento al irrumpir en la habitación para pedir a Ofelia que se dé prisa, que Gabriel les espera. Lucía les despide visiblemente aliviada porque se haya truncado la conversación.

19

Donde la verdad no importa

Olor a pena y hambre. Así recordaría siempre Pilar el tiempo que pasó esperando a la señora Tomasa, apoyada contra la pared de piedra de aquel convento transformado en cárcel que había engullido a su Gabriel. Casi no podía respirar en ese ambiente cargado de sudores antiguos y alientos de azufre. Porque Pilar no estaba sola en la espera, junto a ella había una hilera de cuerpos obedientes cargados de capazos. Ella formaba parte de la muchedumbre que hacía cola para ver a sus presos, solo que aún no se había hecho a la idea. Se creía ajena a la suerte que corría toda aquella gente. Los miraba con cierto aire de condescendencia diciéndose para sí misma que ella era portera de una casa importante, que su futuro suegro había sido carabinero y que, por tanto, existían claras diferencias entre su situación y la de aquellos pobres. Porque puede que ella también fuera una muerta de hambre, pero no hasta esos extremos, se repetía. Sin embargo, era incapaz de desviar la vista de sus rostros. De entre todos, se concentró en el de una mujer ataviada con un pañuelo que le cubría la cabeza, acaso para disimular un cráneo aterradoramente liso. Pilar no pudo reprimir un gritito ahogado. Sabía de la leyenda que contaba que a las rojas las obligaban a pasear rapadas por las plazas de los pueblos. Y se dio cuenta de golpe de que no era un cuento. Allí mismo tenía la prueba viviente de aquella salvajada. Se lo confirmaban los ojos de esa joven que solo se atrevían a descansar sobre el suelo. Comprendía su pose constreñida, sus intentos vanos por pasar desapercibida tratando de empequeñecer su cuerpo hasta hacerlo invisible. Y entonces sí se asustó. Se imaginó a sí misma con un pañuelo negro en la cabeza, la cara gacha y un capazo cargado de ropa y comida para su novio preso.

Como si un torno de alfarero le hubiera poseído el vientre, Pilar lo sentía girar y retorcerse desde que vio desaparecer tras la inmensa puerta a Tomasa. Entumecida y rígida estuvo aferrada durante casi una hora a las estrechas barras de hierro del enrejado cuando, por fin a lo lejos, distinguió la silueta parca de su futura suegra, que salió abruptamente del interior oscuro del convento como si hubiera sido escupida por un dragón. Avanzaba a paso lento sosteniendo el bolso como si fuera un hatillo, abandonada a las fuerzas de la inercia y la gravedad. Parecía que su cuerpo estuviera hechizado o, tal vez, manejado por hilos ocultos. Hasta que se detuvo a la altura de Pilar y le tendió el papel que llevaba en la mano, sin desviar nunca sus ojos de la nada.

—Condenado a muerte —le dijo con una hebra de voz antes de caer al suelo.

Había una mayoría de mujeres en aquella enorme fila negra que desbordaba los caminos anejos a la prisión. Pero fueron solo dos las que abandonaron sus puestos para ayudar a Tomasa, a quien Pilar abanicaba infructuosamente con aquel documento maldito. Como pudieron, la sentaron apoyando su espalda contra el muro.

—Solo las madres y las esposas pueden entrar —le dijeron a Pilar aquellas señoras—. Si eres la novia, a no ser que tengas buenas perras que darles a los guardias, olvídate. Si está condenado a muerte, lo mejor será que te cases ya de ya. Así por lo menos lo visitarás hasta que pase lo que tenga que pasar.

—Pero eso puede tardar años, ¿eh? Lo que tenéis que hacer es pedirles permiso y pagar algo. Eso seguro. Y luego darle otro algo más al cura que os pongan. Y traer comida cuando vengáis. Que los pobrecicos no comen nada bueno ahí dentro.

—Y ropa limpia, que se los comen las pulgas.

Tomasa, que iba recuperando el tono rosáceo en las mejillas, seguía la conversación bien atenta desde las últimas frases.

—Pero es que mi hijo nunca se ha metido en problemas, y en política mucho menos. Estaba haciendo el servicio militar y me lo han detenido. Dicen que estaba organizado con los del monte, con los bandoleros. Pero eso es imposible —dijo acongojada y fuera de sí.

—Acostúmbrese a que aquí la verdad no importa. Lo que ellos dicen que han hecho los nuestros son cuentos. Quieren que les tengamos miedo y que hagamos lo que sea con tal de seguir viviendo. Si su hijo está aquí, tenga por seguro que es por buena gente. Mi hermano está condenado a veinte años porque era chófer y en la guerra llevó a uno que dicen que mató a otros tantos. Pero él no sabe nada de aquello. Aquí todas estamos igual.

—Lo primero que tiene que hacer es casar a su hijo con

esta pobre, que mira qué carita de pena lleva. Y, ya luego, se ponen ustedes a buscar cualquier recomendación de curas, de falangistas, de gente que trabaje en el ayuntamiento. De cualquiera que mande, ¿me entienden?

Pilar y Tomasa no fueron conscientes del calor que irradiaban las voces de aquellas dos mujeres hasta que de nuevo se quedaron solas, a la intemperie sobre aquellos adoquines grises, la una sentada contra un muro y la otra en cuclillas sin saber qué hacer con la condena a muerte de su novio en la mano. Ninguna se atrevía a hablar, ni siquiera a cambiar de postura, como si con su hieratismo fueran capaces de contener el tiempo. Desde el lugar al que la vida las había arrastrado esa mañana solo se veían palmeras muy altas y edificios medianos de ladrillo; a sus espaldas, permanecía aparentemente inmóvil aquella cola perenne de cuerpos vencidos. En la cúspide del edificio religioso y carcelario contemplaba la escena un águila siniestra pintada sobre un fondo amarillo.

—Lleva todo este tiempo sin poder comunicarse con nosotras. Abandonado. Gabriel pensará que le hemos abandonado. Esto no hay corazón que lo aguante. Yo me muero con él.

—No, señora Tomasa. No se va a morir nadie más.

De algún recoveco oculto había emergido un vigor inesperado en Pilar. Era como si en su interior se hubiera generado un incendio dejando el miedo reducido a cenizas.

—Ya ha escuchado a las señoras, hay que buscar a gente que mande para que nos ayude a salvar a Gabriel. No podemos llorarle todavía, porque está vivo. Señora Tomasa, Gabriel nos necesita más que nunca. Así que no podemos rendirnos ahora. Hay que salvarle.

No fue fácil levantar a su futura suegra del suelo. Ambas estaban agarrotadas por el miedo y la espera. La noche anterior habían dormido juntas en un colchón maloliente que les dejó las improntas circulares del alambre marcadas en las carnes. Fue una madrugada enorme, descomunal, en la que dormir era un sueño imposible. Estuvieron toda la noche juntas, pero cada una atada a los caprichos de sus fantasmas particulares. Tomasa incluso había sufrido de parálisis del sueño hasta en cuatro ocasiones, los únicos momentos en que apenas había rozado una pausa de la conciencia. Pilar, que solo llevaba consigo un bolsito negro de falsa piel de cocodrilo con su documentación, tuvo que pasar la noche vestida con la ropa de calle. Algo a lo que fingió ante su suegra no estar acostumbrada, pero cuya incomodidad le era bien conocida, después de tantos meses resistiendo en una casa en la que cada noche se esperaba la muerte.

Mientras, cogidas del brazo, iban deshaciendo el camino recorrido al alba, Pilar rehuía el recuerdo de su madre. La apartaba de su mente sin ternura, con la violencia de quien instintivamente se previene de un peligro.

—Mire aquella casa, señora Tomasa. ¡Qué puerta tan grande!

Aquellas incongruentes llamadas de atención de Pilar sacaban a su suegra del pozo en el que permanecía desde que tuvo la condena entre las manos. La mujer desviaba la mirada hacia lo que le señalaba su nuera y regresaba indiferente a las sombras de su fuero interno. Así recorrieron los cinco kilómetros que separaban la cárcel de la estación de tren, y así transcurrieron las cinco horas que pasaron sentadas en el banco de un vagón idéntico al que había ocupado Gabriel cuando se vieron los tres por última vez, hacía ya más de un año. Miraba por la ventanilla Pilar los campos de naranjos que parecían no acabarse nunca y, en un destello, creyó entrever el fulgor amarillo y verde de un limonero. Fue entonces cuando la asaltó de pronto el aroma afrutado de Gabriel. Y así, abrazada a su futura suegra, lloró durante una hora entera por sus hermanas, por Lucía, por Gabriel y, por encima de todos ellos, por su madre muerta en secreto.

20

El hermano perdido

Ofelia ve las copas de los naranjos pasar fugazmente a través de la ventanilla del coche alquilado de Gabriel. Acaba de abrir los ojos presa de la extrañeza que acompaña a los despertares imprevistos. Hacía tiempo que no emprendía un viaje. Demasiado. Madrid se ha convertido en su único paisaje desde aquella noche de finales de agosto de hace tres años, cuando Íñigo sentenció a muerte su matrimonio. Entonces el suelo cedió bajo sus pies y el tiempo que siguió cobró una densidad casi corpórea. Las horas y los días eran murallas ciclópeas que se elevaban ante ella, pesadas e inaccesibles.

La baja por depresión era el único trámite que anclaba su existencia física al calendario. Por eso sabe que tardó tres meses y algo más de dos semanas en tomar la decisión de permanecer. De seguir viviendo. Durante más de setenta días se relegó a sí misma a habitar un pasado del que ya solo daban fe algunos vestigios. Rellenaba el tiempo redescubriendo fotografías, hojeando libros compartidos, pero, sobre todas las cosas, se abandonaba al sueño en un intento malogrado de engañar a la conciencia. Hasta que un día

Miguel no aguantó más y le pidió que regresara. Y aquel gesto lo cambió todo. Ver a su hijo suplicarle entre lágrimas fulminó a Ofelia como un rayo parte a un árbol en dos mitades. Asida a su mano, emergió a la luz de nuevo.

Ahora cierra los ojos y se ve a sí misma, la noche antes de que Miguel la salvara, sentada en la butaca de su dormitorio contando una a una las cápsulas blancas y rojas. Recuerda cómo el cuadro de las cerezas la miraba de soslayo, cómo rompió a llorar al advertir su presencia, cómo bebió de un único sorbo el vino tinto de la copa que sostenía en una mano y cómo lanzó al suelo con la otra los veintisiete lexatines. «Estuve cerca», reconoce, pero nunca tanto como para traspasar el muro que separa a los malheridos de los suicidas.

Durante las sesiones de terapia, a las que terminó por aficionarse, repetía en bucle las dos palabras que pronunció Íñigo para enterrar de una única palada el cadáver aún caliente de su matrimonio. «Te aprecio». Eso fue todo. Su marido finiquitó décadas de amor con la expresión cortés de afecto más tímida, distante y ridícula de todas. Oculto en esos cuatro golpes de voz se hallaba la inconfesable razón de aquella despedida: él ya no la quería. Y lo peor era que no había otra, que su marido prefería estar solo a seguir con ella. «El silencio y la nada son preferibles a mi presencia», repetía Ofelia, en un bucle sin retorno, a Mariel, su psicóloga.

Durante toda su vida sentía que no había hecho más que lo que de ella se esperaba: estudiar, trabajar, amar a un hombre, guardar fidelidad, parir un hijo e incluso amamantarlo en contra de su voluntad —aún de vez en cuando sueña con sus pezones agrietados—. Pero, además de abandonar a un padre sin memoria, sabe que hay algo que, inequívocamente, hizo mal: todo aquello que queda después de cumplir con los deberes, lo que suele entenderse por identidad. «No he sabido ser yo en toda mi vida», le dijo a Mariel una tarde de invierno. Recuerda la estación del año porque iba vestida con el jersey rosa de angora que tanto le gustaba. Su tacto fue lo único placentero en aquella catártica sesión de una hora. A partir de esa revelación, se fue gestando de manera paulatina el cambio en ella. Volvió a frecuentar algunas librerías que tenía abandonadas, se apuntó a un taller literario de mujeres, retomó su antigua relación con el viejo maletín de pinturas y se permitió salir de vez en cuando a cenar con alguna antigua y otras dos nuevas amistades. No fue un proceso rápido, ni siquiera constante, en ocasiones se embarcaba en tales actividades casi obligada, pero poco a poco fue reconquistando la isla perdida de sus afinidades. No fue hasta aquella tarde en el despacho funcional y neutro de su psicóloga, mientras notaba cómo la angora resbalaba por el sillón negro de escay, cuando cobró conciencia de que se había ido perdiendo por el camino. La idea acudió a sus labios empujada por el recuerdo de un viaje con Íñigo en el que acabó por convencerse de que detestaba las iglesias románicas. En cuanto le explicó a Mariel que detestaba «esos edificios de piedra, austeros y sólidos, en que tan solo unos haces de luz iluminan los espacios dándoles así un aire casi mágico...», descubrió que no era suyo tal pensamiento. Estaba enunciando una idea ajena, que repetía como si fuera un muñeco ventrílocuo y que chocaba con su propia trayectoria. Porque Ofelia, precisamente, eligió estudiar Historia del Arte por las lecciones de su profesora de COU y, sobre todas ellas, en especial, por la de las iglesias del Románico. Cómo iba ella a odiar aquello por lo que decidió convertirse en lo que era. Todo ocurrió en uno de los viajes fugaces que organizaba su marido. Habían ido al norte asturiano. Después de visitar una de esas iglesias perdidas en el monte, con todos aquellos ruinosos arcos enraizados en la tierra, en medio de un paraje natural tan verde que cegaba la vista, Íñigo pronunció las palabras que resquebrajaron por completo el criterio de Ofelia en favor del suyo: «Vista una, vistas todas. ¡Qué pérdida de tiempo!». Se sorprendió a sí misma asintiendo. ¿Pero cuántas veces había buscado su validación en él?

Por supuesto, aquel no era un caso aislado. A partir de esa anécdota, en la habitación blanca de su psicóloga, fue desmontando, piedra a piedra, todo aquel edificio falsario cimentado de creencias y hábitos impropios hasta hacerlo desaparecer del paisaje. Tiempo después de aquella sesión de terapia, se prometió a sí misma que volvería sola a ver Santa Cristina de Lena, para reencontrarse con su yo de diecisiete años y pedirle disculpas. Pero no lo ha hecho. Al menos, todavía.

Se recoloca en el asiento del coche y cierra los ojos antes de que Gabriel y Miguel se percaten de que está despierta. Quiere disfrutar de la soledad que se labró al pedir quedarse en la parte trasera. Disfruta escuchando de fondo la conversación animada que mantienen ambos. Hablan de los muertos familiares, de los desaparecidos, de las fosas, de las mujeres que van a visitar en ese pueblo masacrado durante la Dictadura, pero también intercambian el recuerdo de sus infancias atribuladas.

—Desde pequeño lo que más me gusta en el mundo es

leer. Todo empezó con una colección de libros sobre un pequeño vampiro y su amigo mortal. Después de devorarlos casi todos, ya nunca lo dejé.

—No es habitual que un niño prefiera leer a jugar con el ordenador o salir con sus amigos.

—Bueno, es que yo no era un chico muy popular, ¿sabes? De hecho, solía ser el saco que golpear en el patio, el objeto de las burlas. Esas cosas. Hubo un verano en que incluso tenía miedo de salir solo a la calle porque unos idiotas de clase me tenían amenazado. Ahora sé que eran unos pobres inadaptados que ni siquiera me decían aquellas cosas en serio. Ellos las soltaban sin pensar en las consecuencias para mí. Pero yo me quería morir después de cada insulto. Y cuando llegaba a mi casa solo pensaba en que mi madre me acompañara a la biblioteca municipal para sacar libros nuevos. Porque leer era mi lugar seguro, donde no me podía pasar nada, ya sabes.

Miguel y Gabriel hablan en susurros para no despertar a Ofelia, a la que creen dormida en el asiento trasero. Ambos congeniaron ya durante la comida en el bar, pero ha sido el trayecto en coche lo que les ha dado la oportunidad de conocerse mejor. El joven comparte sus recuerdos e intereses y se regodea en la atmósfera de confianza que le proporciona el francés. Su padre es frío y distante. Siempre añoró una referencia masculina con la que desahogarse y, desde que supo de la muerte de su abuelo, se compadece de no haber podido disfrutar de él cuando ya era capaz de valorar las historias que pudiera confesarle. Siente que perdió la oportunidad de hurgar en sus silencios, en las lagunas de su memoria. Tal vez a él sí le hubiera descifrado las incógnitas que su pasado albergaba. Puede que si le hubiera explicado que había conocido a Jaime y que este buscaba el cuerpo de su abuelo, en el fragor de la conversación se habría visto empujado a decirle la verdad.

—La adolescencia es una época terrible. Llena de miedos, angustias y cambios. Yo también la recuerdo así. No era fácil ser hijo de exiliados. Siempre me sentí mitad español y mitad francés. Mis padres y el ambiente en el que crecí constituían un ecosistema propio. Digamos que mi casa y la de sus camaradas eran como satélites fuera de órbita. No pertenecían ya a ningún mundo conocido. Añoraban una república que ya había muerto, se lamentaban por las condiciones en que les trataban los franceses y, la mayoría, hablaban de un futuro que nunca llegó a producirse. Fantaseaban con una España que solamente existía en sus sueños. Cuando cenábamos todas las familias de la guerrilla juntas, brindaban por el día en que volviera la República y regresaran triunfantes. Imagínate la decepción cuando fueron asumiendo que aquello no sucedería nunca. Una verdadera muerte en vida. Y todo eso me afectaba, claro. Yo era una especie de patito feo que no encajaba en aquel mundo. Pero todo cambió en mi tiempo de universidad. ¿No te ha pasado igual?

—Sí, completamente. La verdad es que entrar en la facultad ha sido como viajar en el tiempo, directo por fin al futuro. Es como si hubiera llegado al momento y al lugar que me corresponden. En el colegio y en el instituto siempre fui el raro. Era empollón, gordito y no me gustaban ni el deporte ni los videojuegos. Una víctima propicia para los abusones. Sentía que siempre estaba en el lugar equivocado. Hasta que un día decidí llevarme un libro a clase para quedarme en un rincón del patio leyendo, alejado y a salvo de los imbéciles que me agobiaban. Y ni así pude librarme. Diría incluso que fue peor. —Miguel baja la voz a un volumen inaudible, se acerca al oído de Gabriel y le susurra—: Mi madre tuvo que pagar la multa de la biblioteca por estropear el libro. Nunca supo la verdad. Le dije que se había mojado en la fuente del patio por accidente.

—Yo también oculté a mis padres las veces que los otros niños me perseguían mientras me insultaban gritando: *Espagnol de merde!* Eran más fuertes que yo pero, verdaderamente, mucho menos originales.

—¿Tienes hijos? —le pregunta súbitamente Miguel.

—No, me casé una vez, pero no pudimos tener hijos. Después de siete años de matrimonio, ella me dejó por otro. Luego he tenido dos parejas más, pero no duraron mucho y ya me siento demasiado mayor para esa aventura.

—Bueno, si quieres puedo ser tu falso sobrino, ya que mi madre creyó por un momento que eras su hermano perdido.

—Es cierto, pobrecita. Debió de pensar que yo era un hijo que había dejado su padre por ahí. Al menos pude tranquilizarla rápidamente.

Ofelia ha vuelto a abrir los ojos. Mira a su alrededor para tomar conciencia del lugar en que se halla. Va en un coche hacia un pueblo del que nunca había oído hablar para escuchar a unas mujeres de las que no sabe nada, relatar unos hechos que hasta ahora le eran indiferentes. Y, por primera vez en años, siente que está donde debe. Cierra los ojos de nuevo y se deja llevar por el suave baqueteo del coche, que la mece al instante, como si fuera una niña.

21

Zapatos de tacón prestados

Pilar respiró aliviada cuando se sentó en el vestíbulo del despacho de aquel gerifalte de la Falange. Tenía sangre en el talón. Le hacían tanto daño los zapatos que le había prestado Lucía para la ocasión que, en cuanto, con mucho disimulo, se descalzó, un cosquilleo de placer recorrió sus pantorrillas hasta acariciarle las plantas de los pies. Nunca imaginó que hallaría algún tipo de alivio en aquella boca de lobo. Llegar no había sido fácil. Al entrar en ese edificio, cuya fachada adornaban un yugo y unas flechas colosales, había tenido que sortear las preguntas de una secretaria malhumorada, superar el escrutinio al que la sometieron dos siniestros hombres de uniforme azul y soportar todo un tránsito de miradas oscuras hasta llegar a una antesala vacía de gente pero cargada de objetos feroces. La bandera, un retrato del dictador y hasta tres crucifijos de diferentes estilos y tamaños cubrían el muro ocre de ese espacio tan extrañamente amplio, que parecía haber sido concebido para cumplir otra función, en otro tiempo, en otra vida. Los meses que había pasado confinada alternando la portería y el hueco junto a la cama de su madre la habían transformado en una misántropa convencida. Pero no solo había perdido el ánimo de relacionarse con otros, sino también el de cohabitar un mundo envuelto en banderas con águilas, brazos en alto y guerreras azul oscuro. Quedaba tan atrás la irrupción en su casa de aquellos monstruos, en busca de su padre, que le parecía más un sueño que un recuerdo. Solo hubo algo de aquella experiencia que permaneció inmutable: el miedo. Esa lapa viscosa que se le adhería al estómago y de alguna forma inexplicable lograba además maniatarla de piernas y brazos. Y ahí estaba, de nuevo, ese bicho cubriendo con su masa espesa sus órganos aún vivos, provocándole más dolor del que la menstruación le causaba normalmente y mucho más del que su estómago parecía tolerar. Dudó por un momento si sería capaz de levantarse del asiento cuando aquel fascista la llamara para entrar a su despacho. Cerró los ojos y respiró hondo, mientras apretaba contra el pecho su dedo anular. Sentir el tacto de la sortija de madera era su único consuelo en la soledad de aquel vestíbulo hiriente. No podía sucumbir a la lapa homicida, estaba allí para salvar a Gabriel. Así que concentró todos sus sentidos en imaginar lo que le diría al gerifalte que la recibiría al otro lado.

«Levanto el brazo derecho y digo: arriba España, buenos días. Soy Pilar Mingot, la portera del edificio señorial de la escalera de caracol. Ese tan famoso que hay en la calle Teniente Álvarez Soto. No, queda ridículo que hable de la escalera, pero a la señora Tomasa se le ha metido entre ceja y ceja. Le parece que da empaque, que da solera. En fin, pues eso, la portera de la escalera de caracol. Si supieran la de veces que nos hemos escondido bajo su hueco para besarnos Gabriel y yo, sobre todo los últimos días antes de que se marchara. Los más felices de mi vida. Ay, por favor, y que no haya podido abrazarle de nuevo ni siquiera el día de nuestra boda. Eso es saña, es maldad pura. Y encima dando gracias, siempre dando gracias. Solo me alegro de que no estés viva, mamá, para que no tengas que verme pasar por todo esto. Que con lo que nos costó reunir las trescientas pesetas para darle al cura y a los de Gobernación, y a los guardias de la cárcel, solo nos dejaran estar juntos unos minutos, en aquella tétrica capilla, separados por la mesa en la que nos esperaban los papeles del matrimonio. Y Gabriel encima con las esposas puestas, que ni firmar le dejaron. Tuvo que dejar marcada su huella como si fuera un don nadie, un delincuente. ¡Bárbaros, mala gente! Él no decía nada. Estaba callado. Sonriente pero callado. Nunca le había visto con barba, pero estaba guapísimo, más que nunca. Aunque después noté que había adelgazado y tenía la mirada triste, a pesar de la enorme sonrisa. Pero yo, en ese momento, solo podía pensar en lo guapo que estaba y en las ganas locas de abrazarle que tenía. Por no poder hacerlo me pasé llorando como una idiota el poco tiempo que duró aquello, que menos mal que el cura se entretuvo diciendo cosas de esas suyas de misa, que si no habría durado todo un santiamén. Encima tuve que ponerme yo sola la sortija de madera, es que ni eso le dejaron. Yo, que no había consentido ni probármela hasta la boda. Pero bueno, como dice la señora Tomasa, lo importante es que ya estamos casados y que pude estar con él. Para ella no hay más consuelo que el de pensar que su hijo está vivo, porque "mientras haya vida, hay esperanza". La pobre repite la frase hecha cada dos por tres y luego me pide perdón porque se acuerda de que te acabas de morir y yo le digo que no se preocupe, que era lo mejor para ti, que ya descansas, aunque la verdad es que no me convence nada esa excusa. Qué enorme se me hace la casica sin ti, madre. A veces me acuesto a dormir en el hueco junto a tu cama y me imagino que al levantarme te veré ahí tumbada como siempre. Me engaño mucho a mí misma para poder resistir, porque es verdad lo que decía la señora Tomasa cuando salió del convento con la condena de muerte en la mano, que esto no hay corazón que lo aguante. Y es cierto, madre. Porque si me matan a Gabriel, si me lo matan, yo...».

—¿Señorita Mingot?

—Señora, señor. ¡Arriba España! Pilar Mingot, para servirle a Dios, a España y a usted, claro está.

Pilar bajó el brazo y se levantó del banco de madera con cuidado de no dejar que la piel del zapato se le pegara demasiado a la herida del talón. Más que caminar, parecía que levitara al apoyar todo el peso de su cuerpo en las punteras, lo que la elevaba en altura unos centímetros más que los tacones, que eran los mismos que habían llevado a Lucía hasta el altar. Como si hubieran sido hechos para acompañar a ambas en los momentos más duros de sus vidas.

De puntillas y sujetando con fuerza el bolso negro de falsa piel de cocodrilo, Pilar se adentró en aquel despacho tan extrañamente desnudo a excepción del escritorio, tres sillas y un retrato de Franco. Rodrigo Díaz vestía el uniforme azul oscuro de la Falange. Aparentaba unos cincuenta años, pero su voz sonaba tan aflautada que Pilar le echaba poco más de treinta y cinco. Tenía el pelo negro completamente aplastado y brillante, con la raya dispuesta a un lado. Mientras le hablaba del mal tiempo que hacía esos días haciendo gala de una simpatía forzada, daba intensas y reiteradas caladas al cigarro que, a tenor del humo denso que envolvía la escena, no debía de ser el primero del día. La niebla de nicotina evocó en Pilar el recuerdo de las toses de su madre. Así que, como no sabía qué hacer para romper el hielo, tosió. Tosió muchas veces, de forma impostada al principio, hasta volverse una necesidad real.

—No se preocupe, don Rodrigo. Ya se me pasa. Es que no estoy bien de los pulmones, lo heredé de mi madre, que en Gloria esté —dijo cruzando los dedos de la mano izquierda, al tiempo que se santiguaba con la derecha.

—Doña Encarna, mi suegra, ya me ha hablado de su caso. De hecho, recuerde esto bien: si no fuera por ella, usted no habría pasado de la puerta de abajo. Así que vayamos directos al asunto.

—La señora Encarnación es una señora muy buena. Gracias a ella yo ahora soy la portera del edificio en el que ella vivía antes, el de la calle Teniente Álvarez Soto que antes era Labradores.

—El de la escalera de caracol.

—¿Perdone?

—Digo que habla del edificio de la escalera de caracol, ese que hay cerca de la avenida del Generalísimo.

—Sí, claro. El de la escalera de caracol. Ahí mismo. Antes la portera era mi madre, aunque nos turnábamos, pero se puso muy enferma y tuvo que dejar de trabajar. Entonces me empecé a ocupar yo de todo. Tenemos el contrato en regla, vivimos, bueno, vivo ahí yo sola hasta que mi marido... Porque a eso venía, don Rodrigo, a hablarle de mi marido, Gabriel López Parra.

Pilar no se había atrevido a tomar asiento en ninguna

de las dos sillas que tenía el falangista frente a su mesa, ni él tampoco la había invitado a hacerlo, así que permanecía de pie sin saber qué hacer con sus manos. Don Rodrigo, que apenas la había mirado, se puso a leer uno de los papeles que poblaban su escritorio. Lo hacía muy concentrado, como si acabara de descubrir el mapa del tesoro. Durante unos minutos parecía incluso que hubiera olvidado que no estaba solo. Aprovechó ella esa pausa para cerrar los ojos y respirar profundamente, lo que le hizo recuperar la conciencia de su propio cuerpo. Volvió entonces a sentir el dolor de vientre y, con él, una sensación de humedad bien conocida que parecía traspasar los dos paños plegados que llevaba bien ajustados con ayuda de la faja y las medias.

—Sí, dígame, disculpe. ¿Qué quería tratar conmigo?

—Pues, verá. Mi marido es hijo de un trabajador ferroviario, muy bien visto entre sus compañeros, que antes había sido carabinero, pero tuvo un accidente durante la guerra. Pero él no estuvo en el frente y se adhirió al Régimen, como Dios manda.

—¿Se refiere a su marido o al padre de su marido?

—A mi suegro, que se llama Gabino. Su hijo, que es mi marido, Gabriel López, está ahora mismo en la cárcel. Le han condenado porque dicen que ayudó a unos del monte, pero mi marido nunca se ha metido en nada, él es un hombre de bien. Estaba haciendo el servicio militar en la Guardia Civil porque él quería servir a su patria, y no sabemos bien qué pasó, pero él no ha hecho daño a nadie. Solo parece que no disparó a un bandolero, porque mi marido no se atrevería, señor. Es muy inocente. Él no está hecho para las armas, pero eso no es ningún crimen, ¿verdad? Es todo un malentendido. Él no tiene nada que ver con los fugados, se lo juro por mi madre.

—¡Calla, mujer! ¿Has traído algún documento?

El tuteo abrupto de don Rodrigo, junto a la mirada inexpresiva de Franco presidiendo la escena, provocó en Pilar un temblor de piernas inmediato al que siguió un dolor punzante en el bajo vientre que la obligó a moverse y despegar sus muslos. Fue entonces cuando un hilo de sangre comenzó a descender por la cara interna de su pierna.

—Sí, señor. Le he traído el papel que nos dieron en la cárcel la primera vez. Ahí está la condena y al principio de todo pone lo que dicen que hizo.

Pilar no podía creer que su cuerpo la traicionase de tal forma. Comenzó a carcomerle el pensamiento una profunda sensación de suciedad. Como pudo, se acercó hasta la mesa intentando mantener la sangre fuera del campo de visión de don Rodrigo.

—Siéntate, que me pones nervioso.

Pilar miró el asiento tapizado en azul oscuro y se quedó anclada al suelo con el bolso agarrado fuertemente entre sus manos, imaginando sus paños cubiertos de sangre. Siempre la sangre subrayando en rojo cada momento fundamental de su vida. A don Rodrigo, sin embargo, no le importaba su rictus asustado y urgía a Pilar, con el ceño fruncido y las aletas de la nariz expandidas, a cumplir cuanto antes su orden. Así que, con mucho cuidado de no dejar caer todo el peso sobre la tela, no pudo más que sentarse. Y al hacerlo, el falangista la miró por fin, pero no a la cara. Pilar presintió un deseo homicida en sus ojos, como si en vez de un par de pupilas tuviera frente a ella los orificios de dos pistolas. Al estar sentada con el cuerpo ligeramente encorvado hacia adelante, para no apoyar el trasero por completo en la silla, se le había abierto el escote de la blusa. Por eso, cuando don Rodrigo le preguntó hasta dónde estaría dispuesta a llegar por su esposo, Pilar no contestó. No podía. Ni siquiera osaba cerrarse el escote por si aquel gesto ofendía al hombre.

—Podemos hacer un trato.

—¿Sí? —preguntó Pilar casi sin voz.

—Acompáñame, que te lo voy a explicar.

Al levantarse, Pilar, con el rostro encendido por la vergüenza, comprobó que apenas se distinguía el cerco rojo en el asiento. En el azul oscuro se disimulaba muy bien la sangre.

22

La caja de latón

Ofelia, más que despertarse, resucita. Ha debido de pasar al menos una hora desde que volvió a dormirse, pero ella apenas ha percibido ese tiempo como un leve parpadeo. Ni siquiera recuerda lo que ha soñado.

—No puedo creer que hayamos llegado ya. Es como si acabáramos de subirnos al coche. Qué sensación tan extraña la de perder la conciencia del tiempo.

—Por lo menos se te ha hecho corto el viaje —le contesta Miguel de buen humor.

—Eso es que soy buen conductor —resuelve con voz cansada Gabriel.

El vehículo está parado delante de unas casas bajas con un pequeño jardín en la entrada. Es una calle corta pero ancha, algo empinada, sin asfaltar, con el suelo de tierra brotado de flora silvestre. Más allá de los tejados solo se presiente el sinuoso contorno que conforman las copas de los árboles. Parece una manzana de casas perdidas, un oasis civilizatorio oculto entre la vegetación.

—Aquí vive Teresa, quien nos va a dar cobijo esta noche. Es viuda y sus hijas ya no viven con ella, así que tenemos a nuestra disposición dos habitaciones para acomodarnos.

—Pero habrá dos camas, ¿no? —responde Miguel, mientras mira a su madre haciendo un gesto de fastidio.

—Tendremos que adaptarnos a lo que haya. Cuando eras pequeño siempre querías dormir con tu mamá —se burla Ofelia mientras abraza a su hijo, que intenta zafarse de ella entre molesto y divertido.

Gabriel carga las dos maletas que han traído y se apresura a abrir la puertezuela de hierro pintada de verde que da la bienvenida al pequeño porche ajardinado. Tiene muchas plantas aladas de hojas muy verdes y carnosas que bordean el césped, y una majestuosa enredadera estrangulando las dos columnas blancas que custodian la puerta de entrada a la casa. Un letrero compuesto por cinco azulejos anuncia el apellido de sus moradores en letras añiles sobre un fondo turquesa. Los Giner habitan allí. Una mujer entrada en carnes y arrugas con un pelo blanco bien cardado les abre la puerta justo antes de que Gabriel toque el timbre. La señora le saluda con un abrazo y le da dos besos que se pierden en el aire antes de posarse en sus mejillas.

—¡Querido, qué alegría tenerte de nuevo por aquí! Y qué bien que hayas convencido a tus amigos para que te acompañen.

—Hola, encantada, yo soy Ofelia. Muchísimas gracias por acogernos a mi hijo y a mí. Lamento las molestias.

—Molestia ninguna. Para eso estamos. Pasad, dejad el equipaje en las habitaciones del fondo a la derecha y descansad, que viajar en coche es agotador. A mí me deja baldada aunque, claro, vosotros no tenéis los años que llevo yo a la espalda. ¡Que se notan, vaya si se notan!

En el cuerpo de Teresa se adivina una edad avanzada que contrasta tanto con su agilidad como con el tono locuaz de su verbo. La anciana no para de hablar mientras desaparece por una puerta desde la que llega un olor intenso a caldo y pollo. Los tres huéspedes se ríen en voz baja del desparpajo de su anfitriona y se adentran por el oscuro y breve pasillo. A la derecha, tal y como la dueña les ha advertido, se abren dos estancias bastante pequeñas, una con una camita individual coronada por un crucifijo y otra con una litera y dos orlas universitarias colgando de la pared ocre que antaño fue blanca.

—Creo que me decantaré por la habitación católica —dice Gabriel señalando la cruz.

—Nosotros nos quedamos con la infantil —contesta Ofelia sonriendo, mientras introduce en ella la maleta violeta con ruedas que comparten madre e hijo.

—Cuando me licencie, no coloques la orla en mi antiguo cuarto, por favor. Es una horterada tremenda —susurra Miguel a su madre señalando algunos de los rostros que parecen observarles desde las láminas enmarcadas.

—A ver si no voy a poder ejercer de madre. Estoy en mi derecho de presumir de hijo filólogo cuando lo seas.

—Bueno, si quieres convertirte en una madre chapada a la antigua... Yo creía que eras una mujer moderna.

—Moderna no he sido nunca, más bien románica.

—Una romántica es lo que eres en el fondo, mamá.

—Pues mira, sí. Puede que ese sea mi problema, que soy una romántica empedernida.

—No creo que eso sea un problema en absoluto, la verdad —les interrumpe Gabriel, apoyado en el umbral de la puerta con un gesto nuevo, un cierto aire despreocupado—. Disculpad, pero Teresa nos ha servido la cena.

Ofelia, completamente descolocada, siente que se le encienden las mejillas irremediablemente. Para disimular el fuego que le acapara el gesto, practica una fingida normalidad que la impulsa a colocar la maleta sobre la cama inferior y, acto seguido, abrirla de golpe dejando sin querer toda su ropa interior en un escandaloso primer plano. En ese instante se rinde al ridículo y les pide resignada, aunque no sin cierta impaciencia, que vayan ellos a cenar primero, que ella irá después de cambiarse de ropa. En cuanto desaparecen los dos por el pasillo oscuro, se tapa la cara con las manos, aliviada al quedarse sola. Respira profundamente y se serena para intentar rebajar cuanto antes el tono encarnado de sus mofletes. Piensa en lo ocurrido y se da cuenta de que el azoramiento se ha debido a un comentario nimio de Gabriel. Y le deprime reconocerse tan ingenua y vulnerable. Una mujer hecha y derecha, cercana a la cincuentena y ruborizándose por una nadería de tal calibre. «¡Qué ridícula soy, por favor!», dice en voz baja mientras se cambia el suéter.

Cuando se decide a salir al mundo de nuevo se topa en el salón con lo que, desde fuera, parece una estampa familiar dispuesta alrededor de una mesa amplia protegida por un hule florido del que apenas se adivinan algunos pétalos de colores entre los innumerables platos de comida que lo cubren. Miguel está visiblemente emocionado untando queso en una rebanada de pan, a diferencia de Gabriel, que la espera con la barbilla apoyada sobre sus manos engarzadas, como si estuviera bendiciendo la cena. Teresa va entrando y saliendo de la cocina al salón con más comida que coloca con cuidado en los platos que ya están servidos y van camino de desbordarse. La mujer lleva un delantal azul y verde que cubre un vestido largo y negro, del estilo de las batas que vestía Pilar y que sigue llevando Lucía. Mientras observa el ajetreo incesante de su anfitriona, la mirada de Ofelia se detiene en los objetos que adornan tres pequeñas estanterías de madera que cuelgan de la pared. En una de ellas se advierte una antigua plancha de hierro de un rojo muy oscuro, casi negro.

—¿Puedo cogerla?

—Uy, claro, hija. Puedes coger lo que quieras. Esas cositas son mis reliquias, mi museo particular, pero en este caso se puede tocar todo.

—Mi madre nunca me dejaba coger su plancha. Así que yo aprovechaba cuando me quedaba sola. Me encantaba jugar con ella. Había olvidado que pesara tanto. ¡Mira, también es LINCE! La de tardes que pasaba mi madre planchando mientras yo hacía los deberes. El espacio libre de la mesa se iba haciendo cada vez más pequeño según ella iba apilando la ropa bien plegada encima.

—Pesa más que una vaca en brazos, sí. Menos mal que ahora tenemos de las modernas, porque con esas planchas te dejabas los brazos haciendo fuerza en cada pasada. Planchar, coser y bordar han sido las faenas de mi vida.

—Eres un torbellino, Teresa. Siéntate, por favor —le pide con ternura Gabriel señalándole con la mano su lugar en la mesa.

Ofelia, mientras sostiene entre sus manos la plancha, se detiene a observar el resto de los objetos de las baldas de madera: platitos pintados a mano con motivos florales, un pastillero de porcelana, tres fotografías antiguas en pequeños marcos y en una esquina... Un pellizco en el estómago.

—¡Vaya, una caja de latón como la que tenía mi madre!

—Bueno, eso ya sí son palabras mayores, hija —le dice

Teresa con una voz diferente, grave y profunda, que ha perdido el brío de los diálogos anteriores.

—Las viejas latas del Cola Cao. Ahí guardaba mi madre de todo, era un cajón de sastre, pero por eso me gustaba a mí. Como un cofre lleno de pequeños tesoros.

—Esta lata guarda el tesoro más importante de la casa. Antes lo tenía bien escondido porque me daba mucho miedo que algún ladrón lo encontrara y se lo llevara. Hasta que me cansé de no verlo. Que esté ahí, frente al sillón en el que me paso las tardes, es lo más parecido a tener a mi madre aquí, sentadita conmigo.

Teresa camina hacia la pequeña estantería colgante, coge la lata entre sus manos con delicadeza y con un gesto pide a Ofelia que la sostenga. Entonces desliza hacia arriba la tapa, que se resiste porque el tiempo ha oxidado los bordes. Una vez abierta, queda al descubierto lo que parece un cielo encapotado de nubes que provocan al instante una mueca de extrañeza en Ofelia. Teresa la mira a los ojos mientras que, como si fuera una maga, hunde la mano en los algodones que colmatan el cofre y extrae un pequeño objeto.

—Aquí está. Hacía tiempo que no lo sacaba de ahí.

Y ante los rostros intrigados de sus tres invitados, Teresa muestra entre sus dedos una joya en forma de margarita.

—Este pendiente era de mi madre.

—Vaya, ¿solo uno? ¿El otro se perdió?

—El otro lo lleva puesto ella.

—La madre de Teresa está en una fosa común —explica Gabriel.

Ofelia suspira y cierra los ojos un instante, mientras sigue sosteniendo con firmeza la caja de latón, como si contuviera un explosivo capaz de detonar al más ligero movimiento.

—La mañana que la mataron tenía una infección en la oreja y se lo quitó. Estaba en el baño poniéndose alcohol cuando vinieron a llevársela.

Gabriel se levanta rápidamente de la silla en la que estaba sentado junto a Miguel y coloca sus manos sobre los hombros de Teresa, seguramente con el propósito de que sepa que, si se quiebra, él la sostiene. No es la primera vez que asiste a la explicación de la historia y conoce bien el desenlace. Teresa acaricia con sus dedos voluminosos y tiernos el pendiente, en un acto de delicadeza tan extrema que, más bien, parece que esté tocando el lóbulo del que colgó esa pequeña flor bañada en oro.

—Su madre se llamaba María Rodríguez y era militante de un partido republicano —prosigue el relato Gabriel—, pero no una cualquiera, ella era toda una dirigente local. Tenía veintipocos años cuando fue fusilada. Sucedió justo al acabar la guerra, sin previo aviso, sin juicio, sin testigos. Su marido había muerto en el frente. Ella no pudo huir a tiempo porque Teresa era demasiado pequeña, no podía llevarla en un viaje tan peligroso y decidió que tampoco se separaría de ella.

—Yo no era más que un bebé cuando se la llevaron y esto que dice Gabriel es lo que me contó toda la vida mi tía Josefa, que estaba con ella y conmigo en casa aquella mañana. Ella fue la que me crio y la he querido muchísimo, como a una madre, pero siempre la llamé tía, fíjate, nunca me olvidé de que me arrancaron a la mía. Y no me pienso morir hasta que no la saque de la cuneta en la que tiraron su cuerpo. Le pido al Señor todos los días que no me lleve hasta que podamos estar enterradas las dos junticas.

—Claro que sí, Teresa. Lo conseguiremos y aún vivirás muchos años antes de que descanséis las dos —le dice Gabriel, que la guía con sus manos hasta el sillón marrón que hay frente a la mesa—. Ahora respira, reponte y cuando estés relajada cenamos, que no tenemos ninguna prisa.

A Teresa le ruedan las lágrimas por sus mejillas generosas, como si fueran estrellas fugaces. Ofelia se siente culpable por haber despertado el fantasma de su anfitriona provocándole inconscientemente esa profunda tristeza. Miguel, que aún está sentado ante la mesa y ha permanecido inmóvil, sin saber qué hacer, le acerca a su madre una servilleta de papel.

—Tome, Teresa —le dice Ofelia mientras le ofrece el improvisado pañuelo—, y perdóneme por haberme metido donde no me llamaban.

—No, si a mí me gusta hablar de mi madre. Me duele, pero al mismo tiempo me hace bien. Necesito que todo el mundo sepa de ella, porque si yo me muero y mis hijas tampoco consiguen sacarla, tiene que haber alguien que siga intentándolo hasta el final. Me da mucho miedo que se la olvide cuando ya no quede nadie. Me da mucho miedo que se quede en la cuneta tirada para siempre, como si fuera un perro, como si no la hubiera querido nadie nunca.

Ofelia se arrodilla junto a las piernas de la anciana, le toma la mano y le dice emocionada:

—No se preocupe, Teresa, que ahora ya somos dos más quienes conocemos su historia.

—Gracias, bonica. Pero mi caso es muy difícil. Mi madre no está en el cementerio de Paterna como el abuelo de Gabriel y los demás de la asociación. A la *pobreta* la tiraron con otros muchos a una cuneta junto a la carretera nacional. Y aún no hay planes de hacer nada. Solo conocemos a cuatro familias más que tienen a los suyos allí, y, menos una, el resto no quiere saber nada de nada. Que mejor no remover las cosas, dicen. Y yo siempre les contesto que lo único que quiero remover es la tierra, para sacar a mi madre y llevármela a la tumba. Pero nada, ni por esas.

—Tienen miedo, Teresa. Pero les convenceremos. Cuando logremos exhumar la fosa del cementerio todo será más fácil —afirma Gabriel.

—Ay, Dios mío. Para largo me lo fiais —le dice Teresa mientras se seca las lágrimas con la servilleta que le ha ofrecido Ofelia.

—¿Qué hará con el pendiente cuándo saquen a su madre? —le pregunta ella en un intento por desviar la conversación.

—Pues no lo sé. Hay veces que pienso que me quiero quedar con los dos, pero otras veces creo que es mejor que la entierre con el mío y a mí, con el suyo. Lo único que tengo claro es que, al menos una vez en la vida, quiero ponerme el que ha llevado ella todos estos años, cerrar los ojos y no sentir nada más que el pendiente, sucio de esa tierra que también la ha tocado, ahí, dentro de mi piel, clavadito en mi oreja.

23

Entre visillos

Esa tarde se cumplían trece días desde que Pilar se enclaustró a vivir en la portería. Solo subía a casa para dormir. Aunque más que dormir, ensayaba que lo hacía. Se dejaba caer rendida sobre la cama en que yació el cuerpo inerte de su madre durante más de ochenta y tres horas. Pero nunca lograba conciliar el sueño. Se le abrían los ojos súbitamente ante el más leve rumor. Vivía inmersa en un estado de alerta permanente. La mayoría del tiempo, durante el día, lo pasaba en su puesto de mando, sentada en la silla de mimbre frente a la pequeña ventana con visillos de la portería. En un capazo guardaba un cojín, una barra de pan, una olla con caldo, un plato, una cuchara, una navaja de Albacete y dos piezas de fruta para calmar el ansia. En un rincón, tapado con una manta, ocultaba el orinal. Sobre la mesa dejaba cada mañana extendido un reloj de pulsera de su madre, la correspondencia ordenada por pisos y los ovillos de lana, que iban adelgazando a medida que avanzaba la labor. Tejer la mantenía espabilada y alejaba su mente de pensamientos nocivos. El lápiz y la pequeña cuartilla, sus nuevas herramientas, estaban siempre dispuestas en los bolsillos del delantal, confeccionado a base de retales azules y rojos. Por las noches lo dejaba sobre la silla de la cocina con sus anotaciones dentro. Intentaba no sacar la libreta de su escondrijo para que no se mezclara entre sus cosas, para que no se confundiera en sus cajones con otros objetos queridos. La libreta no era bienvenida en su casa. Despojarse del delantal, pues, era como quedarse desnuda. Desnuda, aliviada y limpia, como cuando se lavaba el pelo en la zafa luego de despiojarse.

Aprovechaba su forzado encierro para tejerles ropa a sus hermanas: dos rebecas bien largas y un par de leotardos rojos a juego de una lana que en la mercería le vendieron con el nombre de magenta. Desde que salió del despacho del falangista tenía ese color metido en la cabeza. Se había obsesionado con hacerles a sus niñas ropa práctica, protectora. Quería que les sirviera para disimular el periodo en caso de emergencia. Y, aunque había comprobado en carne propia lo bien que funcionaba para eso el azul oscuro, pensó que no habría mejor aliado para ellas que el rojo. Rojo sangre.

Tejiendo estaba cuando recibió la visita de una mujer morena envuelta en una toca gris que solo le dejaba los ojos a la vista.

—Hola, Pilar...

—¿Lucía?

La joven asintió, cerró los ojos y le rodaron por la cara dos lágrimas, densas como coágulos.

—Mi madre está... Está muy mal —musitó.

—Entra, métete aquí conmigo que tengo puesto el brasero debajo de la mesita.

No había en aquel cubículo más asientos que la silla de

mimbre de Pilar, así que su amiga se arrodilló en el suelo y apoyó su espalda contra el muro.

—No creo que pase de esta noche.

—Lo siento en el al...

—Y entonces me quedaré sola. Sola con él.

Lucía, con los ojos cerrados, comenzó a descubrirse. A medida que la toca iba deslizándose por su cuerpo dejaba al aire un surco sinuoso y violáceo. Aquella mancha larga le atravesaba la carne desde la mejilla izquierda hasta el pecho. Pilar se tapó la boca con las manos, obligándose así a acallar un grito. Pero, entonces, un ruido de pasos distrajo su atención. Una persona cruzó el vestíbulo. Cuando Pilar se asomó por la ventana solo alcanzó a verle de espaldas. Era un hombre, pero ni su figura ni su forma de caminar le eran familiares. Susurró un improperio para sí, observó el reloj que descansaba sobre la mesa, sacó del bolsillo su pequeña libreta, y lenta y dificultosamente fue anotando con su escritura rígida como el alambre: «10 y media, *ombre*, no *conosco*».

—¿Pilar?

—Un momento —le dijo a Lucía poniendo el dedo índice sobre sus labios cerrados—. El tercero, el tercero, seguro. ¿Ves? Se ha parado. Ahora la puerta se cerrará. Sí, el tercero. Es el tercero. —«Sube al 3», se dictó a sí misma.

—Pilar, por favor...

—Perdóname, cariño. Es que tenía que apuntar eso. —Se volvió hacia su amiga y se agachó frente a ella a escudriñar sus hematomas—. Al malnacido de tu marido, yo lo mato.

—Lo hace cada vez que vuelvo de un recado o de la tintorería. Y yo solo me atrevo a pedirle que no grite para que mi madre no se entere de nada.

—¿Y se ha enterado?

—No, lleva días con muchos dolores y ya casi ni come ni habla, como le pasó a la tuya. Pero antes de eso creo que estaba contenta, su obsesión los últimos tiempos era no dejarme sola. Él de cara afuera es hasta simpático, no creas. Y, con mi madre, educado. Todo ha empeorado desde que ella está con un pie en el otro barrio. Pero de puertas adentro de nuestro cuarto es como si ya nada le impidiera hacer lo que quiere conmigo. —Pilar le iba secando las lágrimas con la toca, mientras ella se desahogaba—. Y ahora que se muere, que ya es seguro, tengo muchísima pena, por ella y por mí. Pero sobre todo tengo miedo, Pilarín, tengo mucho miedo. Como cuando mi padre.

—Tienes que salir de ahí.

—Pues quiere que no trabaje más en La Japonesa, que me quede en casa.

—Pues te vienes a vivir a la mía.

—¿Qué dices? Este me viene a buscar y me mata. Capaz es. Venía a pedirte que estés conmigo cuando se me muera mi madre. Podría ocurrir en cualquier momento y necesito que estés allí para ayudarme a amortajarla, a avisar a la gente, a preparar la habitación para el velatorio. Yo no tengo cuerpo para nada.

—Ay, Lucía. Pero yo no me puedo mover de aquí. Estoy encerrada.

—Pones un cartelito y te vienes. Pilar, no me dejes sola. Yo me encargué de tu madre, te guardé el secreto y luego la amortajé, avisé a tus hermanas y hasta conseguí contactar con Toefo y con Pepito. ¿Cómo me puedes dejar así?

Lucía estiró de la ropa a Pilar y la zarandeó completamente enajenada.

—¡No me puedes hacer esto, no tengo a nadie más en el mundo!

—Lucía, no puedo irme de la portería.

—¿Pero qué dices? ¿Por qué?

—Baja la voz, por favor. Es que no te lo puedo contar. Esta gente es peligrosa.

—¿De qué peligro hablas? ¿Tiene que ver con ese de la Falange?

—Calla, no hables tan alto —le susurró Pilar con el gesto descompuesto mientras le tapaba la boca con la mano—. Tienen oídos por todas partes. Quien menos te lo esperas puede ser un informante.

Lucía la miró de repente como quien adivina la respuesta a un enigma.

—¿Eso haces, Pilar? —le preguntó despacio y en voz muy baja apartando con suavidad la mano que intentaba acallarla—. ¿Les informas de lo que hacen los vecinos?

—No vuelvas a repetir eso, Lucía, por favor —le suplicó Pilar con la voz ahogada—. ¿Qué quieres que haga, eh? Dime. Eso fue lo que me pidieron.

Pilar buscó a tientas la silla de mimbre para abandonarse sobre su asiento, resignada a confesarle todo al fin a su amiga.

—No tenía otra opción que hacer lo que me pidieron —le repitió—. ¿No te das cuenta? Mi suegro tiene tanto miedo que se ha quedado mudo y mi suegra nunca se ha sabido relacionar ni con el cura del barrio. Mi cuñado está fuera y sabe de la misa la media. Y yo solo podía jugar la carta de la señora Encarnación. Su yerno, el falangista, me ofreció el trato enseguida.

—¿Cuál?

—Júrame por tu madre que no dirás nada a nadie.

—Que sí, que lo juro, pero dímelo de una vez.

—Cada semana tengo que llevarle un informe de todo lo que pasa en el edificio.

—¿Para qué?

—Pues porque piensan que por esta zona hay gente que esconde a comunistas. Gracias a eso van a trasladar a Gabriel a la cárcel de aquí y, si sigo haciendo el trabajo bien, le cambiarán la pena de muerte por unos años de prisión.

—Madre mía, Pilar. Madre de Dios —le dijo santiguándose—. Eres una espía.

—Sí, pero a medias, porque aquí nunca pasa nada. No hay movimientos extraños. Aquí solo entran los vecinos de siempre y los alquilados nuevos, que también son gente normal. Así que no estoy haciendo mal a nadie.

—¿La señora Tomasa lo sabe?

—No, no, es un secreto. Tú eres la única que lo sabe ahora y no debería habértelo contado. A ella le dije lo mismo que a ti en su momento, que don Rodrigo nos quería ayudar y que a lo mejor trasladaban a Gabriel. Alguna esperanza tenía que darle.

—¿Y por eso no te mueves de la portería?

—Llevo casi dos semanas encerrada aquí dentro. Tampoco me importa, no creas. Estoy entretenida. La señora Virtudes, una viuda que vive en el segundo, me trae el pan y algunas cosas de comer que le encargo cuando me avisa de que va a comprar. Antes no teníamos casi trato, pero le pedí el favor una mañana que la vi salir con el capazo. Me voy arreglando así. Desde que no me traes para planchar tampoco tengo otra cosa más que la portería.

Lucía se retorcía los labios con los dedos de la mano

derecha, la misma con la que se acababa de persignar. Tenía la mirada perdida entre los visillos del ventanuco, tal vez imaginando lo que su amiga veía a través de ellos cada noche desde que comenzó su calvario.

—Dime algo, Luci. Ahora no te calles, por favor —le imploraba angustiada Pilar, que intentaba hacerla reaccionar tomando su mano izquierda, como una niña pequeña reclamando la atención de su madre.

—No sé qué decir, Pilar —le dijo, inexpresiva, Lucía—. Me da mucho miedo que te pase algo malo.

—Pero dime que me entiendes, Luci. Por favor, porque estoy a punto de volverme loca y necesito que no me odies o yo me muero de pena...

Pilar comenzó a llorar sobre la mano de su amiga, que seguía impertérrita, de pie, con los ojos clavados en los visillos que cosió Carmen.

—Cómo no te voy a entender. Si ni tú ni yo hemos elegido la vida que tenemos.

Y entonces agachó su rostro para mirar por fin a Pilar, quien, al descubrir que no estaba llorando sola, se levantó de la silla como si le quemara de golpe y se abrazó a su amiga.

—La señora Encarnación debía de querer mucho a tu madre —dijo Lucía después de reponerse del llanto.

—No creo.

—Y entonces ¿por qué te ha ayudado su yerno, el falangista?

—Estaba en deuda con ella por algo. No me preguntes qué. Solo sé que, estando ya muy malita, mi madre un día me pidió que me sentara a su lado y me habló de todas las cosas que pensaba que me podían servir en la vida cuando faltara. Una de ellas era que, si alguna vez estaba en un apuro de los gordos, fuera a ver de su parte a la señora Encarnación y le dijera que yo sabía lo que mi madre había hecho por ella y por su hija.

—¿Y se lo dijiste así?

—Más o menos. Le dije que sabía que le debía un favor a mi madre. No me dejó seguir hablando, se le encendieron de rojo las mejillas, se tocó la medallita de la Virgen de los Remedios que lleva colgada al cuello en una cadenita y me preguntó qué necesitaba. Pero no era un tono amable, te lo aseguro. Se lo conté todo y me dijo que volviera al día siguiente. Cuando lo hice, no me dejó pasar del rellano. Me habló desde el quicio de la puerta mientras la sujetaba, como si yo fuera una ladrona. Me había apuntado en un papelito las señas del despacho de la Falange y el nombre de don Rodrigo. Me pidió que no volviera nunca más, que la deuda ya estaba zanjada y que ni se me ocurriera decir nunca nada de lo que hizo mi madre. Yo le dije que no se preocupara y me cerró la puerta sin decir ni adiós.

—Menuda historia, ¿y sabes qué favor le hizo tu madre?

—De verdad que no —le respondió Pilar.

Se hizo un silencio entre ellas. Lucía, sentada en el suelo con los hematomas al aire, se quedó mirando al vacío sin fuerzas para afrontar lo que le esperaba en casa. Pilar no podía dejar de observar la piel herida de su amiga. Se avergonzaba de no atreverse a dejar la portería. Tenía mucho miedo. Miedo de que pasara algo importante en su ausencia, miedo de que hubiera otros informantes vigilándola a ella, miedo de que el propio don Rodrigo acudiera hasta allí para sorprenderla en un renuncio, miedo de entregar a la Falange un informe con demasiadas horas en blanco. Aunque, en realidad, lo que más temía era salir a la calle. Desde hacía trece días vivía presa en esa celda con una ventanita de visillos blancos. Traspasar los límites del portal era, en su delirio, una trasgresión flagrante de las normas carcelarias. Pilar estaba enferma pero no sabía poner nombre a lo que le ocurría.

Lucía hizo ademán de levantarse y extendió su brazo para pedirle ayuda a Pilar.

—¿Qué haces? —le preguntó esta mientras la aupaba.

—¿Qué voy a hacer? Pues irme a mi casa a ver morir a mi madre.

Entonces Pilar se dio cuenta de que la culpa de abandonar a Lucía le era más insoportable que el propio miedo.

—Siéntate aquí y apunta todo lo que pase en esta libreta. Si alguien pregunta por mí, dices la verdad, que he tenido una emergencia y he subido a casa. Pero que no te vea nadie escribir nada.

—Pero ¿qué vas a hacer? —le preguntó Lucía.

—Voy a cambiarme de ropa para irme contigo. Tenemos que despedirnos de tu madre.

A las tantas de la madrugada, regresó Pilar a la portería deshecha y exhausta. Ana había muerto como murió Carmen, sostenida por sus manos y las de Lucía. Desde que Pilar era huérfana no sabía llorar sin reservar una porción de pena por Carmen, así que aquella noche lloró como una descosida por las dos madres muertas. Antes de marcharse dejó a su amiga cobijada en el regazo de su suegra, la señora Tomasa, en una casa abigarrada de vecinas que velaban el cadáver amortajado. Cuando entró por fin en el edificio y vio la escalera de caracol frente a ella, supo que no le quedaban fuerzas para subir los seis pisos hasta su casa. Así que se metió en la portería, cogió la almohada que guardaba en el capazo de esparto y se echó a dormir en el suelo. No tuvo que esforzarse en conciliar un sueño que, sin embargo, le duró bien poco, apenas veinte minutos, hasta que un rumor de pasos la obligó a abrir los ojos de golpe. Tan rápido como pudo, se acuclilló tras el respaldo de la silla y, entre los visillos, logró distinguir la silueta oscura de dos hombres, uno de ellos cargado con una pequeña maleta. Contuvo la respiración para que el sonido del aire entrando y saliendo de sus fosas nasales no confundiera a sus oídos al intentar contar los pisos que subían. Pero su afán fue en balde. Después del segundo volvió a respirar y perdió la cuenta.

24

Un esqueleto en el armario

Ofelia se despierta agarrotada. Recuerda difuminados entre la bruma algunos destellos del sueño. En él, camina por un pasillo oscuro y encuentra a la izquierda una puerta, que apenas se distingue del muro y que resulta ser un armario. En su interior todo está oscuro, pero consigue diferenciar al fondo un amasijo de objetos blancos. Pronto se vuelve nítida la imagen y descubre que se trata de una pila de huesos. Sin embargo, no se asusta. Es como si siempre hubiera sabido que estaban allí esperándola. Se agacha para buscar el pendiente, pero no lo encuentra. De golpe se cierra la puerta del armario y se queda encerrada dentro. Y entonces fue cuando se despertó. Sabe que olvidará las sensaciones que ahora revive. El sueño se convertirá en un relato que repita muchas veces en el futuro buscando un significado más allá de lo evidente. Conocer a Teresa la ha impactado más de lo que piensa. Escuchar una de esas historias, contada de viva voz, le ha permitido poner cuerpo a los términos abstractos que se repiten últimamente a su alrededor con la tenacidad con que cae el agua de lluvia por una gotera. Ahora las palabras «represión», «fosa» y «fusilamiento» han cobrado verdad a través de la voz de Teresa. Y Ofelia se pregunta cómo se puede sobrevivir a la angustia de conocer el crimen, de saber el lugar donde yace el cuerpo y, sin embargo, no poder hacer nada por recuperarlo, por aliviarle el peso de la tierra, por limpiarle las heridas, por acariciar a la madre a través del hueso y acostarla a descansar para siempre en una tumba limpia con su nombre escrito en la lápida. «¿Cómo se sobrevive a eso? ¿Cómo se sobrevive al asesinato de una madre? ¿Cómo sobrevivir sin madre? ¿Cómo es que yo logro hacerlo?».

Miguel se revuelve inquieto en la litera superior. En el silencio ámbar de la aurora, los muelles de su colchón lanzan crujidos inmisericordes con quienes aún duermen. Ofelia observa preocupada la luz cuadrada y azul que proyecta el teléfono de su hijo en el gotelé de la pared. No se atreve a hablarle, no quiere irrumpir bruscamente sus últimos momentos de intimidad antes de que el día se ponga en marcha. Pero apenas unos segundos la separan de un inesperado salto de Miguel desde la litera superior al suelo.

—¡Por favor, qué susto me has dado! —exclama Ofelia incorporada en su cama.

—¿Qué quieres que haga? Creía que estabas dormida, ¿cómo te iba a avisar? —le replica irritado su hijo—. Tengo que ir al baño.

Miguel más que caminar hacia el aseo, huye. Los haces de luz que se cuelan por los orificios de la persiana han sido suficientes para que Ofelia advierta las cuencas hundidas bajo los ojos hinchados del joven. Son la prueba inequívoca de que su hijo ha llorado. ¿Pero cuánto? «¿Puede que lo haya estado haciendo durante toda la noche sin que me haya enterado?». Ofelia se extraña porque siempre se ha caracterizado por un sueño ligero, casi etéreo, transparente. Precisamente a eso se debe que padezca de parálisis nocturnas, terribles episodios en los que el cuerpo se le petrifica mientras la mente continúa aterradoramente despierta. Durante esos segundos eternos, que parecen los últimos, respirar es un acto imposible, las articulaciones antes flexibles se tornan mástiles oxidados y nada en el organismo responde, excepto la conciencia. Todo alrededor, sin embargo, permanece vivo y ajeno. Terroríficamente ajeno. Le sucede desde niña y, al principio, atribuía aquellos efectos al hechizo del fantasma que, según su madre, habitaba la casa: el niño Félix, aquella pobre criatura que murió junto a sus padres en el bombardeo del mercado. Ofelia nunca quiso enfrentarse a la patología que le hacía experimentar algo parecido a la muerte mientras dormía. Y, por eso, en secreto, se convencía de que, de vez en cuando, parasitaba su cuerpo aquel fantasma infantil al que le debía el nombre. Pensar en ello la obliga a preguntarse si compartirá con su hijo la maldición o si, por el contrario, es algo que tan solo le ocurre a ella. Lo que sí sabe a ciencia cierta es que tanto Miguel como ella son buenos profesionales en el arte poco reconocido de disimular el llanto, sobre todo el que brota en el silencio de la noche. La de madrugadas que habrá pasado secándose el agua de los ojos con el forro de la almohada, durmiéndose exhausta de puro llorar y llorar, mientras su marido permanecía atado al ronquido intermitente de su dormir ancho y profundo. Íñigo se sumergía siempre en un sueño opaco y primitivo que le permitía desentenderse de su sufrimiento. Ofelia, por el contrario, se quiebra solo de imaginar que su hijo esté triste. Por eso, durante el tiempo en que está en el baño, la preocupación le contrae el estómago haciendo florecer la habitual arcada en su interior. Miguel, a los pocos minutos, regresa a la habitación con el rostro cambiado y sereno; ha pasado del gesto desencajado al candor de un rostro casi infantil. Su tono recupera la melodía acostumbrada y da un beso a su madre en la frente, con el que le pide perdón sin necesidad de decir nada.

A Teresa la vienen a buscar sus hijas, dos mujeres más jóvenes que Ofelia que no han heredado la alegría innata de su madre y que actúan con una simpatía impostada ante Gabriel. Después de un copioso desayuno y un cruce de conversaciones banales, todos abandonan la casa y se introducen en sus respectivos vehículos para acudir a la asamblea.

—Así que tú eres la hija del salvador del padre de Gabriel. ¡Madre mía! Deja que te mire bien.

Consuelo tiene setenta y dos años, el pelo cardado, unas gafas de montura marrón y la fotografía de un hombre joven, en blanco y negro, colgando de un cordel alrededor del cuello. La mujer ha tomado las manos de Ofelia y la mira de arriba abajo como queriendo confirmar que es una persona de carne y hueso, volumétrica desde los pies a la cabeza.

—Cuando me dijeron que había conseguido contactar con la familia del hombre que le salvó la vida a su padre, no me lo podía creer. ¡Qué alegría, por favor! Es un milagro.

—Pues sí, la pena es que me ha encontrado porque mi padre ha muerto.

—Ay, sí, hija, perdóname. A veces hablo demasiado rápido, sin pensar. Digo las cosas como me vienen. Mi hija siempre me riñe, y con razón. Hoy no ha podido venir porque los chiquillos tenían baloncesto, pero si estuviera aquí me habría echado la bronca. ¡Ay, madre mía! Te acompaño en el sentimiento, hija. Mira, aquí llevo yo a mi padre. —Consuelo levanta el retrato del hombre para acercarlo al rostro de Ofelia y lo besa después—. Me lo mataron cuando tenía yo diez añitos. Se lo llevaron una noche y hasta ahora. Nunca supimos de él. Nos trataban peor que a las ratas. Tienes que estar muy orgullosa de tu padre porque podían haberlo matado por salvar la vida de un guerrillero.

—Pues sí, la verdad es que lo estoy y mucho.

Ofelia se da cuenta entonces de que, hasta ahora, ha estado demasiado ocupada buscando la respuesta al enigma de la liberación de Gabriel y aún no se ha parado a degustar el placer de ser la hija de un héroe. Aunque ella siempre se había sentido orgullosa al hablar de sus padres. Nunca había padecido —ni siquiera en su adolescencia— de esa embarazosa incomodidad que se reflejaba en los rostros de sus compañeros cuando alguno de sus progenitores aparecía de improviso. Ella, desde niña, concebía su núcleo familiar como un auténtico edén, una comunidad armónica y privilegiada en la que la azarosa biología había tenido a bien arrojarla. Su padre, además, a pesar de estar lastrado físicamente por la ausencia de la pierna izquierda, era un hombre corpulento y fuerte que se le antojaba indestructible. Si bien los arreglos y chapuzas del hogar eran territorio de Pilar, Gabriel era quien le abría los tarros de témpera seca después de meses sin darles uso. Porque, desde que le rebanaron el cuerpo hasta la mitad del fémur izquierdo —para salvarlo de una gangrena que se apoderó de su pie hasta llegar a la pantorrilla—, había desarrollado una descomunal musculatura en sus brazos, a fuerza, claro está, de cargar todo su peso en ellos para impulsarse en unas muletas de madera, que después pasaron a ser de aluminio, de las que Ofelia se agarraba para cruzar la calle en los lejanos tiempos de su infancia. Ella siempre contaba la trágica historia de la amputación de su padre con un cierto aire de altivez porque, a diferencia de la mayoría, el suyo había sacrificado un trozo de su cuerpo por «exceso de honradez». Esa era la sentencia que dictó Pilar y trasladó a su hija como parte de un legado inmaterial incalculable: «Al papá le cortaron la pierna porque se volvió diabético de comer los plátanos que descargaba en el puerto; lo hacía para traer más dinero a casa. Él no supo que estaba malito del azúcar hasta que se lo dijeron los médicos cuando les enseñó una herida del pie que se le había puesto negra como el carbón hasta la mitad de la caña y que no me había querido enseñar para no asustarme. Fue demasiado tarde para salvar la pierna, pero milagrosamente a tiempo para salvarse él. ¿Todo sabes por qué? Para no gastarse dinero en el almuerzo y traerlo todo a casa, por eso se comía tu padre aquellos plátanos. Los pobres siempre acabamos pagando las facturas, tarde o temprano. A nosotros no nos las perdona nadie. Exceso de honradez, hija. Ese ha sido siempre el delito de tu padre». Ofelia recuerda ese relato de Pilar como una letanía que repitió siempre, cuando planchaba la ropa para la tintorería, cuando cosía los pantalones de Gabriel para subirle el camal de la pierna que no tenía, cuando la regañaba por desobedecerla, cuando la acostaba a dormir... Ahora se da cuenta de que, tal vez, cuando hablaba de delito, Pilar no solo se refería a su miembro mutilado.

—… pero ya estaba orgullosa antes de saber la historia de Gabriel.

—Claro que sí, hija. Di que sí, has sido muy afortunada. A mí me lo arrancaron cuando más lo necesitaba y nada puede reemplazar esa pérdida. Nada.

Los ojos grises de Consuelo la miran desde otro lugar. Ofelia sabe que la mente de la anciana está más allá de ella ahora, en un mundo que ya no existe. Sin embargo, es capaz de continuar conversando, de ir saludando a quienes llegan, de mantenerla asida del brazo para que no se sienta desatendida, de preguntarle si quiere comer algo porque ella ha traído una tortada de pisto, pero que si no le gusta hay más cosas, porque a las asambleas cada uno trae algo de comida y bebida porque siempre se alargan casi todo el día y así hacen el trago más agradable, «para olvidarnos durante un rato de que venimos a por los huesos de nuestros padres».

—Bueno, id sentándoos porque ya no puedo aguantar más sin contaros algo muy importante —dice una mujer de repente.

Una veintena de personas va ocupando posiciones en un círculo de sillas blancas de plástico que invade una cuarta parte de la sala. Tras ellas, una enorme mesa pegada a la pared sostiene los diferentes platos de comida casera que ha traído cada participante. En las paredes observan, excesivamente maquilladas y sonrientes, los retratos de decenas de mujeres que, a simple vista, parecen las integrantes de la agrupación festiva que ha cedido el espacio a la asociación de memoria. Ofelia se sienta al lado de Consuelo y busca con la mirada a Miguel, que está junto a Gabriel y frente a ella. Le sonríe buscando complicidad, pero su hijo está mirando el teléfono móvil y, cuando lo guarda en el bolsito, esquiva conscientemente su mirada. Vuelve a la expresión irritada y taciturna de primera hora de la mañana. A Ofelia se le enturbia el ánimo, mira a Gabriel y este la apacigua con un gesto que parece decirle que se relaje, que no le dé importancia, que está todo controlado. El francés tiene una capacidad innata para leer en sus ojos. Le recuerda a su madre. Y eso, cómo no, le encanta.

—Justo el día que nos llamó Gabriel para comentarnos la posibilidad de vernos hoy, recibimos un mensaje al blog de la asociación. —Quien habla es una mujer de mediana edad con el pelo liso, castaño y corto, suelto hasta los hombros. Tiene una voz amable y un tono alegre, que marida con su rostro radiante—. Por fin, le hemos encontrado. Se llama Roberto Fernández y, según todo lo que nos ha dicho, creemos que sí, que es el hijo de nuestra Carmen.

Ofelia no sabe de qué están hablando, pero Gabriel se oculta el rostro con las manos y, a su lado, Consuelo lanza un pequeño grito de alegría que repite mientras besa la foto de su padre que no ha soltado desde que se sentó en la silla. Algunos «¡Madre mía!», «Ay, ay» o «¡Por favor, qué alegría!» se suceden intermitentemente mientras la que ha dado la noticia recibe el abrazo de otra señora que estaba sentada junto a ella.

—Sí, sí —dice la mujer que dirige la reunión, visiblemente emocionada, mientras se seca una lágrima furtiva con el dedo meñique—, ha sido muy complicado mantener la noticia en secreto para poder dárosla aquí, hoy, cara a cara. Roberto nos ha explicado que vive en Orihuela y que nunca pensó que su madre estaría tan lejos, ni siquiera se había planteado buscarla nunca porque, bueno, su padre se volvió a casar y para él su madre fue esa otra mujer, que le crio como si fuera hijo suyo. Pero que, claro, que nunca olvidó, solo que se acostumbró a vivir con ello. Dio con nosotros gracias a la nota de prensa que enviamos y que publicaron también en su pueblo. Nos pide disculpas por no poder asistir, pero quiere que sepamos que podemos contar con él para todo. Así que ya le hemos inscrito en el registro de socios y mantendremos el contacto con él, por supuesto.

Ofelia no aguanta la intriga y levanta la mano, como si fuera una de sus alumnas del instituto.

—Soy Ofelia, amiga de Gabriel. He venido con él y con mi hijo Miguel, que está ahí sentado —dice señalándole y lanzándole una sonrisa con la esperanza de contagiarle el buen humor—. Quería saber quién es Carmen, si puede ser.

—Por supuesto. Tienes toda la razón, Ofelia. Tendría que haberlo explicado desde el principio porque además veo dos caras nuevas más junto a Teresa y Matilde.

—Sí, Elena, son mis sobrinas, que quieren hacerse de la asociación también —responde una señora oronda con el pelo cardado y rubio.

—Perfecto, bienvenidas. Luego os pasaremos una hoja para que rellenéis vuestros datos. Os cuento brevemente. Carmen Soriano Gambín fue fusilada con apenas veintidós años. La habían juzgado en el 39 junto a su hermana Rosario, ambas pertenecían a una familia de izquierdas. A Rosario la mataron enseguida, pero Carmen estaba embarazada, así que esperaron a que diera a luz y a que amamantara a su hijo durante algún tiempo. Hasta el 1 de agosto de 1941, cuando decidieron que ya había vivido suficiente. La fusilaron y la arrojaron a la fosa 120 que es en la que se encuentra la mayoría de los familiares de los que estamos aquí, con la excepción de la madre de Teresa y del tío de Matilde, que están en la cuneta de la carretera que va a la sierra. Intentamos contactar con las familias de quienes aparecen en los registros del cementerio y no siempre sale tan bien. Pasa mucho que no quieran saber nada del tema pero, afortunadamente, Roberto ha optado por colaborar; de hecho, en el correo electrónico que nos ha mandado, y que tengo aquí mismo, dice algo muy bonito que os quiero leer... Aquí está, dice: «Lo menos que puedo hacer por quien me dio la vida es darle paz en la muerte».

Un murmullo suave se eleva como un enjambre sobre sus cabezas. Todos comentan con leves gestos de aprobación el texto que acaba de leer la que debe de ser presidenta de la asociación. Ofelia, sin embargo, se siente algo incómoda después de escuchar esas palabras. Su colon empieza a manifestarle desasosiego. Lo reconoce de inmediato, lo ha sentido muchas veces antes, nunca ha dejado de percibirlo a intervalos de distinta intensidad durante toda su vida. Se llama remordimiento de conciencia. Ella debería estar preocupándose por el marido de Lucía, por las necesidades de su viuda, antes que por estas personas que no conoce. Claro que debería haber tenido ya una conversación seria con ella, al menos, sobre su esposo. Pero en vez de eso está sentada en esta silla de plástico blanca a pocos metros de Teresa, a la que conoce ya mejor que a la que ha sido una hermana, una tía, una madre postiza para ella.

—Hay que ir anotando los objetos o la ropa que supiéramos que llevaba encima cada fusilado. Podéis ir mandando la información al correo electrónico de la asociación durante esta semana. La arqueóloga nos lo ha pedido para ir recabando todos los datos. En dos o tres semanas vendrán y nos entrevistarán a todos. Ahora no pueden porque me han dicho que están en plena campaña de excavación de una necrópolis islámica.

—Ah, pero entonces ¿cuándo van a empezar a trabajar en la fosa? —pregunta en voz alta Ofelia.

—No, no, los arqueólogos vendrán para ir preparando los informes necesarios para pedir los permisos correspondientes, pero eso puede tardar bastante. No es que tengamos al ayuntamiento de nuestra parte precisamente —responde con cierto sarcasmo Gabriel.

—De todas formas, es importante tener el máximo de información recopilada para que puedan calcular el tiempo y el presupuesto que necesitaremos.

—En nuestro caso, está claro —dice un anciano sentado al fondo.

—Eso es cierto, a vuestro tío se le identificará sin necesidad de ADN —le contesta, con ternura, Elena.

—¿Y eso? —pregunta Ofelia a Consuelo en voz baja.

—Es que su tío tenía un ojo de cristal. Lo que en vida fue una desgracia, ahora se ha convertido en una suerte.

Ofelia está agotada después de la reunión. Ha pasado más de cinco horas en ese local que habitualmente acoge la fiesta y la alegría escuchando hablar de crímenes colectivos como si tal cosa. Lo hacen todos ellos desde la pena, con un gesto serio, pero han contado su relato tantas veces que parece un cuento, una ficción. «Han normalizado la barbarie, pero yo aún no puedo», piensa Ofelia. «Y están tan solos. No hay periodistas, ni políticos ni nadie de renombre aquí escuchando a esta gente». Ha habido un momento en que Ofelia, abrumada, ha necesitado salir y se ha sentado en la acera para descansar la mente, cerrar los ojos y no oír nada más que el silbido del aire levantando los toldos del edificio bajo de enfrente. No había ni un alma vagando por la calle, ni un cuerpo asomando entre los ventanales, ni el aullido de un perro rompiendo la calma. Este pueblo de la serranía le parece uno de esos lugares en los que nunca pasa nada y, sin embargo, sabe que en algunos de sus habitantes se esconde un dolor tan antiguo como insoportable. Nunca pensó que algo así pudiera suceder en el mundo y mucho menos en el fragmento que ella habita. Hijas septuagenarias buscando a sus madres asesinadas cuando apenas eran unas niñas. Cuerpos que se sabe dónde yacen, pero que no se les permite sacar a la luz. «¿A quién puede hacerle daño que una hija recupere el cadáver de su madre? ¿A quién?», se pregunta Ofelia tratando de llegar hasta la raíz del problema mientras con una ramita dibuja las palabras que piensa en el aire.

—¿Se encuentra bien?

—No, Gabriel. Tengo el estómago hecho trizas y la cabeza me va a estallar de un momento a otro.

—De acuerdo, no se preocupe. La acercaré al hostal en el que nos quedaremos esta noche. Está en el pueblo de al lado. No es gran cosa, pero espero que le resulte acogedor.

—Seguro que es perfecto, solo necesito descansar. Son las seis de la tarde y me siento como si fueran las tantas de la madrugada.

—Su semana ha sido demasiado intensa. Es lógico.

—Estoy mal porque llevo horas escuchando barbaridades. Usted está acostumbrado, pero yo no. Siempre he creído vivir en un país civilizado, en toda una democracia europea, en un lugar seguro. Pero eso que cuentan ustedes ahí dentro no es normal, Gabriel —le dice Ofelia en un tono vehemente, que acompaña sacudiendo las manos para enfatizar cada sintagma que sale de su boca.

—Sí, Ofelia. Tal vez estoy demasiado acostumbrado. He perdido incluso la capacidad de asombrarme cuando aparece alguien nuevo a contar su historia. Pero es que llevamos años luchando y nos hemos hecho una coraza invisible para poder seguir adelante.

—Pero es indecente que no los escuchen, que no les hagan caso.

—Bueno, ahora puede que aprueben una ley de memoria en el Congreso y podamos avanzar.

—Pero ustedes mismos han comentado ahí dentro que va a ser insuficiente.

—Sí, claro que sí. Pero, aunque sea un paso pequeño, al menos es un tramo del camino. No confunda mi optimismo con la resignación.

—No, por favor, claro que no. Si es todo lo contrario. Les admiro. No entiendo cómo esas mujeres no han cogido una pala para desenterrar a los suyos. Por las bravas.

—Porque saben que eso no solucionaría nada. Lo importante es que el Estado se haga responsable de este crimen colectivo. No buscamos venganza, sino justicia, y eso es algo mucho más complicado.

Ofelia le pide que la lleve al hostal y que se encargue de Miguel, que se ha ido animando con el transcurso de la tarde y ha dejado el móvil a un lado durante un tiempo.

Ella ya no tiene cuerpo para seguir hablando. Quiere salir de ese agujero en el tiempo. De esa fosa en que se ha convertido el mundo desde hace unas horas. En el coche, sin poder remediarlo, vuelve a revivir la maldita llamada que, como un aleteo de mariposa, vino a provocar el caos en que ahora mismo se halla.

Al llegar al hostal, tras disculparse con Gabriel, sube a su habitación y se abandona en la cama de colchón rígido cubierta con mantas de felpa. Pero antes abre su bolso, saca de él el bote de los orfidales y coge el folio en el que se encuentra escrita la sentencia que, hace más de cincuenta años, condenó a muerte a su padre. Ya tumbada se recrea leyendo su nombre, Gabriel López Parra, porque está decidida a llorarle un buen rato hasta que el cuerpo aguante y por fin se abandone a un sueño profundo y sanador de esos que reparan el alma.

25

La promesa

—Aquí tiene todos los papeles. Soy la mujer de Gabriel López Parra, le acaban de trasladar. Tenía que haber llegado ayer.

A Pilar le temblaba el cuerpo como si acabara de nacer. El frío y el miedo se le habían adherido a la piel como ropa mojada. No dejaba de tocarse la blusa y la falda, empujada por un tic nervioso que la obligaba a comprobar su aspecto constantemente. Su estado de agitación estaba justificado. La mañana anterior, Rodrigo Díaz, el falangista a quien entregaba informes cada semana sin faltar ni una, la había informado del traslado de Gabriel a la cárcel de la ciudad, la misma prisión en la que hacía cinco años había muerto de tuberculosis Miguel Hernández el poeta.

—Pase, pero solo puede verle cinco minutos. Si trae algo para él, me lo da a mí.

—Sí, aquí en el capazo traigo una olla de lentejas, queso, una pieza de jabón y dos mantas. Por favor, dénselo todo, que apenas podíamos ir a la otra prisión en la que estaba y el pobre habrá pasado mucha hambre.

—Aquí también le damos de comer, a ver qué se ha

creído. Aún se quejará. Qué delicados se han vuelto los rojos —dijo con sorna y saña el oficial desde una ventanilla alta y cuadrada.

—Sí, claro que le dan de comer. Por supuesto, no quería decir eso. Yo solo…

—¡Que pases, que corre el tiempo! —la interrumpió otro hombre uniformado, gordo y con entradas, que le había agarrado de un zarpazo el bolso cargado de víveres y se lo había entregado a otro que hacía guardia en la entrada. Pilar traspasó la puerta tan deprisa como pudo y sin ahorrarse ninguna sonrisa de cortesía para todo aquel con quien se cruzaba en el camino. «Sonríe mucho, que así te tratarán mejor», le había aconsejado Tomasa. Y aunque le parecía que su suegra pecaba de ingenuidad, no tuvo coraje para obviar su comentario. El tono burlón del primer policía la había perturbado y eso la hizo ser todavía más consciente de su extrema fragilidad. El ansiado reencuentro con su querido Gabriel pendía de algo más débil que un hilo: la voluntad azarosa y voluble de aquellos hombres uniformados que la despreciaban. Pilar daba vueltas a su anillo de madera mientras caminaba, sin mitigar ni un ápice la efusividad de su sonrisa falsa. Un policía la acompañó hasta una puerta verde y metálica. «Espera sentada en el suelo. No te muevas hasta que te lo digan», la conminó sin dignarse mirarla. Le dolían las mejillas y la mandíbula de sonreír con los dientes apretados. Así que, cuando descansó su cuerpo donde le había indicado aquel hombre gris, agachó la cabeza para poder relajar los músculos de la cara.

Llevaba tantas noches sin dormir que no sabía si el peso que sentía sobre los párpados nacía de su sueño o de su culpa. Porque Pilar sufría de ambas afecciones. El sueño de las vigilias nocturnas y la culpa de saberse presa de una malévola obediencia, porque de ella no solo dependía su suerte sino también —y sobre todo— la de a quién más quería. Gabriel todavía continuaba con una condena a muerte escrita en un documento sellado con la silueta del águila junto a su nombre. Y ella tan solo había cumplido con parte del trato. No sabía hasta cuándo tendría que continuar vigilando apostada entre las cuatro paredes húmedas y desconchadas de la portería. Siempre tras los visillos del ventanuco mirando y tejiendo las horas. Una tarea que al principio le pareció monocorde e inofensiva, pero que se había convertido en una liturgia tétrica. Porque desde la noche en que murió la madre de Lucía, la situación había dado un giro. Lo que no eran más que anotaciones redundantes y anodinas de la vida de un vecindario aburrido se habían transformado en una trama de radionovela. A partir de la una —a veces las dos, incluso— de la madrugada, cuando Pilar echaba los visillos y se recostaba en el suelo detrás de la silla de mimbre, comenzaba el turno de espía de noche. En unas ocasiones era un hombre, otras dos, y a veces hasta tres los que llegaban por tandas y se marchaban horas más tarde. Había fantaseado con la posibilidad de que fueran delincuentes, unos vagos y maleantes de tres al cuarto que merecieran el escarnio por sus infaustos crímenes. Se imaginaba a sí misma desarticulando a una banda de pendencieros que robaba a ancianitas en el mercado.

Su sacrificio y su tesón habían funcionado. Desde que sus informes abarcaban gran parte de la noche, el yerno falangista de doña Encarnación se mostraba cada vez más impaciente por echar un vistazo a las notas de su libreta. Pilar sabía que no tenía elección y, al mismo tiempo, también sabía que eso no era del todo cierto. Cuántas veces había tenido que leerle a don Rodrigo en voz alta su caligrafía ininteligible provocándole el repliegue de unas diminutas arrugas que le nacían junto a los ojos a modo de sonrisa. Se le helaba la sangre cuando advertía en él aquella alegría homicida. Porque de eso se trataba. De matar. De cambiar la vida de su marido por la muerte de cualquier otro miserable. Y Pilar, pese a que no se permitiera verbalizarlo ni para sus adentros, lo presentía. Por eso se alegraba de no ver nunca la cara a aquella gente, de no ser capaz de decir si eran siempre las mismas personas o si, por el contrario, cambiaban. Para ella eran solo sombras. Todo lo percibía difuminado desde su escondite, oculta tras los visillos blancos.

Lo que aún no sabía Pilar era a qué piso iban. En el primero, segundo y cuarto había viviendas vacías, y el resto era de las cuatro familias que residían en el edificio antes de que ella llegara. Gente mayor y reservada. Matrimonios de clase más tirando a baja que a media. Algunos vivían allí de prestado, y otros, por herencia. De alcurnia ya no quedaba nadie desde que doña Encarnación se trasladó a un barrio bueno, uno de esos donde nunca cayeron las bombas durante la guerra. Si había algo clandestino urdiéndose entre aquellos muros, solo podía ocurrir en la tercera planta. Allí había dos viviendas en alquiler que cambiaban de inquilinos constantemente. Como si nadie acabara por acostumbrarse al enorme pasillo y los techos altos. En un par de ocasiones incluso se marcharon los arrendatarios sin dejar rastro, ni siquiera del pago del último mes. Pero en aquella época no era extraño. La morosidad estaba a la orden del día. Y, según estipulaba el contrato de portera, era Pilar la encargada, tanto de cambiar las bombillas fundidas, barrer y fregar los pisos, entregar la correspondencia y apuntar los recados, como también lo era de enseñar las viviendas y entregar las llaves a los nuevos vecinos. Si bien es cierto que durante el último año de la enfermedad de su madre había descuidado algo sus funciones, desde que compaginaba las tareas de portera con las de espía no se le pasaba por alto ni un nimio quehacer o detalle. Estaba siempre pendiente y alerta, con la escoba a punto para subir a barrer, sobre todo, a la tercera planta. Sin embargo, a pesar de sus esfuerzos por alcanzar a ver, oír o tan solo presentir algo, nunca lo lograba. Era como si aquellos hombres, al entrar en la casa, se fundieran con el aire. Las dos viviendas del tercero pertenecían a un mismo propietario, llamado Marcelino, un hombre delgado, con el pelo blanco y patillas pobladas que vestía habitualmente chaquetas de punto con botones. Tenía un gesto amable y, aunque parco en palabras, siempre confiaba a Pilar la limpieza de los pisos cuando se desocupaban, pagándole por ello generosamente. Ahora en el A había instalada una pareja joven, Pepe y Amparo, y en el B vivía solo Rogelio, al parecer viudo. Eran gente asombrosamente discreta, que se dejaba ver muy poco. A menudo se preguntaba si no serían fantasmas o seres mágicos capaces de tornarse invisibles.

Sentada en el suelo frío de la prisión, abrazada a sus piernas flexionadas, se dio cuenta de lo habituada que estaba a encogerse sobre sí misma, a vivir agazapada, a dormir encima de una manta de ganchillo extendida sobre el suelo adaptando siempre sus extremidades a los recovecos.

Su cuerpo, de tan acostumbrado, era ya capaz de descansar en los márgenes. Y lo cierto es que ya no le importaba. Se sentía menos sola allí donde, aparte de ella, no cabía nadie.

—¡Levántate! ¿Es este tu marido?

—¡Gabriel! ¡Sí, señor, sí!

—No le toques o se acabó la visita. Tenéis cinco minutos. A saber de quién seréis amigos, porque me han dicho que podéis estar solos ahí dentro. Pero con las esposas y sin tocar. Yo estaré aquí fuera vigilando. No quiero ni una tontería, o lo pagaréis caro.

—Gracias, señor —contestó Pilar, sonriendo a pesar del dolor de mejillas.

Gabriel tenía los ojos muy abiertos pero semihundidos en las cuencas, como un perro abandonado que vaga por una carretera perdida, tan perdida como lo estaba su expresión.

—Gabriel, mi amor, Gabriel.

Pilar siempre que imaginaba este reencuentro se veía a sí misma asfixiada en lágrimas, incapaz de expresarse por culpa del castañeteo de dientes a la que el llanto irremediablemente la conducía. Sin embargo, una vez allí, frente a aquel hombre consumido, solo tenía ganas de gritar de rabia, de aplastar con la silla a aquel guardia que los miraba desafiante desde el hueco de la puerta. Tuvo que reprimirse para no lanzarse a arrancarle a Gabriel las esposas con las manos o con los dientes. Quería sacarle de allí como fuera. De repente sentía la asfixia de ese estado de sumisión en el que habitaba desde niña. Una violencia invisible que amarraba su cuerpo contra el suelo y la obligaba a plegarse al orden de los hombres. Una cólera ancestral se había instalado en su cabeza nublándole el juicio por completo.

—¡Gabriel! ¿Qué te han hecho? ¿Por qué me miras así, amor mío?

—Todo está bien, Pilar. Todo está bien —respondió Gabriel muy quedo, con la mirada desorientada.

—No comes bien. Estás muy pálido. Te he traído unas lentejas y queso, cariño.

—Tranquila, últimamente no tengo mucha hambre —le dijo él sonriendo, lo que dejó a la vista un hueco en su dentadura.

—¡Eh! ¿Y ese diente?

—Se me cayó. No te preocupes. Estoy bien, un trozo menos de mí del que preocuparme.

—Pero, amor mío, ¿no estás mejor aquí? Podremos traerte comida y mantas, o lo que necesites cada día si es preciso. Y vendrán tu madre y tu padre, y hasta Pedro ha dicho que viajará para venir a verte. ¿No estás contento?

—Necesito limones —dijo sin contestar a su pregunta—. Un preso es médico y me ha dicho que puede ser que tenga una enfermedad por falta de una vitamina.

—¿Qué enfermedad?

—Algo llamado escorbuto. Pero tranquila, no me voy a morir de eso.

—¡Os queda un minuto, tortolitos!

—¡Vale! —gritó Pilar de forma áspera.

Gabriel se había quedado mudo, mirando a un punto fijo en el suelo.

—Te he mentido, Pilar. No estoy bien.

—Ya, ya lo sé, mi amor. No tienes que disimular. Dime qué te pasa, ¿qué tienes?

—Tengo miedo de que vengan a buscarme una noche y me maten. No puedo pensar en otra cosa. Hay otros aquí dentro que están organizados, que tienen esperanza, que me obligan a levantarme. Pero yo no soy así. Todas las noches me arrepiento de haber lanzado aquel grito. ¿Por qué? ¿Por qué no pude dejar que les dispararan? Tengo tanto miedo que preferiría morirme del escorbuto antes de que anuncien mi nombre en medio de la noche.

—No digas eso, amor. No digas eso —le dijo Pilar en susurros—. Eres un buen hombre y estoy muy orgullosa de ti por no dejar que mataran a nadie. Mira, te han trasladado gracias a una mujer que conocía mi madre. Es la suegra de un falangista. Voy a volver a pedirle ayuda para que te indulten. Ya verás. Es una mujer muy buena. Conseguiré que te perdonen la vida, amor mío. Aunque sea lo último que haga, lo conseguiré.

—¿Lo dices de verdad?

Gabriel esbozó una sonrisa tímida, temerosa de ensancharse.

—Te lo juro.

—¡Se acabó la fiesta! —gritó el guardia.

—Te quiero —se despidió Gabriel en silencio, solo con los labios.

Pilar salió de la cárcel incapaz de sonreír a sus verdugos. Tanta furia contenida le había removido el estómago y decidió canalizarla en ir corriendo a casa de sus suegros a pedirles dinero para comprar los limones que él le había pedido. Mientras avanzaba se dio cuenta de que en la esperanza que le había devuelto a Gabriel iba implícita su propia condena. Ya no había marcha atrás. Le había jurado salvarle como si solo de ella dependiera. Ella, una pobre muerta de hambre. ¿Pero qué otra cosa podía haber hecho?, se decía. Lo jurado, jurado estaba. Ya no había marcha atrás. Con una sola frase, en apenas un instante, le había sido entregada toda aquella responsabilidad. Se miró entonces las manos, como si se las viera por primera vez, y al contemplar sus palmas vacías reparó en todo lo que ese juramento implicaba. Pilar sabía bien que aquellos bárbaros nunca le devolverían a Gabriel a cambio de nada. No se trataba solo de cumplir una misión, de recabar una información, de descubrir material clandestino. ¡Qué ilusa había sido! No se había percatado hasta entonces, hasta ese preciso momento en que se encontraba detenida en plena calle mirando las palmas de sus manos vacías, de que para que su marido viviera, irremediablemente, tendría que morir alguien.

26

Los árboles vacíos

Es casi el mediodía del domingo cuando Gabriel les invita a subir al coche para enseñarles algo. En una hora y media Ofelia y Miguel deben tomar el tren, pero el francés insiste. Conduce por una carretera de montaña alejada de cualquier núcleo de población visible. El trayecto discurre prácticamente en silencio. Ofelia aún se recupera de los efectos somníferos del orfidal en su cuerpo y Miguel permanece algo huraño desde que despertó al nuevo día. De hecho, cuando el coche se detiene en un paraje boscoso, sale como si escapara de un lugar lleno de humo. Mientras se aleja les grita que debe hacer una llamada importante. El rostro de Ofelia muda en un gesto de preocupación, pero Gabriel la guía en sentido contrario hacia un terreno en el que se yerguen decenas de árboles dispuestos en hileras.

—¿Ve esos árboles vacíos? —rompe su silencio Gabriel.

—No sé a qué se refiere —contesta confusa Ofelia mientras escudriña el paisaje.

—No puedo remediarlo. Yo las veo aún, aunque jamás las haya visto.

Ofelia se afana en ver achinando los párpados para ganar en nitidez. Pero su mirada no encuentra nada que se corresponda con ese femenino plural al que ha aludido Gabriel. A su alrededor no hay más que árboles amarillos. No sabría decir de qué especie, pero es todo un espectáculo ver titilar las hojas como si fueran diminutos fragmentos de la malla dorada de una inmensa armadura.

—Yo las veo en ellos aún. Luchando por zafarse del aire hasta rozar el suelo con las puntas de los pies. Decenas de vestidos negros flotando como sábanas tendidas. También las oigo. Golpean mi cabeza sus gemidos ahogados.

Gabriel cierra los ojos con fuerza para protegerse de la insoportable imagen y, a la vez, Ofelia los abre de golpe, hasta llegar al límite de lo que sus párpados le permiten.

—¿De quiénes habla? ¿En estos árboles ahorcaron a alguien? —pregunta, asustada de sus propias palabras.

—Lo simularon.

—¿Qué?

—Para luego descolgarlas.

—¿Qué?

Ofelia se apoya en el brazo de Gabriel y coloca su otra mano en el vientre. Ya las ve. Decenas de mujeres ahorcadas comienzan a emerger ante ella como surgidas de una niebla invisible. Un enjambre de telas negras se retuerce y ondea al viento. No tienen rostros, pero sí brazos que se agitan implorando seguir con vida.

—Una de ellas era mi abuela.

—¡No!

—Simularon ahorcarlas para inocularles el miedo más atroz de todos los posibles. El miedo y una marca. La de la soga atravesándoles el pescuezo. Rapadas e intoxicadas por el aceite de ricino que les obligaron a beber antes. Acabaron tiradas por el suelo entre las risas macabras de aquellos bestias. A partir de aquel día, en el pueblo, las comenzaron a llamar «las ahorcadas».

—Pero ¿cómo sabe todo eso?

—Esperanza, una mujer de la asociación que hoy no estaba, porque no goza de buena salud ya, tenía diez años cuando aquellos guardias se la llevaron, junto a otros muchos familiares del resto de las mujeres, a contemplar cómo ahorcaban a su madre. Ella ha sido quien ha mantenido viva la memoria de este episodio. Nadie más ha querido o podido contarlo.

—No sé cómo alguien puede reponerse de un trauma semejante —dice Ofelia con la mano abierta apretándose la cara, como si necesitara infringirse algo de dolor para digerir esa historia.

—No creo que lo haya superado nunca. Vive con el trauma como quien habita con un fantasma. Solo que ahora ese dolor se ha transformado en un objetivo posible: la exhumación.

—¿A quién está buscando ella?

—A su madre.

—Pero ¿no dice que las descolgaron?

—Sí, pero para ella fue demasiado tarde. Creemos que arrojaron su cuerpo a la fosa junto a las personas que fusilaron ese mismo día. Puede incluso que sea fácil localizarla. Seguramente será el único cráneo sin agujeros de bala.

La mano de Ofelia ha descendido desde el hombro izquierdo de Gabriel hasta la línea invisible que separa la muñeca de la mano. Cuando él la mira a los ojos, Ofelia es consciente de la posición de sus cuerpos y se aparta de golpe.

—Creo que nunca más podré ver un árbol vacío.

—Ojalá el resto del mundo sea algún día capaz de verlas también. Todo sería mucho más fácil, más justo.

—¿Pero qué querían de ellas?

—Delaciones. Querían hacerlas temer más su muerte que la de sus hijos.

—¿Y hablaron?

—Nunca.

—Hasta dónde se puede llegar por un hijo...

Ofelia recuerda entonces al suyo y busca urgentemente su silueta entre la frondosidad del paisaje. Miguel se separó de ellos tras bajar del coche; «Necesito hacer una llamada, ahora os alcanzo», fue lo último que les dijo antes de desaparecer.

—¿Dónde se habrá metido? —le dice Ofelia a Gabriel tomándole del brazo de nuevo.

—Tranquila, no habrá ido muy lejos. Le vi caminar en aquella dirección. Vayamos por allí.

—Disculpe la interrupción. Pensar en esas mujeres y en sus hijos huidos me ha trastocado. Pensará que es una locura que me esté asustando de no ver al mío de repente. Qué idiota soy.

Le sube del estómago un nudo que parece estrangularle la garganta y, casi sin darse cuenta, sus pasos tranquilos cobran velocidad de carrera. Llega a la altura del coche y comprueba que la puerta delantera continúa abierta y entonces grita el nombre de su hijo con tanta fuerza que las montañas aledañas le devuelven el eco de su voz repetida. Se oye «Miguel» dos veces hasta hacerse el silencio. Se sobresalta al no recibir respuesta y reconocer el móvil de su hijo sobre la tierra. Cuando se agacha a recogerlo, resuena el sonido de un disparo lejano. El corazón se le desboca. Se le escapa un grito y una arcada dobla a traición su torso colocándolo en paralelo al suelo. Gabriel la levanta con cuidado mientras recoge su pelo por detrás de las orejas.

—Son cazadores. En esta época siempre hay por estos lares. Pero, tranquila, ha sonado a mucha distancia.

Ofelia le manda callar con un gesto tajante de su mano y aguza el oído porque cree oír o, más bien, adivinar un quejido apenas perceptible. Puede que sea el graznido de un pájaro, el ulular de un búho, o tal vez el lamento de un perro. Es incapaz de desentrañar su origen, pero está segura de que, sea lo que sea, ese sonido marca el lugar en que se halla su hijo y reanuda la carrera en su dirección. Los árboles con los que se cruza le parece que están también plagados de telas negras que cuelgan de sus ramas. Es una visión ya inevitable. Ofelia aparta la ropa invisible a manotazos para seguir el rastro de ese rumor difuso que se hace más audible y humano. Trota cada vez más deprisa y ni siquiera nota cómo el nervio ciático hace acto de presencia porque, entre la espesura de hojas amarillas, atisba una figura que llora sentada apoyada en el tronco de un árbol. Sí, no le cabe duda. Es su hijo. Ofelia se detiene un instante para recuperar el aliento y, cuando llega junto a Miguel, se deja caer en el suelo, de rodillas frente a él, y se lanza a su cuello para abrazarlo, para sostenerlo en su regazo. Su hijo se deja hacer, completamente sumido en una congoja que no cesa. Se quedan varios minutos así, entrelazados hasta que Miguel hace brotar de sus labios algunas palabras deslavazadas: «Me ha colgado, mamá… Le llamo y no me contesta, le escribo mensajes y nada… Le he pedido perdón, pero solo le dije que veníamos aquí y que no te lo había contado aún… y él ha dicho que así no se puede estar… que le prometí que te lo iba a decir hace meses… pero es que no sabía cómo decírtelo, porque no sabía, no sabía, solo que no sabía…, mamá». Ofelia le acaricia la espalda y el pelo, el pelo y la espalda, como cuando tenía dos años y se asustaba de madrugada y la llamaba y ella acudía y le acunaba entre sus brazos hasta dormirle de nuevo. Y solo puede pensar en la suerte que tiene pudiendo abrazar a su hijo y en la que tiene él de haber nacido en un tiempo en que no tiene que huir ni de los bárbaros ni de sí mismo. O al menos no tanto, o eso quiere pensar. Porque a Ofelia no le importa en absoluto lo que le acaba de confesar entre lágrimas y mocos, es más, ya se lo imaginaba hace tiempo. Y comienza a hilvanar en su cabeza las palabras llorosas de Miguel y a unirlas a la distancia y los silencios de los pasados meses. Ofelia por fin lo entiende. Su hijo no se había ido de su lado para siempre. Y con la mejilla apoyada en su cuerpo, se sonríe porque, ahora sí, su hijo por fin ha vuelto a casa.

27

Diez mil miserables pesetas

—¿Estaba allí? ¿Es verdad que le han trasladado al fin?

—Sí, he podido verle y hablar con él. Hemos estado los dos solos en una sala. Hasta nos han dejado abrazarnos —le mintió Pilar a su suegra.

—¡Ay, hija! Qué alegría. Es casi como si hubiera vuelto a casa.

—Por lo menos está mucho más cerca.

—Si lo piensas, Pilar, solo nos separa un muro de poder tocarle. Y, ahora mismo, con saber eso me basta. No me sobra, pero me basta.

La señora Tomasa había esperado a su nuera sentada en los escalones del portal. Se había pasado la mañana caminando calle arriba y abajo, con una fotografía entre sus manos donde aparecía ella, tocada por una mantilla negra, sosteniendo a Gabriel, de pocos meses, vestido de blanco. Mientras hablaba con Pilar había cerrado los ojos y apretado el retrato contra su pecho, como si, en vez de un cartoncillo, aquello fuera el cuerpo antiguo, tierno y redondo de su hijo. Parecía estar Tomasa regresando a aquel instante, capturado hacía ya más de veinte años, a la salida de la iglesia tras el bautizo del pequeño.

—Necesito que me presten dinero para comprarle más comida y, sobre todo, limones.

—¿Limones? ¿Te los ha pedido? —preguntó Tomasa abriendo mucho los ojos.

—Bueno, más bien se los ha recetado un médico. Además, ya sabe que le gustan mucho y así podrá inundar las comidas tan sosas que le dan allí, igual que hacía en casa.

—Claro que sí, voy a por el bolsito. ¿Pero es que está enfermo?

—No se preocupe, no es nada.

Pilar sufría pidiendo dinero a sus suegros desde que supo que, tras la guerra, habían perdido sus ahorros. Después del golpe de Estado, a Gabino se le había ocurrido que lo más seguro era sacar el dinero del banco y repartirlo entre el forro azul de una almohada escondida en un armario, un tarro de arroz colocado en la balda más alta de la alacena y el fondo oscuro de unas botas militares. Cuando quisieron ir a cambiarlo por las pesetas de la Dictadura, ya no pudieron. El «dinero rojo» ya no valía nada. Solo de imaginar a su suegro, con su pierna renqueante, implorar ante una ventanilla que le devolvieran aunque fuera una pequeña parte de todo el dinero que Franco les había robado, se le partía el alma. Diez mil pesetas. Eso repetía hasta en sueños Gabino desde entonces. Diez mil pesetas. Con ellas habían previsto comprarse un piso decente en una avenida larga y ancha alejada del barrio. Fue esa la desgracia, el detonante que obligó a Gabriel a abandonar pronto cualquier esperanza de seguir estudiando, por lo que se prestó a cumplir los deseos de su padre de, al menos, empezar la carrera en el cuerpo de la Benemérita, para así contribuir a seguir lavando la reputación de la familia.

Limpiarla y frotarla hasta hacerla sangrar de adhesión al Régimen.

Mientras Tomasa buscaba el monedero, Pilar había quedado enredada en esa cadena de pensamientos hasta que llegó a la conclusión de que aquello había sido el origen de todos sus males: «Las diez mil pesetas. Diez mil miserables pesetas. ¡Miserables!». Entonces buscó con la mirada el retrato familiar que colgaba en el centro del salón y apuntó con los ojos hacia la figura de su suegro. «Siempre tan callado, siempre tan cobarde. Todo por su culpa», se dijo para sus adentros. Tenía tanta rabia latiéndole en las sienes que no pudo esperar a recoger el dinero de Tomasa y se lanzó a la calle como un animal enfermo, ávido de violencia. Mientras corría, confundía el aire con humo, el sol con lanzas y los adoquines con cristales rotos que a cada paso se le clavaban. Iba sin destino fijo, empujada por el rítmico sonido que provocaba el golpe de sus suelas contra la piedra. Con la cara congestionada, miraba las fachadas que iba dejando atrás, reconociendo en ellas los paisajes de su infancia. Tan iguales y, a la vez, tan cambiadas algunas por las reconstrucciones de posguerra. Giró en un momento dado a la derecha y se paró en seco apoyándose en un muro bajo para recuperar el aliento. Entonces miró calle arriba. Y allí estaban, sin estar, ella y sus hermanas corriendo al refugio del castillo. Su memoria se quedó congelada en el tacto caliente y mojado de dos manos tiernas, las de Guillermina y Raquel, aferradas a las suyas como si fueran anclas. Porque, aunque sus hermanas seguían vivas, sabía que ya nunca romperían el silencio de la casa, nunca más las arroparía al acostarse ni les contaría los cuentos del fantasma Félix y su madre sin cabeza. Nadie se había atrevido todavía a decirlo en alto, pero era ya un hecho que las dos jovencitas estaban mejor con su madrina Juana. Esa prima lejana a la que aún no se atrevían a llamar madre, porque a la suya la recordaban todavía demasiado, pero a la que terminarían amando como si lo fuera. Acabó Pilar sentada sobre el suelo pedregoso para reponerse del ataque de rabia y de melancolía. A veces le costaba creer que habitara un mundo en el que su madre ya no estaba.

Con la mirada entretelada por la tristeza, regresó a por el dinero a casa de Gabino y de Tomasa. Pero de camino se detuvo frente a la de Lucía. No se atrevía a llamarla por si estaba el malnacido dentro, pero, al mismo tiempo, le preocupaba la poca comunicación que habían podido establecer desde la muerte de su madre. Ambas tan limitadas en esas celdas que tenían por casas. Entonces vio cómo se movían las cortinas y aparecía tras ellas la sombra de su amiga. Pero cuando Pilar iba a pedirle que le abriera, leyó «Vete, por favor» en sus labios para volver a desaparecer casi al instante. «No puede seguir así, no puede ser, no puede», se iba repitiendo mientras caminaba encadenando las palabras en susurros, como si estuviera rezando el rosario, negándose a asumir que había perdido a su amiga y que aquel malnacido se la había arrebatado.

Después de pedirle perdón a su suegra, que se había preocupado al no encontrarla, volvió a casa sin dejar de pensar en todos los frentes que mantenía abiertos, contra ella, esa guerra que comenzó en el 36 y que, a pesar de lo que dijeran, no había acabado todavía. Ensimismada en sus pensamientos la asustó el estruendo de las máquinas de una obra que hacía dos días había comenzado en la esquina de su calle. Las zanjas, los socavones y los adoquines desparramados le recordaban demasiado a la ciudad bombardeada. Se acordó de pronto de cómo ayudó a sus hermanos algunas veces haciendo reparaciones de casas en el barrio. Pero Pilar no tenía tiempo de pararse a pensar en si podría haber sido algo más que portera y planchadora. No tenía tiempo para imaginar una existencia diferente en la que pudiera vivir fuera de su celda para ser albañil o pintora. Eran pensamientos descabellados e imposibles en una mujer y aún más para una «muerta de hambre», como solía llamarse a sí misma.

Y entonces la vio. Hacía tantos días que no se dejaba ver por la escalera que le costó reconocerla. Pero era ella, sin duda, cargada con muchos paquetes y con la cara tan blanca como la de una muerta.

—Amparo. ¡Amparo! —le gritó Pilar, cada vez más fuerte, intentando hacerse oír bajo el fragor de los picos.

Pero la joven no se movió. A Pilar le pareció muy extraño, porque había sido tan escandalosa que varios transeúntes se habían vuelto a mirarla.

—Amparo, mujer, deja que te ayude —se ofreció Pilar cuando al fin le dio alcance.

—¿Perdón?

—Soy Pilar, la portera.

—Ah, disculpe, no la había reconocido. Va muy guapa.

—Sí, claro. Me he tenido que arreglar para ir a ver a… para ir a una cita importante. Ya sabe, de arreglar papeles y esas cosas.

—Pues gracias, pero no hace falta que me ayude. Ya puedo sola.

Estaban frente al portal del edificio cuando Pilar, con

descortés insistencia, le cogió uno de los paquetes y provocó que cayeran al suelo dos cajas pequeñas y estrechas.

—¡No! —gritó la muchacha, con la cara pálida y desencajada, antes de vomitar en el suelo y desvanecerse después.

—Debe de haberme sentado algo mal —le dijo Amparo ya dentro de la portería, a donde Pilar la había arrastrado para sentarla en la silla de mimbre.

—¿Qué has comido? —le preguntó.

—Nada, la verdad es que ni siquiera he desayunado. Últimamente todo me da mucha fatiga.

—¿Fatiga?

—Asco, quiero decir.

—Tú no eres de por aquí, ¿verdad?

—No, soy del sur, soy andaluza. De un pueblito cerca de Jaén. ¿Has estado en el sur alguna vez?

—No, nunca he salido de aquí. Y siento decirte que creo que no tienes mal el estómago —le dijo Pilar, arrodillada en el suelo junto a ella.

—¿Qué quieres decir?

Pilar la tomó de la mano dulcemente.

—Amparo, ¿puede ser que estés...?

—¿Qué?

—¿Que estés esperando?

—¿*Preñá*, yo? —dijo con un acento muy marcado—. ¡Tengo que irme!

—¿Pero pasa algo, Amparo? Si estás casada, hija, eso es de lo más natural.

Y entonces la joven rompió a llorar tan abrupta y ferozmente como había vomitado.

—Cuéntame, puedes confiar en mí. —Y así, Pilar, sin saberlo, le mintió.

—No puedo tener un hijo. Ahora no.

—Verás como cuando se lo cuentes a tu marido se alegra mucho y tú lo empiezas a ver de otra manera, mujer.

—No lo entiendes. Tengo que irme —dijo angustiada Amparo mientras se levantaba de la silla, hasta que un nuevo vahído la devolvió al asiento involuntariamente.

—No tengas prisa. Si no quieres hablar, no hablamos, pero quédate aquí sentada un ratito más, que yo no me voy a mover —le dijo Pilar recuperando por un momento su carácter afable—. No tengo nada mejor que hacer. Para eso me pagan.

—La verdad es que no me encuentro bien desde hace días. Pensaba que era porque no como demasiado bien.

—Si quieres, te puedo llevar un platito de lentejas esta noche. Luego tengo que ir a hacer la compra y haré una olla para llevársela a mi marido —se le escapó.

—¿Dónde está tu marido?

Pilar se puso colorada, avergonzada de su falta de contención. Sin embargo, reconoció en el gesto de Amparo una vulnerabilidad tan familiar que se dejó llevar por esa recién estrenada intimidad que se había creado entre las dos.

—Tampoco es un secreto. Mi marido está preso, pero por algo que no hizo, no te vayas a creer.

Pilar enunció estas palabras con la cabeza gacha, visiblemente sofocada por ellas. Y fue por encontrarse en esa posición que no pudo anticiparse ni al impulsivo abrazo de Amparo ni mucho menos a su alborozado comentario.

—¡Ay, que eres una de las nuestras!

Y a Pilar el corazón se le heló de golpe.

De poco le valió pedirle a Amparo que, por favor, dejara de contarle, porque cuando la joven se creyó a salvo junto a Pilar tras los muros de la portería, su biografía fue saliendo a borbotones de su boca. La confesión sobre el paradero de Gabriel había abierto, sin ella pretenderlo, la compuerta a una información que podía costarle cara.

Esa noche Pilar hizo una excepción y subió a casa para dormir en su cama. No en la de su madre, ni en la de sus hermanas. En la suya. Porque tras conocer a Amparo pensaba que ya no era digna de descansar sobre el lecho en el que Carmen y las niñas durmieron antes. Tan inocentes, tan buenas, tan puras, mientras a ella la vida la había ensuciado tanto. A partir de ahora se abría ante ella un futuro nuevo. Uno suyo. De nadie más. Uno que ya no podría compartir con nadie. Mucho menos con ellas. No había espacio para la nostalgia en el insomnio que le auguraba la oscuridad. Necesitaba pensar sus siguientes pasos. Porque lo que habría deseado cualquier delator vocacional —que los habría— le acababa de pasar a ella, que siempre esperó no tener nada importante que contar. Porque Pilar, sin necesidad de decírselo a sí misma, siempre había pretendido ser una espía mediocre. «Pero don Rodrigo sabía lo que se hacía cuando me ofreció el trato», pensó. «¿Quién iba a desconfiar de una portera? A fin de cuentas, ¿qué soy? La que guarda el recado como si fuera un lápiz o un cuaderno, siempre dispuesta como una escoba con patas para limpiar la mugre, atenta para recoger la correspondencia, pero totalmente invisible el resto del tiempo. Así no dejan de pasarme por delante los vecinos y las visitas, como si no existiera. Sin apenas un "hola" ni un "buenos días". Porque si nadie me requiere, me convierto en nadie. Si acaso solo un par de ojos incrustados en una cara que asoma por el ventanuco. Una escultura, sin piernas ni brazos. Una cosa. Por eso los de la Falange sabían bien lo que se hacían cuando me nombraron delatora en esta vida de muerta de hambre que me ha tocado. Y siempre dando gracias, porque podría estar ya muerto mi Gabriel. O aún peor. Podría estar desaparecido, como el padre de Amparo».

28

El cuaderno violeta

Gabriel y Ofelia están de pie, frente a frente, en el andén número dos de la estación del Norte, en Valencia. Miguel ha ido al baño, quizá porque presiente que su madre y el francés necesitan un momento a solas.

—Me habría encantado acompañarles mañana al archivo...

—Creo que ya va siendo hora de tutearnos, ¿no? —le dice Ofelia con una sonrisa que le tiembla en los labios.

—Sí, es cierto. Pero se me va a hacer raro —le contesta el francés.

—Pues empezaré a hacerlo yo. Gabriel, te llamaré —le dice recalcando el pronombre personal sin dejar de sonreír— y te contaré todo con tranquilidad en cuanto llegue a Madrid.

—Me alegra verte tan recuperada. Ayer me preocupé cuando te marchaste al hostal. Parecías enferma. Me siento culpable de haberte provocado ese malestar.

—Necesitaba apagar mi cabeza durante unas horas. Nada más. Ahora lo veo todo con mayor claridad. Sobre todo, los árboles.

—Lamento no poder llevaros de vuelta yo mismo.

—No, es mejor así. Necesito afrontar lo que queda sola. ¿Lo comprendes?

—Completamente, Ofelia. Discúlpame, no insistiré más.

—No, no te disculpes, Gabriel. Me gusta que insistas. Es gracias a tu insistencia que he llegado hasta aquí. Y no me refiero a esta estación —le habla extrañamente atropellada Ofelia—. Me has abierto una ventana a un mundo desconocido del que no sabía que formo parte. Más de lo que nunca habría imaginado pertenecer a ningún sitio.

—No creo haber hecho tanto, por favor. Me abrumas.

—Pues te diré más aún —Ofelia coge la mano derecha de Gabriel entre las suyas—, quiero que sepas que la deuda entre nuestras familias está saldada. Porque mi padre salvó al tuyo, pero tú, ahora, en cierta forma, me has salvado a mí.

Se mantienen con las manos estrechadas durante unos segundos, hasta que el sonido atronador del tren que se aproxima les ofrece la posibilidad de romper con la intensidad de la escena. Sueltan sus manos y buscan a Miguel con la mirada, que está a unos pocos metros apoyado contra un muro, con el gesto animado mientras observa con atención la pantalla azul de su teléfono.

—Cariño, ¡el tren ya está aquí! —Ofelia se acerca a su hijo y le acaricia el hombro—. ¿Va todo bien?

—Sí, mamá. Todo arreglado.

—Perfecto, pues coge la maleta y despídete de Gabriel.

Cuando Ofelia se acomoda en el tren no puede evitar exhalar un suspiro. Su cuerpo está allí, encastrado en el asiento de un vagón blanco, rozando con el codo el brazo de su hijo; pero el resto de su ser está perdido, se ha quedado diseminado por los distintos escenarios en los que han transcurrido sus últimos días. Tan intensos, tan extraños, tan reales. Es curioso como a veces la vida se acelera de improviso. Cómo puede un hecho puntual trastocar los cimientos sobre los que se asientan las rutinas. Ella que pensaba haber alcanzado una sólida estabilidad, un equilibrio del todo fiable, carente de riesgos, después de la ruptura con Íñigo. Ella, una humilde profesora de mediana edad, sin mayores aspiraciones que llegar a la jubilación en buen estado de salud, madre de un futuro licenciado en Filología. Una vida tediosa y, diríase, casi feliz. Era a eso a lo único que aspiraba antes de que Lucía le hiciera aquella maldita llamada que vino a mudarlo todo. Porque si le preguntaran ahora, en este instante en que se esfuerza torpemente por desplegar el reposapiés que hay bajo su asiento, si le preguntara ahora, por decir algo, una periodista con un micrófono en la mano, en plena calle Preciados de Madrid, a qué aspira en el futuro, contestaría algo así como: «A vaciar los árboles de mujeres ahorcadas y abrir la tierra hasta encontrarlos a todos».

—¿En qué piensas, mamá? —le pregunta Miguel después de dejar la maleta guardada en la balda que sobrevuela sus asientos.

—En que necesito escribir muchas de las cosas que nos han contado. Me da miedo olvidarlas.

—Bueno, si no recuerdas algo, siempre puedes llamar a Gabriel y preguntarle —le sugiere con un soniquete burlón.

—No se trata solo de la información concreta, graciosillo. Es que me angustia no poder apuntar mis impresiones. Las ideas me bullen en la cabeza como si fueran efervescentes.

Miguel abre su bolsito y remolonea con el objeto que se halla oculto en su interior hasta que, finalmente, se decide y le tiende a Ofelia el pequeño cuaderno.

—Toma, mamá. Arranca unas cuantas hojas del final.

—¡Anda! ¿Por qué no me has dicho antes que guardas ahí dentro una libreta, eh? —le devuelve Ofelia con su pregunta el tono burlón que su hijo utilizó antes.

—Ya, bueno. Es que no quería que te emocionaras.

Ofelia va pasando con discreción las páginas escritas hasta llegar a las que están en blanco, que ya son pocas. Aunque de soslayo lee en diagonal el final de un poema que, al instante, se le graba en la memoria: «el tiro de gracia / el que ya no mata / que solo subraya / muerto / y mil veces muerto / desaparecido». Sonríe disimuladamente y, con rapidez pero mucho cuidado de no descoser el cuaderno, arranca un par de hojas.

—¿No vas a decirme nada? —le pregunta Miguel.

—Prefiero que me lo cuentes tú. —Ofelia le devuelve el pequeño cuaderno de tapas moradas.

—Escribo desde que me fui de casa. Solo poesía. Pero no te vuelvas loca, que es solo de vez en cuando.

—¿Sabes que tu yayo decía que quería dedicarse a la escritura? Fue su pasión frustrada.

—¿Y nunca lo hizo?

—Supongo que sí, pero lo haría a escondidas. Yo, desde luego, no le vi escribir nunca. Cuando era pequeña siempre le recuerdo ausente. Trabajaba a destajo. Llegaba a casa baldado y se acostaba enseguida. Incluso después de la gangrena y de amputarle la pierna. No creo que tuviera demasiado tiempo de escribir, ciertamente.

—A lo mejor lo hizo después de jubilarse. ¿Te imaginas que encontramos una novela o un diario entre sus cosas?

—Puede ser. Aunque ya sabes que empezó a tener problemas de memoria. Se le borraban las palabras antes de pensarlas. Eso me dijo un día, mucho antes de que le diagnosticaran nada.

Madre e hijo hacen una pausa. Fingen estar concentrados en el paisaje.

—Me da pena que Gabriel no haya podido quedarse con nosotros —dice Miguel distraídamente.

—Bueno, es mejor así. Me gusta que vayamos a descubrir el resto de la historia los dos juntos. Solo nosotros dos.

—Pero me cae muy bien, mamá. Me gustaría que siguierais siendo amigos.

—Claro, si le veré el mes que viene. Ya soy una miembro más de pleno derecho de la asociación, ¿recuerdas?

—¿Te has dado cuenta de que si no fuera por Gabriel seguirías sin saber nada?

—Sí, es aterrador. Ha tenido que morirse mi padre para llegar a conocerle del todo.

Ofelia no lo dice, pero hay un pensamiento polizón que se ha colado en su fuero interno, usurpando espacio a la cordura. Ya le sucedió cuando murió su madre hace casi veinte años. No lo dice porque sabe que todo es fruto de una trampa que le tiende su mente. Pero aun así el nudo sigue. No lo dice, ni lo dirá nunca, pero está tan nerviosa como cuando volvió del funeral de su madre. La consume creer que todavía existe una vana posibilidad de que su padre esté en casa cuando ella regrese. Por eso cuando Lucía les abre la puerta se dirige con disimulada rapidez a la habitación en la que murió Gabriel hace seis días. Como una niña pequeña se deja arrastrar por esa ilusión imposible, hasta que se sienta decepcionada sobre la cama vacía. Y se le hace insoportable tanto silencio, el que ha envuelto el piso y el que ha cimentado su vida. ¿Cuántas décadas de silencios puede resistir una familia? Son tantos días, tantas horas de conversaciones, tantas comidas y confidencias, tantas risas y fotos, tantos despistes y anécdotas, tantos abrazos y lágrimas, tanta vida la que cabe en más de cuarenta años que le parece increíble que nunca nadie haya roto el silencio por error, por impulso, por amor siquiera. Nunca nadie habló. Al menos a ella. Nunca. Nadie. Cuarenta y siete años de un silencio perfecto que ahora le resulta insoportable.

—Mamá, ¿vas a hablar con ella? —se acerca su hijo poniéndole las manos sobre sus hombros.

—No sé si puedo ahora mismo. Estoy demasiado triste.

Miguel se sienta junto a ella en la cama y la abraza.

—Prométeme que nunca más vamos a callarnos nada entre nosotros —le pide Ofelia.

—Te lo prometo, mamá.

Lucía no está bien. Les ha preparado la cena, pero les dice que ella no va a comer nada. Se sienta con ellos sin probar bocado. Está cada día más avejentada. Como si en vez del cielo, como a los galos, a ella le hubiera caído de golpe el tiempo sobre la cabeza. Veinte años en seis días.

—¿Y qué tal el viaje? —pregunta con dificultad la anciana, mientras se frota los ojos como si fuera una niña.

—Muy bien. Ha sido muy interesante —dice Ofelia sin ganas de dar más explicaciones.

—Hemos conocido a gente que busca a sus muertos. A desaparecidos de la Dictadura —complementa entusiasmado Miguel.

Lucía se queda muy quieta, con una mano ocultándose la frente.

—Vaya, ¿y eso?

—No te lo dije, pero este tal Gabriel que vino al entierro está en una asociación de memoria histórica. Quieren exhumar una fosa común. Una como la que hay en el cementerio —deja caer Ofelia.

—Pues vaya cosa. Molestar a los muertos después de tanto tiempo. Qué idiotez. Me voy a la cama —sentencia Lucía antes de levantarse abruptamente.

—¿Por qué te pones así? ¿No te parece bien? Creo que sería bueno que viéramos la posibilidad de hacerlo con tu marido —se le escapa a Ofelia, que ha dicho ya más de lo que pretendía.

Lucía se detiene de espaldas en el umbral del pasillo. Y les habla sin siquiera dignarse voltear la cabeza para mirarlos.

—Los muertos no se tocan. Hay que dejarles descansar en paz. Buenas noches.

Miguel acaricia el hombro a Ofelia, que se ha quedado boquiabierta ante la actitud de Lucía.

—No me imaginaba que este silencio fuera a durar para siempre.

—Aún nos queda mañana.

Ofelia le concede el beneficio de la duda a su hijo, pero sin ganas. Ha perdido la esperanza. Nunca ha sido más huérfana que ahora.

29

Perejil y jengibre

—Buenos días, ¿está la señora Dolores en casa?

—Duerme. Mi tía lleva tiempo muy mala. ¿Quién lo pregunta? —le dijo una señora de mediana edad con el gesto adusto y las manos ocupadas en acabar de colocarse sobre los hombros una toca negra.

—Ay, pues discúlpeme, necesitaba consultarle una cosa. Ella era muy buena amiga de mi madre, ¿sabe usted? Si fuera tan amable de decirle que soy Pilar, la hija de Carmen, la Gayata.

—Ya le digo que no está bien. Se le va mucho la cabeza. Le pregunto y ahora salgo y le digo —insistió la mujer con gesto inexpresivo mientras cerraba la puerta.

—¡Muchísimas gracias, de verdad! —alcanzó a gritarle Pilar antes de perder de vista su rostro.

No lograba quitarse el susto de encima. Por eso se mantuvo de espaldas a la gente que pasaba por la calle durante el poco tiempo que estuvo esperando junto al portal. No quería que alguien la reconociera justo allí, ante la casa de la mujer que había ayudado a traer al mundo a medio barrio, incluida ella. Porque todos sabían que la señora Dolores, la partera, también conocida como la Busotera, además de en las cosas del parir, también era sabia en su contrario.

Pilar se sorprendió cuando volvió a oír el chirrido de los goznes tan pronto.

—Tenga en cuenta que si es para una consulta le voy a tener que pedir la voluntad por adelantado.

—¿La voluntad? Sí, claro, lo entiendo. Espere que mire lo que llevo en el monedero.

No había desabrochado el cierre plateado del bolso cuando del fondo de la casa surgió una voz rotunda y grave.

—¡Déjala pasar sin robarle, Armonía!

La mujer cerró los ojos como protegiéndose de las palabras hirientes de su tía, aunque Pilar apenas podía distinguir sus facciones. La casa parecía una cueva envuelta de una densa penumbra y un olor a moho ya solidificado de tan antiguo.

—Pase ya, ¿o es que no la ha oído? —dijo rudamente la tal Armonía sin mirar a Pilar a la cara, con un gesto de obediencia resignada que venía de muy lejos, de muchos años antes de ese día, de millares de órdenes anteriores siempre cumplidas sin rechistar.

—¡Hola, Carmen! Ay, madre, qué delgada estás. ¿No comes bien? —espetó la enferma con el rostro demacrado y un cuerpo obeso que se adivinaba bajo una sábana manchada de rodales amarillos.

—Señora Dolores, yo no soy Carmen. Soy su hija. Carmen ya murió.

—Ay, pobrecica. Con lo buena que era. Qué vida perra esta.

—Sí que es verdad.

—¿Y tú quién eres?

—Soy Pilar, la mayor de las niñas. ¿Se acuerda de que usted ayudó a mi madre en el parto?

—Ay, será por niños que he traído al mundo... Si vinieran todos a verme, no cabrían ni tiesos todos juntos en esta casa.

—No la quiero molestar, señora Dolores. Necesito hacerle una consulta.

—De las caras de nadie me acuerdo ya, pero de mis remedios, de todo. Dime, ¿qué te pasa? Siéntate en la cama y cuéntame.

Pilar se sentó al filo del colchón para no mancharse el abrigo negro en esa masa informe de telas mostosas que cubrían el enorme cuerpo de la señora.

—Verá, no es para mí, es para una amiga.

—Siempre es para una amiga. Tú dime.

Antes de que Pilar escogiese las palabras con las que empezar a contarle, la Busotera empezó a toser con tanta fuerza que en una de las sacudidas se incorporó de golpe, al tiempo que sacaba de la manga un pañuelo con el que se tapó la boca. Enseguida apareció Armonía, visiblemente alarmada por aquel estruendo que parecía que no fuera a acabarse nunca. Llevaba un vaso de agua en la mano y se lo dio a beber a su tía como si fuera una niña pequeña cuidando de limpiarle los hilillos de agua que le caían por las comisuras. Pilar salió de la habitación para concederles intimidad mientras los pulmones de la anciana se serenaban.

—Hazlo corto. No está para mucho trote —le ordenó con una mirada dura Armonía pasados unos minutos.

—Claro —contestó, avergonzada por haber roto la calma con su presencia.

En cuanto la Busotera recuperó el resuello, Pilar volvió a sentarse donde lo había hecho antes intentando no ocupar sobre el colchón más espacio del necesario.

—Querría saber cómo ayudar a alguien. Es una chica de unos veinte años. Creo que posiblemente esté embarazada. Vomita mucho. —Pilar hizo una pausa para buscar las palabras adecuadas—. Cuando le pregunté cómo le había pasado, se quedó callada. Al parecer, a su padre lo mataron y a ella algo le hicieron. Pero yo, en realidad, vengo porque vomita. Y se cae. Se marea todo el tiempo. Y me preguntaba cómo hacer para…

—Para los mareos, jengibre. Y para lo otro, perejil —dijo, rauda y firme, la Busotera.

—¿Para lo otro? —fingió no comprender Pilar.

—Lavados con agua muy caliente y perejil. Y si no funciona hierves dentón, cornezuelo de centeno. Es lo que te di aquella vez. Que se lo beba. Y recuerda que yo no sé nada. Los fascistas no perdonan que nos busquemos las mañas para sobrevivir. Y con Primitivo en la cárcel, en esta casa ya tenemos bastante.

Pilar miraba estupefacta a aquella mujer enorme que, echada en la cama, le decía todas aquellas cosas con los ojos cerrados, como si estuviera hablando en sueños.

—¿Cuándo me dio el dentón, señora Dolores? —le inquirió Pilar con las cejas exageradamente arqueadas.

—Carmen, es lo mismo que te di cuando me pediste ayuda para la hija de la mujer a la que vas a limpiar.

Pilar se levantó de la cama como empujada por un resorte.

—¿La hija de doña Encarnación?

—Claro, la niña esa. Recuerda: que todo parezca natural. Que no se meta nada porque si acaba desangrada en el hospital, los médicos la mirarán por dentro y lo sabrán todo.

—Todo natural. Como aquella vez, ¿no? Porque, claro, todo salió bien entonces...

—Sí, muy bien. Y no me hagas seguir hablando, que ya no puedo más. ¡Armonía!

—Muchas gracias, señora Dolores. Muchas gracias por todo —le dijo emocionada Pilar.

—¡Armonía! —gritó la Busotera sin abrir los ojos ni siquiera para despedirse.

«Madre, ¿fue eso lo que hiciste?», rumió Pilar para sus adentros. Ahora por fin sabía que el favor que mantenía con vida a Gabriel había nacido de un secreto compartido por cuatro mujeres: la Busotera, Carmen, doña Encarnación y su hija. «Remeditos, se llamaba», recordó de repente. Y no le costó imaginar a su madre dejar el tiempo y la prudencia a un lado para ayudar a una niña a solucionar su terrible problema. Porque haciendo cálculos llegó a la conclusión de que sería solamente tres o cuatro años mayor que ella y, por tanto, «aquello» debió de ocurrir en la prehistoria de su vida. Demasiado niña para saber lo que se hacía. Cuánta mugre podía llegar a acumularse en los rincones de la memoria.

Desde que Amparo vomitó sobre los escalones de la entrada nada volvió a ser igual. A pesar de que Pilar ponía todo de su parte para extremar la distancia entre ellas, Amparo la buscaba a todas horas. Y aunque su relación jamás recuperara el grado de confianza que alcanzaron aquel día, la andaluza se había convertido de manera irremediable en la nueva preocupación de Pilar. Una que se sumó a todas las que ya arrastraba. Aquella jovencita pálida y flacucha con el pelo negro siempre recogido se le había quedado clavada entre el esternón y las costillas. Así que, más que espiarla para la Falange, la vigilaba como una madre haría con una hija. Y era por eso que le costaba horrores no preguntarle ni por su hambre, ni por su pena ni, sobre todo, por su salud. Incluso así, Amparo prácticamente la perseguía. Mientras que al principio de vivir en el piso eran contadas las veces que la había visto, desde el día del vómito no hacía más que salir y entrar del edificio. Y siempre por un breve lapso de tiempo, como si lo único que quisiera en realidad fuera pasar por delante de la portería. Pero Pilar no se podía permitir aquella amistad. Anotar los movimientos de la escalera se había convertido para ella en una auténtica tortura. Cada vez que, durante la noche, nuevas sombras se movían entre la penumbra, Pilar temía observar demasiado. Temía a sus propios ojos y a sus óptimas facultades. La atemorizaba imaginar que, en algún momento, debiera anotar el nombre de Amparo en la libreta. Porque, aunque no sabía con seguridad si la joven vivía allí de forma clandestina, su origen y trágico pasado hacían del todo inevitable no sospechar de ella. Y esa sensación se hizo aún más tangible la noche después de ir a visitar a la Busotera, cuando tras los visillos contó tres sombras deslizándose como serpientes sigilosas a las dos de la madrugada. Porque, al aguzar el oído para intentar calcular las plantas que habían ascendido, no tuvo duda. Se habían detenido en el tercer piso. Y no pudo contener el temblor que como fuego empezó a devorarle la mano derecha, la que cumplía a duras penas la ardua función de escribir. Pero Pilar no tenía alternativa. O quizá sí. Lo cierto es que, cuando fue a registrar aquella escena en su libreta, a pesar de que le costó horrores, anotó todo sin dejarse nada. Y metabolizó la culpa a través de un dolor de estómago que le imposibilitó descansar ni probar bocado, así que, para mitigar su mala conciencia, se dedicó a guisarle a Amparo unas lentejas que dejó frente a la puerta de su piso antes del amanecer, junto a un sobre que contenía jengibre y un ramito de perejil. Por si acaso.

Tercera parte

Exhumación

Llamas que lo queman todo, porque no hay cocina,
en ninguna parte del mundo, en ninguna época,
que se salve del fuego de la historia.

NONA FERNÁNDEZ,
La dimensión desconocida

30

Un muro de silencio

Sentarse a cenar y que la vida que conoces se acabe. Esa era la idea, el eje sobre el que se desarrollaba uno de los primeros libros que leyó Ofelia en el club de lectura al que se apuntó cuando intentaba recuperarse del fin de su matrimonio. La autora era Joan Didion, una periodista estadounidense de culto que escribió una crónica sobre el duelo tras la muerte de su esposo, *El año del pensamiento mágico*. Leerla le supuso una auténtica revelación. Se sintió plenamente apelada y reconocida por el texto, porque Íñigo para Ofelia también había muerto una noche cualquiera antes de la cena. Literalmente, se había sentado a la mesa y, segundos después, su vida, tal y como la conocía, había acabado. Tras aquel día no se había permitido volver a hablar con él más de lo estrictamente necesario. Por eso, aún ahora, se le hace extraño escuchar a veces a su hijo nombrarle. Porque Ofelia, en su fuero interno, ha ido alimentando la idea de que realmente es viuda, como Joan Didion, solo que sin sus dotes para la escritura. No es que se haya vuelto loca. Ella es consciente de que Íñigo vive. Solo que se le hace raro. Como cuando escuchaba a Carl Sagan explicar en televisión que los seres humanos no eran más que polvo de estrellas. Ofelia sabía que el científico decía la verdad, solo que no era capaz de asumirla. Le resultaba increíble y veraz a partes iguales. Y desde que conoció a Gabriel le sucede algo parecido. Porque desde el funeral, además del duelo por la muerte de su padre, carga con otro duelo mucho más profundo: el de su propia vida tal y como la había conocido hasta entonces.

Sentarse a cenar y que la vida que conoces se acabe. Esa fue la idea que le vino a la mente cuando Lucía se negó a hablarle. La hostilidad de sus respuestas le rompió algo por dentro, tan rápido y sonoro como cuando se quiebra la hojarasca. Fue consciente en aquel preciso instante de que ese silencio de décadas no era una simple neblina sino algo sólido, un muro de piedra infranqueable. La casa entera se le tornó de pronto un lugar inhóspito, ajeno. Y como si una ilusionista hubiera descubierto el falso fondo del escenario, se percató Ofelia por primera vez de las taras que como pruebas silentes se habían apoderado de la casa. Advirtió de repente la suciedad de las paredes, casi amarillas, los hilos gruesos de humedad serpenteando entre los pegotes de pintura antigua y el moho de raíces torcidas germinando en el papel pintado del pasillo. Como si el silencio fuera una bacteria que hubiera carcomido los muros y el velo que lo enmascaraba hubiera caído para siempre.

Miguel entra en la habitación para despertar a Ofelia y con él se ilumina la estancia.

—Mamá, levántate. El archivo está a punto de abrir y aún tienes que desayunar.

—No creo que pueda comer nada. Me visto y nos vamos.

—Por cierto, Lucía está muy cariñosa. No seas dura con ella, mamá. Sé que lo estás pasando mal, pero ella me da pena.

—A mí también me da mucha pena. Tanta que me cuesta respirar.

Ofelia se viste sin prisas. Sus brazos se mueven como las aspas de un molino en un día sin viento. Cada gesto necesario para colocarse los pantalones y el suéter le resulta un suplicio. Le pesan hasta el pelo y las uñas. Tiene resaca de tanto hacer girar sus clavijas mentales. Necesita un ansiolítico. Mira su bolso tirado en el suelo donde guarda los orfidales y le asalta una imagen de sí misma cuando se preparaba para este viaje, hace hoy siete días. Y se traslada mentalmente hasta su casa, la otra, la de su vida de antes de la llamada. A su trabajo, su terraza infinita, su escritorio de madera y su suelo de baldosas azules. ¿En qué año luz ha quedado esa vida? Hace un esfuerzo por recordar las lecciones que dejó a medias en cada uno de sus grupos del instituto. «¿El Románico en segundo de Bachillerato?», se pregunta. Y se mira las manos porque le tiemblan y piensa en cómo va a ser capaz de dar clase al día siguiente. «Es imposible. Una semana no es suficiente. Tengo que adaptarme a esta vida nueva». Ofelia entra en una reiteración obsesiva, en un bucle del que solo la consigue sacar Miguel, que lleva unos segundos sentado a su lado hablándole sin que ella reaccione.

—Mamá, no me asustes. ¡Mamá!

—¿Qué? —se sobresalta Ofelia.

—Mamá, respira. Estás como ausente y tenemos que ir al archivo. Te falta ponerte los zapatos. Pero no te preocupes, yo te ayudo.

Ofelia deja que su hijo le coja el pie con dulzura y lo introduzca en su zapato. La escena la conduce a su padre amputado, cuando ella le ayudaba a calzarse y él sonreía como si aquel muñón hubiera estado siempre así, habitando su cuerpo, descompensándolo por completo. Y se acuerda también de las últimas semanas de vida de su madre, del aspecto que tenían sus pies tan hinchados que apenas cabían en las zapatillas afelpadas de estar por casa, de sus manos robustas con el anillo de madera en el dedo corazón y de su pelo cardado repleto de calvas de estar tanto tiempo en cama. Se pregunta si en aquellos días ella no habría dudado, si quizá en algún instante no estuvo tentada de desvelarle aquel secreto. Y cae en la cuenta de lo que debió de sufrir, de lo que debió de ser para ella tener un marido preso. «¿Un marido?».

—Un momento —dice Ofelia, que recobra el poder sobre sí misma y se lanza sobre su bolso para sacar la copia de la sentencia que lee rauda y en voz baja hasta que halla lo que está buscando.

—¡Aquí está! Tus abuelos se casaron apenas dos meses después de la condena. No recuerdo el día, pero sí el mes y el año. ¡Eso quiere decir que la boda debió de ser en la cárcel! Claro, por eso no hay fotos.

—¿Nunca te dieron explicación a eso?

—Sí, me dijeron que en esa época no había dinero ni para pan, que a buena hora iban a pagar un fotógrafo.

—Bueno, seguro que tampoco era mentira —intenta restarle importancia Miguel.

—Ya está bien. No aguanto más. Vamos al archivo —dice Ofelia, llena de un vigor renovado, mientras se pone el abrigo y después el bolso de bandolera.

Madre e hijo van cogidos de la mano desde que salen de casa. Al despedirse de Lucía, Ofelia le ha dado un beso en la mejilla con más intensidad de lo acostumbrado. Porque su desasosiego se ha ido difuminando en un océano de ternura al imaginar a su madre, con apenas dieciocho años, casándose en una cárcel con su novio condenado. Ya no le importa el silencio. Quiere abrazar a su madre, pero como no puede, ir al archivo se convierte en la única reparación posible. Ofelia y Miguel van cogidos de la mano, pero no caminan, vuelan. Y se topan de bruces con un cordón policial que rodea la manzana en la que se encuentra el edificio del archivo.

—No pueden pasar —les indica un policía vestido de uniforme.

—¿Qué sucede, señor?

—Hay una bomba en la iglesia de la calle de abajo.

—¿Cómo? ¿Una bomba? —pregunta Miguel agarrándose con fuerza al brazo de su madre.

—¿Terroristas aquí? —dice extrañada Ofelia.

—No, un artefacto de la Guerra Civil. Lo han encontrado unos obreros incrustado en el campanario. Estamos comprobando la carga —contesta en tono de impostada profesionalidad el policía.

—Vaya, si hubiera explotado, cualquiera de nosotros podría haber sido víctima de la guerra, ¿verdad? —dice Miguel con un gesto de asombro.

—Es increíble que esté pasando esto precisamente hoy. No me lo puedo creer —dice Ofelia sacudiendo inquieta el brazo de su hijo.

—Es una señal, mamá —le contesta él con una sonrisa cómplice.

—Mire, nosotros vamos a aquel edificio de la calle del fondo. Como ve, estaremos allí más alejados de la iglesia que en este lugar. Por favor, déjenos pasar. Puede vigilar que entramos por la puerta —indica suplicante y entusiasmada al policía.

—Voy a preguntar —les dice mientras se aleja y habla con otro uniformado.

Después de un intercambio de pareceres con su compañero, el oficial les hace un gesto de asentimiento con la cabeza, se acerca y desprende el cordón del gancho al que está amarrado.

—¡Gracias, muchas gracias! —le dicen ambos.

Ofelia y Miguel corren nerviosos como si huyeran del explosivo y, sin saberlo, lo hacen igual que Pilar y sus hermanas, por esa misma calle, muchas décadas atrás, minutos antes de que cayera esa misma bomba sobre el campanario.

—¡Vaya, ya están aquí! ¿Les han dejado pasar, con el lío que tienen montado ahí fuera? —pregunta sorprendida la archivera.

—Sí, hemos explicado que teníamos una cita importante con usted —contesta ufano Miguel.

—¡Me alegro! Después de las averiguaciones que hemos hecho mis colegas y yo, me preocupaba que no pudieran acudir a la cita.

Ofelia se lleva las manos al pecho.

—¡Vaya!, ¿han encontrado algo?

—Siéntese, Ofelia. Contárselo todo me llevará bastante tiempo.

31

El favor

—Estos días van a ser importantes, Pilar. Tus informes están siendo de gran ayuda, pero para Gabriel lo mejor sería que nos dieras algún nombre. Tienes una semana. Después de tu próximo informe, actuaremos. No podemos permitirnos que se nos escapen los de tu edificio. Sabemos que están trajinando con material que sacan del puerto. Nos falta saber quién es su enlace.

—Yo apunto lo que veo, don Rodrigo. Hago todo lo que puedo. Hace meses que duermo en el suelo para no abandonar la portería en ningún momento. Vivo en una cárcel de un metro y medio. No me puede pedir más.

Pilar no podía creer lo que acababa de brotarle de los labios. Había dejado abandonado su cuerpo allí, de pie frente al yerno de doña Encarnación, mientras ella contemplaba la escena desde arriba, como una polilla que sobrevolara el despacho. Don Rodrigo la miraba arqueando la ceja izquierda en un gesto indescifrable.

—Tranquila, Pilar. Sabremos valorar lo que estás haciendo por la Falange —le dijo en actitud condescendiente, mientras le acariciaba el brazo como si fuera un animal indefenso—, pero vete antes de que deje de parecerme gracioso ese tono que te gastas esta mañana.

—Perdone, don Rodrigo. Es que estoy muy cansada.

—Que no se repita.

Pilar, comida por los nervios, hizo una especie de reverencia de despedida que no sabía dónde había visto antes y salió rauda de la estancia. Mas, cuando se encontraba a mitad del pasillo, a punto de alcanzar la salida, la voz de don Rodrigo la detuvo en seco.

—Se me olvidaba. De tu próximo informe depende que nuestro trato se mantenga o se rompa para siempre.

Antes de ir al despacho a entregar el informe acostumbrado, Pilar había estado en la cárcel visitando a Gabriel que, poco a poco y gracias a los limones, se iba reponiendo del escorbuto. Tenía un color menos amarillento, más rosado. Pero del miedo no le libraba ni la fuerza de la rutina, después de tantos meses preso dentro de los mismos muros. Así que, a pesar de sus esfuerzos por simular fortaleza, era incapaz de contener todas las lágrimas que le subían desde la garganta a los ojos. Y siempre se le escapaba alguna cuando se sentaba frente a Pilar en aquella sala diáfana y mohosa en que les dejaban estar juntos tan solo cinco minutos cada día. Pasar con su esposa ese ratito era como regresar a casa fugazmente, lo que derretía en Gabriel sus defensas tan mermadas. Porque cada noche, tras las nuevas muertes anunciadas de sus compañeros de prisión, el terror le restaba a su cuerpo unos cuantos años de experiencia convirtiéndolo en un niño desesperado por asirse a los brazos de la madre.

—Haz que no me maten —le imploró nada más verla aquel día—. Sé que no debería pedírtelo, pero no sé cuánto más podré aguantar. Cada noche me arrepiento de aquel grito. Me dicen los compañeros que sea valiente. Porque ellos lo son. Pero yo no, Pilar. Yo solo tengo miedo. No puedo remediarlo. Y el pánico me impide respirar. Me ahogo. Y no descanso ni dormido porque siempre sueño que estoy frente al pelotón de fusilamiento. Pilar, te lo suplico: consigue que no me maten.

—No te matarán. Te lo prometo.

Entre sobrecogida y espantada, en ese estado intermedio se encontraba Pilar cuando salió de la cárcel. Cómo podía tener en sus manos el bienestar de ese ser tan vulnerable y pequeño al que había quedado reducido Gabriel. Aquel joven corpulento del que se enamoró era ahora un crío asustado y triste que ella debía proteger, más como si fuera un hijo que un marido. Y evocar esa imagen apretaba la soga que le rodeaba el pecho. Pilar se sorprendía al comprobar cómo, a pesar de esa cuerda invisible, seguía respirando. ¿Por qué su cuerpo no se rendía? «Es cierto que a todo se acostumbra una», se decía. La desconcertaba el devenir corriente del mundo. Cómo los comercios abrían, cómo había personas que paseaban, cómo seguía viendo parejas cogidas del brazo. En el mismo mundo en que ella sobrevivía a duras penas, había otros que no sufrían, al menos en apariencia. Ella, en cambio, ni siquiera lograba reconocerse frente al espejo. ¿Quién era esa señora consumida que le devolvía el reflejo? ¿Quién era esa otra que diariamente anotaba en una libreta todos los pasos, las palabras, las voces e incluso los ecos que hacían temblar el silencio nocturno de la escalera? Al parecer, todas eran ella misma. Una versión sucia de la joven cantarina, alegre y vivaracha que alguna vez había sido, antes de que estuviera maniatada por un yugo y tantas flechas. Los hombres de azul la habían reducido a ser una bestia: una rata, se decía. «De esas que corren por el patio y que mato a base de lejía».

Pero aquel día era distinto. La gravedad de la situación había sobrepasado los límites castigados de su cordura. Don Rodrigo la había amenazado. «Había pasado eso, ¿verdad?», se preguntaba todavía mientras revivía la escena. «Se acaba el trato si no das nombres. Eso ha dicho. Más o menos. Se me han borrado las palabras exactas, pero es eso. Me ha dicho que, si no cumplo, matan a mi Gabriel. Es eso. Que me lo matan». Cerró un instante los ojos para no perder el equilibrio. Y cuando los abrió de nuevo, estaba —como por arte de magia— en el vestíbulo de su edificio, frente a la escalera de caracol y junto a su pequeña celda. Aquel lugar del que se sabía de memoria cada rincón, cada hueco, cada baldosa agrietada, pero que ya no era el mismo de hacía unas horas. Puede que influyera en su percepción el ruido ensordecedor de las máquinas que trabajaban sin descanso en la obra de la esquina, pero lo cierto es que, al verlo todo cubierto por un denso polvo anaranjado, le pareció haber viajado al pasado. Se sintió inmersa en la guerra de nuevo, en la misma guerra de siempre, la que nunca acabó por más que lo anunciaran. Y se vio a sí misma en ella pero muy distinta a como era entonces, porque ahora formaba parte del bando vencedor, del que arrojó la bomba que hundió su casa, del de los que apalearon a Gabriel por no levantar el brazo, del de los que saquearon las diez mil pesetas ahorradas por Tomasa y

Gabino, del de los que se llevaron a su madre para interrogarla por su marido, del de los que habían condenado a muerte a Gabriel, del de los que mataron al niño Félix, del de los que dejaron sin cabeza a la mujer. Y entonces lo vio claro. Espantada pero firme y decidida se prometió a sí misma apretándose con el anillo de madera el pecho que el próximo sería su último informe. Y que antes de entregarlo, iría a casa de doña Encarnación para amenazarla con destapar lo que recién había descubierto a través de los labios cuarteados y sabios de la Busotera. Y, después, por fin, todo volvería a su lugar: su marido a casa y ella al bando de los que viven con hambre pero sin culpa. O al menos con una que se le hiciera soportable.

—Pilar... —dijo una voz a sus espaldas.

Pero ese optimismo que rayaba en lo demente y que había sido auspiciado por una embriaguez de miedo estaba a punto de diluirse, tan rápido como el agua de una ola se funde en la arena.

—¡... ayúdame! —gritó una voz de mujer, cuyo origen reconoció al instante.

32

El informe

—Siento decirle que del indulto de su padre no hemos encontrado nada. Pero no cabe duda de que lo hubo. Tal vez con más tiempo logremos hallar el documento. En tan poco tiempo me ha sido imposible. Pero sí que le puedo decir que su padre salió de prisión antes de cumplir dos años, porque aparece una referencia suya en el registro de trabajadores del sector de mercancías de Renfe.

—Entonces ¿sería indultado por buena conducta o algo así?

—Lo habitual es que en esa época se conmutaran las condenas a muerte por penas de cárcel, pero no parece este el caso.

—¿Esto es todo lo que tenía que contarme?

—No, por supuesto. Usted me dio más nombres. Y al tirar del hilo de algunos de ellos hemos llegado a otro tipo de documentación.

—Ah, vale... —dice, aliviada, Ofelia.

—A Blas Mingot le hemos encontrado en el registro de viajeros de uno de los barcos que salió rumbo a Argelia. Por lo que he podido averiguar, murió violentamente en Orán dos años después de llegar a la ciudad.

—¿Mi abuelo?

—Sí, veo que esto es del todo nuevo para usted. No imaginé que lo desconociera. En unas semanas, si usted quiere, pueden enviarle el certificado de defunción.

—Sí, mi madre siempre pensó que se había fugado, como algunos hombres que, por lo que decían las malas lenguas, aprovecharon el viaje para montarse una vida nueva.

—Bueno, a su abuelo, si le consuela, no le dio tiempo. Eso sí, el hecho de que las autoridades no informaran a su madre del deceso puede que se explique por la razón que usted comenta.

—Tendré que decírselo a las hermanas de mi madre, que aún viven —dice Ofelia mirando a su hijo con cierto aire de preocupación.

—Y ahora viene lo más importante.

—Dígame, por favor—le implora a la archivera mientras coge aire.

—¿Pilar Mingot Vilaplana era la portera del edificio situado en la calle Teniente Álvarez Soto, número 9?

—Sí. ¿Qué importancia tiene eso ahora? Mi madre siempre peleó por que la junta de vecinos le permitiera comprar el piso y lo consiguió cuando yo era muy pequeña. Tengo la escritura en su casa. Se lo aseguro, todo está en regla.

—Tranquila, no se trata de su casa. Respire, por favor.

—Me estoy poniendo cada vez más nerviosa. ¿Qué es lo que no sabe cómo decirme?

—No es fácil, la verdad. Le confieso que he fingido mi alegría al verles cruzar el umbral. En mi fuero interno esperaba que la bomba les impidiese llegar hasta aquí. Me refiero al cordón policial, no me malinterpreten.

—¿Qué le hicieron a mi madre? ¡No me asuste, por Dios! —la increpa Ofelia que aprieta inconscientemente la mano de Miguel.

—No se trata de qué le hicieron. Sino de lo que hizo ella. Una colega me ha enviado a primera hora por correo electrónico lo que le ha dado tiempo a escanear del Archivo Militar. En esta carpeta se encuentran apenas unos pocos informes de más de una veintena, al parecer, escritos de su puño y letra. Son unas hojas de cuadernito arrancadas que, después, miembros de la Falange mecanografiaban. Los originales de Pilar Mingot están grapados a los ya pasados a máquina. En ellos se puede comprobar que tomaba nota de todos los movimientos que se producían en su edificio. Día a día. Prácticamente durante las veinticuatro horas. Una especie de diario.

—¿Un diario de portera?

—Más bien parece, con todo el respeto, el diario de una delatora.

—¿Qué? —acierta a vocalizar Ofelia.

—Y la intuición me dice que aquí dentro se encuentra la respuesta a su pregunta acerca del indulto de su padre.

La archivera sitúa en el centro de la mesa una carpeta blanca que abre con la parsimonia propia de quien teme lo que está a punto de descubrir. Ante los ojos estupefactos de Miguel y Ofelia —que se han tomado de las manos en este instante— aparece la letra de alambre de Pilar ensombrecida por las manchas de la fotocopiadora.

—«12 de la mañana *besino* del 3 Pepe sube la escalera con compra» —lee en voz alta Miguel—. Pero parece todo muy inofensivo.

—Quiero que nos centremos en el último de los folios.

Está también unido a un documento escrito a máquina, con el sello de la Falange. Este es especial porque, como ven, no es solo la transcripción de las anotaciones de Pilar Mingot, sino que, además, detalla una acción llevada a cabo en el edificio. Aquí el Gobierno militar y la Falange estaban perfectamente coordinados. No crean que era lo habitual, pero en esta ciudad sí. De hecho, el tal Rodrigo Díaz que aparece en la documentación es un personaje muy turbio, incluso para el Régimen, pero tenía mucho poder, sabría demasiado de todo el mundo. Le apodaban El Cid y no creo que únicamente fuera por la coincidencia de su nombre.

Ofelia y Miguel juntan sus rostros como una pareja de siameses para poder leer el folio al mismo tiempo.

—Les resumo —dice Lucía—: Pilar Mingot delató a un hombre, al que cita como contacto en el puerto de unos sujetos que vivían en el tercero de ese edificio, un tal Pepe y otro señor llamado Rogelio. Según su denuncia, estos tres tipos están compinchados en un negocio que ella desconoce. Lo único que sabe es que transportan, casi siempre de noche, material escondido en cajas rectangulares y estrechas, de las que ya no queda ni rastro en las viviendas cuando se produce el registro policial. Lo que sí encuentran allí es documentación falsa que requisan, además de detenerles tanto a ellos como, más tarde, al propietario de los pisos.

—¿Y sabe qué le pasó a esta gente? —pregunta Miguel que no suelta la mano de su madre en ningún momento.

—He podido rastrear a Marcelino, el arrendador y dueño de las casas. Al parecer consiguió salvarse de esta primera caída, pero años más tarde fue detenido de nuevo por organizar una huelga. Pasó varios años en la cárcel, pero salió a principios de los setenta y podría incluso seguir vivo. De los otros dos hombres, al actuar bajo una identidad falsa, me ha sido imposible recabar por ahora más información. Les pierdo el rastro.

—¿Y ya está? Entonces, podría ser que mi madre no provocara ninguna desgracia irremediable, ¿no? —pregunta Ofelia, implorando una respuesta afirmativa en la archivera.

—Seguramente sería un piso franco de miembros clandestinos del Partido Comunista. —Lucía evita contestar la pregunta—. Y esa mercancía apostaría lo que fuera a que se trataba de las famosas plumas Parker que financiaron la resistencia antifranquista en el interior durante décadas. ¿Nunca habían oído hablar de ellas?

—No, la verdad es que somos bastante ignorantes en todo este tema —contesta con resignación Ofelia.

—No se inquiete, estas cosas no las conoce casi nadie. Se han encargado bien durante las décadas de democracia que llevamos de silenciar toda esta parte de nuestra historia. Pero para eso estoy yo, para contárselo. Pues miren, arribaban en transporte marítimo, no se sabe a ciencia cierta desde dónde, seguramente desde América, y lo hacían sobre todo a los puertos del norte, pero, por lo que yo elucubro a partir de la descripción de su madre, algunas cajas debieron de llegar también hasta aquí. Pues bien, el Régimen nunca las descubrió. Tampoco esta vez. A pesar de las delaciones de Pilar, esas cajas estrechas y largas siguieron cumpliendo su cometido.

—Ay, menos mal —dice aliviado Miguel mientras mira a su madre intentando contagiarle la satisfacción.

—Sí, pero Pilar Mingot también dio otro nombre a la Falange, el del contacto en el puerto. En su último informe ella afirma que le reconoció a las tres de la madrugada. Pilar escribe lo siguiente: «Sube la escalera con muchas cajas. Es alto con los ojos *asules*. Trabaja en el puerto. Lo *conosco*. Marcos Parejo». Del paradero de este señor todavía no he encontrado nada. Necesitaría unos días para hacer averiguaciones.

—Perdone, ¿qué acaba de decir? —pregunta Ofelia con la voz tomada, achinando los ojos como si despertara de un sueño.

—Que no me ha dado tiempo a…

—¡No! —la interrumpe abruptamente Ofelia—. Me refiero al nombre. ¿Qué nombre acaba de decir?

—Le repito, a ver, Marcos Parejo. ¿Le suena de algo?

Y entonces sí, Ofelia estalla en un grito que coincide con el preciso instante en que una polilla oculta entre los folios bate sus alas y emprende el vuelo como si ambas acciones formaran parte de una coreografía imposible.

33

La confesión

Después de la visita al archivo, Miguel y Ofelia han salido huyendo hacia casa. Una vez allí, han recogido las maletas y se han ido casi sin despedirse. No podían. Mirar a Lucía a la cara les resultaba imposible. Así que le han pedido perdón por las prisas, aunque en realidad le pedían perdón por todo lo demás. Tampoco se miran ahora entre ellos. No pueden. Fingen que no saben lo que saben. Actúan como cuerpos autómatas que no responden a sus voluntades sino a las órdenes de otras fuerzas que les son desconocidas. Sin saber ni cómo, han tomado un taxi que avanza lentamente. A Ofelia la densidad del tráfico se le antoja obscena. Necesita percibir la velocidad sucediéndose bajo sus pies. Quiere que el rozamiento de las ruedas con el asfalto sea tan poderoso que obligue al vehículo a levantarse como un caballo que se desboca. Azuza al conductor para que acelere, pero este le contesta malhumorado, y con razón, que sus capacidades son limitadas, que si ve ella los centenares de coches que se arraciman a su alrededor. Ofelia no puede respirar ¿Cómo puede el mundo seguir discurriendo como si no hubiera pasado nada? Como si todos esos cadáveres desaparecidos no existieran. Como si el mundo fuera un lugar civilizado. Como si todos esos conductores no fueran también colaboradores necesarios del crimen. «Que les pregunte alguien a todos esos qué harían si para salvar a un marido, un hijo o un hermano tuvieran que vender el alma al diablo. Al mismísimo diablo. ¿Quiénes se creen para juzgarla?», se pregunta hacia sus adentros fuera de sí y de sus cabales. Y se desabotona el abrigo porque su tacto la oprime, pero enseguida se da cuenta de que no es la ropa, ni es el aire viciado ni es el tráfico, es eso que ella ahora ya sabe y que necesita contarle a Lucía. Por eso coge la mano de Miguel, al que le caen las lágrimas de pena por ella, sobre todo por ella, pero también por su abuela, a la que no conoció, pero sin embargo quiere; y también son de pena por Lucía, que perdió tanto. Y de paso también llora por su yayo, que se acaba de morir ahora y no hace décadas porque su abuela mandó matar al marido de su amiga. Y siente pena por todos, porque ninguno tiene la culpa, aunque la tengan.

Ofelia suelta la mano de su hijo y le mira a los ojos mientras le limpia las lágrimas con ternura. Él asiente, la abraza y le dice «Buena suerte». Pero lo dice por decir, porque la buena suerte ya es imposible, y avisa al conductor de que su madre se baja «aquí mismo». Ofelia se despide dando un golpe con la mano en la ventanilla antes de empezar a correr como cuando pensaba que Miguel estaba perdido en el bosque. En el portal toca al último timbre y Lucía le abre sin poder preguntar, como siempre, mientras Ofelia de soslayo ve la sombra de su madre en la portería, pero la evita porque ahora no quiere, ahora no puede, ahora solo importa Lucía. Por una vez en su vida, es ella la única importante. Al llegar al último piso, abre la puerta del ascensor de un manotazo y atraviesa el pasillo exterior hasta su casa, sin hacer caso del vértigo porque ya todo le da igual menos su amiga, su tía, la hermana de su madre, la viuda, la víctima, *su* víctima.

—¡Hija, se te ha olvidado algo! Vas a perder el tren —la recibe Lucía sorprendida y preocupada.

—Sí, he olvidado decirte algo.

—Ay, hija, no me asustes. Estás pálida. Dime, Ofelia, dime.

Lucía le ha cogido las manos y se las frota con cuidado porque están heladas.

—Entremos en casa, por favor.

Ofelia solo alcanza a decir esa frase porque tiene el secreto de su madre encaramado a su garganta como si fuera un gorrión asustado. Casi puede sentir las patitas enjutas como alambres que se le clavan en las cuerdas vocales y le impiden empujar la voz hacia fuera.

—¿Quieres un vaso de agua? Estás sin aliento. ¿Has venido corriendo?

Ofelia se da cuenta de que sigue jadeando, está sudada y le tiemblan las piernas del esfuerzo. Percibe además el dolor agudo del nervio ciático que comienza a acaparar sus sentidos.

—Sí, agua. Un poco de agua.

Lucía reniega al verla en ese estado y va hacia el fregadero con un vaso en la mano. Dice algo, pero Ofelia no lo oye porque una arcada está a punto de hacerla estallar por dentro. Se dobla sobre sí misma y apenas acierta a apartar una silla para evitar que se manche. Durante unos segundos, se queda inmóvil con la mirada fija en el vómito amarillo que ha salido de su estómago dejándole una profunda sensación de vacío. Se siente ligera a pesar del gorrión que le revolotea por dentro y se convence de dejarlo escapar antes de que le agujeree el vientre. Y así, doblada hacia adelante en medio del ruido del agua que corre y de los pasos ajetreados de Lucía, que se debate entre limpiar el desastre y acariciarle la espalda, echa a volar el pájaro.

—¿Qué? —pregunta atónita Lucía.

—Que mi madre mató a tu marido. Lo sé todo.

—¿Qué dices?

Y es ahora Lucía la que necesita sentarse. Y es ahora Ofelia la que, tristemente aliviada, recupera la compostura y la coge del brazo con suavidad mientras la acomoda en la silla.

—No quería decírtelo así, Lucía, pero lo sé todo. Sé que mi madre es la responsable de la muerte de Marcos.

—¿Quién te ha dicho eso? Es imposible que nadie lo sepa. Estábamos solas tu madre y yo.

Entonces Ofelia, que se había dado la vuelta para acercarse otra silla, se detiene en mitad de la estancia y se vuelve con brusquedad hacia Lucía, que parece haber envejecido cien años en un segundo.

—¿Estabais solas cuando vinieron a buscarle?

—No, cuando le fueron a buscar estábamos solos en nuestra casa. Él y yo —contesta Lucía muy despacio.

—Entonces ¿cuándo estuvisteis solas?

—Al final —responde visiblemente fatigada.

—¿Visteis cómo lo mataban?

—A veces lo recuerdo en sueños, pero despierta me cuesta más —confiesa mientras se frota los ojos como intentando empujar así los recuerdos a su mente.

—¿Qué pasó, Lucía? —le pregunta Ofelia en un tono cargado de severidad, mientras la anciana se desarma por completo.

—No debo contártelo, Ofelia. Lo prometí —dice con las manos cubriéndose la cara.

—¡Pero necesito saberlo! ¡Perdiste a tu marido por culpa de mi madre! —exclama rabiosa Ofelia.

—Marcos quería matar a tu madre, ¿entiendes? —le espeta la anciana de forma abrupta—. Después de dejarme medio muertecica a mí, salió de casa dispuesto a acabar con ella. Iba a repetir en nosotras lo que le habían hecho a él los falangistas. Ofelia, tienes que entender que tu madre le odiaba. No con un odio de este mundo, con otro. No le perdonaba las palizas.

—¿Qué palizas, Lucía? ¿Qué dices? ¿Quién? ¿Tu marido? —le pregunta sobresaltada Ofelia, que no suelta las manos de Lucía desde que ha empezado esta especie de confesión. Mientras habla, la anciana mira a un punto lejano, que no está enfrente, sino más allá de los muros del salón. Habla desde un rincón escondido en su memoria. Y lo hace con una voz nueva, firme y grave, una voz de mujer joven.

—Marcos me daba palizas desde que nos casamos. Era un mal hombre. Hacía conmigo lo que quería.

—¿Cómo?

—No le dije que había tenido una falta. No quería que lo supiera. Estaba muy asustada. Pensar en traer al mundo una criatura con esa mala bestia me hizo recordar cuando era pequeña y me escondía de mi padre, y sufría por mi madre, y tenía miedo de las olas. Yo no quería eso para mi hijo. Pero no hizo falta. Aquella noche acabó todo de un golpe suyo. Al día siguiente, sangré. Me creía morir del mal cuerpo y como pude me arrastré hasta aquí, a la portería a buscar a tu madre. No tenía a nadie más. Cuando llegué, ella estaba de espaldas a la calle y, al girarse y verme en ese estado, se le encendieron los ojos. Supe que, si podía, lo mataba. Y lo intentó, vaya si lo intentó. Pero Franco no nos sirvió ni para eso. Porque tu madre solo quería salvarme —le dice Lucía, esta vez sí, mirándola directamente a los ojos—. Eso no lo olvides nunca. Salvarme a mí y salvar a tu padre.

—Pero, entonces ¿qué pasó?

—Pasó que a tu padre le condenaron a muerte y a tu madre le dijeron que si hacía de informante para los falangistas le indultarían. Le pedían que apuntara todo lo que pasaba en el edificio porque sabían que por aquí se escondían comunistas. Así que se la jugó por mí y mintió. Les dijo a los de la Falange que Marcos era uno de ellos, que era quien les pasaba material en el puerto. Así que lo fueron a buscar, y resulta que en parte era verdad, que él hacía trapicheos, no con esta gente, claro, sino con otra, con mafiosos, con gente mala. Pero él creía que era por sus chanchullos por lo que le preguntaban y se ve que habló, porque lo dejaron hecho un trapo, aunque le soltaron. Creemos que pensarían que les podía ser de más utilidad como chivato. Así que, al día siguiente, en cuanto se recuperó un poco, primero me pegó a mí y luego salió de casa para matar a tu madre. Porque los falangistas no hacían más que preguntarle por lo que venía a hacer aquí, a este edificio, y entonces lo tuvo claro. Pilar debía estar implicada en aquello. Y una cosa es aguantar los golpes a una, pero otra es que vaya a por quien más quieres. Como pude, me levanté del suelo en cuanto salió hecho un energúmeno por la puerta a por tu madre y saqué una fuerza que no sabía que tenía y vine hasta aquí corriendo, casi pisándole los pasos. Ella estaba en la portería, pero, en cuanto lo vio, subió corriendo la escalera para esconderse en casa. Nunca olvidaré la imagen que me encontré cuando llegué por fin aquí arriba. El malnacido de Marcos estaba encima de mi Pilar dándole golpes y más golpes, y ella en el suelo, de rodillas, gritándole que la dejara, que la iba a matar. Los dos me daban la espalda, ni siquiera sabían que yo estaba allí, en el umbral de la puerta mirándolos. Todo sucedió muy deprisa. —Lucía traga saliva y clava sus ojos por primera vez en Ofelia, que la mira espantada y no le suelta la mano—. Y entonces la vi. Allí estaba, como esperándome, encima de la mesita de la cocina. Con la parte puntiaguda señalándoles a ellos, como una flecha que me marcaba el camino.

—¿El qué? —le pregunta casi sin voz Ofelia.

—La plancha de hierro —le dice Lucía cambiando el tono a apenas un susurro.

—¡Oh! —se le escapa.

—Solo recuerdo que me abalancé a cogerla porque te juro que de lo que pasó después no sé nada. Solo recuerdo a tu madre agachada limpiando el suelo como una descosida. Yo la veía hacerlo apoyada allí en la pared del pasillo —le indica con el dedo—. Me dijo que estuve más de dos horas con los ojos abiertos, pero sin mirar, agarrada a mis piernas, hecha un ovillo. Cuando sueño con ese momento siempre veo lo mismo: el papel pintado de la pared del pasillo como un bosque por el que camino hasta perderme.

—Dios mío, Lucía. Pero ¿dónde está él? ¿Qué hicisteis?

—Hija mía, antes de que tu madre muriera le prometí dos cosas: una era no contarte jamás este secreto de las dos.

—¿Y la otra?

—Recordarte siempre la promesa que tú le hiciste el día antes de morirse. Sabes cuál, ¿no?

—Sí, que jamás vendiera esta casa y mantuviera tu habitación intacta.

—¿Te acuerdas por qué?

—Pues porque esa era la habitación de Félix, aquel niño que murió en el bombardeo. ¿Pero qué tiene que ver eso ahora?

—No, Ofelia. Eso era lo que tú entendías. Pero ella lo que te decía era otra cosa...

Y entonces Ofelia se tapa la boca con las manos para aplacar un aullido. Mira fijamente a la anciana durante un momento con unos ojos que imploran respuesta. Lucía asiente con un ligero movimiento de la cabeza. Ofelia entonces le da la espalda y marcha hacia el pasillo. Ni a respirar se atreve. Camina sigilosa como si fuera a despertar a un niño. Muy lentamente se introduce en la habitación de Lucía. Contempla la estancia sin saber bien qué está buscando hasta que al observar la pared blanca se da cuenta de que no está lisa, de que nunca lo estuvo. El muro se comba un tanto en el centro. Un escalofrío le eriza la piel. Ante ella se erige la respuesta. Retrocede sobre sus pasos a gran velocidad y se detiene frente a Lucía. Esta escena la ha soñado antes: el día de la muerte de su padre. Ya sabe lo que ella le dirá a continuación, porque la frase se le quedó grabada, cobrando ahora por fin todo el sentido. Y es entonces, en ese preciso instante en que lo entiende todo, cuando se atreve a repetir en voz alta eso que le decía siempre su madre y que ella malinterpretó durante sus cuarenta y siete años de vida.

—Esa es la habitación del fantasma.

—Y es gracias a su muerte que tú estás viva.

Epílogo

En mi memoria ruge una
rosa desnuda un temblor
de muerte cosido a los
ojos (...)

ADRIANA BARCELÓ,
«La voz pensativa»

—Siempre que me duermo con la morfina sueño lo mismo.

—¿Otra vez con la pared?

—Nunca se acaba, nunca. Y al despertar me duele el cuerpo como si la estuviera haciendo de nuevo. Aunque lo peor de todo fue subir los seis pisos, de madrugada, con aquellos ladrillos.

—A veces me pregunto qué habríamos hecho sin la bendita obra de al lado.

—Y sin el bendito obrero que se dejaba sobornar por tan pocas pesetas.

—Yo sueño muchas veces que la humedad se come el muro y que me despierto y se ha venido abajo, pero que dentro ya no hay nada. Como si todo hubiera sido un mal sueño. Entonces me despierto y me doy cuenta de que no, que la pesadilla es la realidad. Porque él sigue allí, aunque no lo veamos, aunque ya casi no huela.

—Ya no huele, Lucía. ¿Recuerdas la de años que estuvimos limpiando la habitación con vinagre y limón todos los días? Qué miedo teníamos a dejar de hacerlo y que aquella peste volviera. Pero no. Ni olía después de poner el último ladrillo ni huele ahora. Es solo que estamos viejas y olemos a rancio nosotras.

—Hacía años que no hablábamos de esto. Se me hace raro, pero a la vez me sienta bien.

—Guardarse las cosas es como acumular la mugre en los rincones. Pero teníamos que callar para intentar olvidarlo, para seguir adelante.

—Olvidar es imposible, Pilar. Ahora lo sé. Ni el tiempo lo cura todo ni se puede matar la memoria. Solo se aprende a vivir con ella intentando no hacerle demasiado caso. Como si de no mirarla fuera a desaparecer. Pero eso solo es posible durante el día, porque por las noches, amiga, por las noches todo esfuerzo es imposible. Los recuerdos se despiertan y te atacan como fantasmas.

—Por eso es hora ya de que yo me vaya. Este cuerpo pide tierra. Yo sé que tú lo vas a sentir mucho; por eso quiero que sepas que quiero morirme. Antes no, pero ahora sí. Me duele demasiado y no solamente el cuerpo. Menos por el bestia de tu marido, siento culpa por todo lo que hice para salvar al mío. Y creo que este cáncer de mierda, porque es una gran mierda, me lo merezco. Por eso te digo que me quiero morir. Solo me gustaría que te encargaras de que me quiten el dolor todo lo posible. Porque sufrir, ya he sufrido bastante, por todos los que sufrieron por mi culpa, por ti, por Gabriel. Ya he cumplido mi parte de padecimiento. Eso sí.

—Pilar, no digas eso. No, tú no te mereces esta enfermedad. Se la merecían los fascistas, y míralos, ahí están, vivos y coleando. ¿O el animal de don Rodrigo no está jubilado y viviendo tan ricamente? No digas esas cosas, Pilar, porque no es verdad. Esta enfermedad es injusta como todo lo que nos pasó. Tú solo hiciste lo que te mandaron y, además, que no se te olvide que salvaste a Rocío, cuando aún ni siquiera sabías que se llamaba así. Te la jugaste por ella. La avisaste la noche antes y ahora vive en París tan feliz, con su marido y sus hijos.

—Sí, salvé a Amparo. Pero ¿y los demás, Lucía…?

—No sabemos en verdad lo que les pasó.

—Pero tú sigue poniendo flores en la fosa siempre. Por si acaso.

—Sí, claro que sí, Pilar, pero dime, ¿qué hubiera sido de nosotros sin ti, sin lo que hiciste?

—Pero te requisaron la casa, Lucía…

—¿Y qué? Yo he sido muy feliz viviendo aquí con vosotros. Fue quitármela y no venir más los falangistas a preguntar por Marcos. Si me hubieran dicho el primer día que vinieron buscándole que dándoles la casa me iban a dejar en paz, con mucho gusto se la habría regalado. Pero aún me tuvieron un año temblando cada vez que oía acercarse aquellos pasos de madrugada…

—Ay, Lucía, cuánto hemos pasado… Ahora al oírtelo decir me parece hasta mentira. A fuerza de callar, una acaba por quitarle importancia al dolor. Lo que sí que tengo claro es que, en buena medida, me merezco esta muerte. Y no tengo miedo a morir. Solo me preocupa dejar a Ofelia, que se va a quedar muy sola. Y ha vivido pegada a mis faldas siempre, la pobrecita mía. Así que ahora que estoy un poquito más espabilada voy a hacerle prometer lo de la casa y lo de tu habitación.

—¿Qué le dirás?

—Pues que tu habitación no la toque jamás, que es ahí donde vive el fantasma. Es lo bueno de no haberle mentido nunca.

—Bueno, eso de nunca...

—Ocultar no es mentir. Le he ocultado cosas para protegerla, igual que a Gabriel, ¿o no es verdad?

—Claro, claro que lo es.

—Pues eso. Y de la casa, pues le pediré que me prometa que no se deshará de ella hasta que nos hayamos muerto todos. Cuando ya no quede nadie, entonces que haga lo que quiera.

—¿Voy a llamarla?

—Sí, pero primero acércate. Necesito hacer esto antes de morirme.

Pilar está acostada en la cama que será el lecho de muerte de Gabriel muchas décadas después. Lucía se agacha un poco para acercarse a la altura de su rostro. No sabe muy bien qué quiere de ella su amiga. Entonces, Pilar saca las manos de debajo de la colcha y se quita del dedo anular de la mano izquierda la sortija de madera. Y se la coloca a Lucía con gran dificultad, mientras en un susurro le dice al oído:

—Por mi culpa perdiste un marido, así que te presto al mío hasta que uno de los dos se muera.

Lucía se aparta de su amiga haciendo un gesto de rechazo con la palma de la mano.

—Ay, Pilarín, me quedo la sortija, pero no necesito un marido. Nunca lo he necesitado. Yo solo quiero que sigas aquí conmigo, siempre —le dice sin poder reprimir las lágrimas que se enjuga en la bata.

—Eso es, quédate el anillo porque quiero que lo lleves

tú hasta el final. A Ofelia le voy a dejar el cuadro de las cerezas... Pero no me llores, por favor, que voy a despedirme de la niña y necesito estar entera. Tengo que engañarla y convencerla de que se puede vivir sin madre.

A la memoria de mi *iaia* Pilar Mingot Vilaplana
y de mi bisabuela Concepción Mira Soler.

Y a todas las mujeres que, por el hecho de serlo,
sufrieron antes —y aún ahora— la violencia patriarcal
que las obligó a sostener perpetuamente
las vidas de los otros
a base de renuncias y golpes.

Para que sus vidas quebradas no fueran en balde,
que sus nombres, sus saberes y cuidados
no se borren nunca más de nuestra memoria.

Nota de la autora

Mi arte es una ficción real,
no es mi vida pero tampoco
es mentira.

Sophie Calle

Hace más de tres décadas que esta historia comenzó a brotarme sin yo saberlo. Seguramente por eso, la idea se concretó en un suspiro, durante un paseo con mi marido una tarde nublada de marzo de 2021. A partir de aquella conversación fui dando forma al argumento e incluso al título que, desde el principio y para siempre, fue *Cuando ya no quede nadie.*

Ascendí por vez primera la escalera señorial del portal número 9 de la calle del teniente —golpista— Álvarez Soto cuando contaba tan solo unos cinco o seis años de edad. Allí llegué de la mano de mi abuela, a la que siempre llamé *iaia,* cuyo nombre les resultará familiar: Pilar Mingot Vilaplana. Me encantaban aquellas salidas que hacíamos juntas, de tanto en tanto y por las tardes, a visitar a su amiga, a la que siempre llamé señora Lucía. Sin apellidos. Porque para referirse a ella, en mi casa, se la identificaba como *la portera.* Me fascinaba el zulo en el que aquella mujer ya anciana, siempre enlutada —o así quedó su aspecto graba-do en mi memoria—, tejía y hacía crucigramas tras una ventanita sin visillos blancos. Solo subí una vez hasta su casa, improvisada y fuera de plano en el último piso, a la que se accedía por un pasillo que daba al patio de luces y cuya altura excesiva me aterrorizaba. Esos recuerdos con-formaron el primer estrato de esta historia.

Más o menos por esas mismas fechas, a finales de la década de los ochenta del siglo pasado, mientras jugába-mos una partida de cartas, mi abuelo me contó que, duran-te su primera guardia nocturna en el servicio militar, avisó a su compañero de que si veía a un guerrillero por el mon-te no pensaba disparar, ni dejaría que él lo hiciera. Tenía arrestos mi abuelo y también suerte. Su compañero no solo no le delató sino que le secundaba. Treinta años después solo tuve que imaginar que la vida le hubiera colocado en esa difícil tesitura.

La mezcla de este par de estratos sirvió de cimentación a la trama inicial de la novela que ustedes acaban de leer. Pilar, la real, afortunadamente, nunca fue una delatora al servicio del Régimen, pero sí tuvo que dejar el colegio a los nueve años para dedicarse a cuidar del hogar, pintó unas cerezas tan bien que nadie creyó que ella fuera su autora y prometía siempre asar castañas a sus hermanas para que, cuando sonaran las sirenas, corrieran raudas al refugio del castillo. También es cierto que trabajó planchando en una tintorería llamada La Japonesa y que las bombas fascistas le derribaron la casa, pero nunca tuvo que hacerse cargo de ninguna portería. Se pasó la vida limpiando la roña ajena, además de criar un hijo que tiempo después se convertiría en mi padre. Su madre era Carmen y dos de sus hermanas se llamaban Raquel y Guillermina, pero, más allá de eso, el relato es pura invención.

El nombre de mi abuelo y padre de mi padre, a quien siempre llamé *iaio*, era —ya lo habrán adivinado— Gabriel López Parra y, aunque nunca fue condenado a muerte, sí perdió la pierna por culpa de una gangrena que propició una diabetes no diagnosticada. Estudió en la Escuela Modelo hasta que la guerra truncó sus planes y, ciertamente, salvó la vida durante el bombardeo del Mercado Central gracias a que su madre se cansó de hacer cola minutos antes de que las bombas cayeran. Tuvo un padre carabinero llamado Gabino, una madre muy especial de nombre Tomasa, pero, aparte de eso, el resto es fruto únicamente de mi imaginación, que ha ido moldeando a su gusto el carácter de mis antepasados para que pudieran participar en esta historia.

El personaje de Lucía está inspirado en la mujer real que fue Ana Orantes, la primera en denunciar públicamente la violencia de género en nuestro país. Por muchos homenajes que se le hagan nunca serán bastantes, porque ya no hay forma humana de restituir el orden que quebró su verdugo tras someterla a una vida de perpetuo maltrato que acabó en feminicidio. El capítulo de «Lo conocí en el Corpus» surgió de la escucha del pódcast homónimo que, para dejar constancia de su vida y su lucha, escribió y locutó Noemí López Trujillo y por el cual fue galardonada con el premio Periodismo contra la Violencia de Género en 2017.

A la historia de Teresa llegué gracias a un reportaje del periodista Luis Urdiales titulado «El pendiente de María» (2008) y publicado en el *Diario de León*, donde contaba la historia de Josefina Alonso, quien había convertido en anillo el pendiente que su hermana se había dejado en casa el día en que se la llevaron para fusilarla. María Alonso Ruiz, presidenta de la Unión Republicana en La Bañeza, fue ejecutada en 1936 y sus restos aún tuvieron que esperar setenta y dos años bajo la tierra para ser exhumados de la cuneta a la que fue arrojada.

Para «Un esqueleto en el armario» me inspiré en las historias reales de Carmen Soriano Gambín y Francisco Alcolea Cremades, a quienes descubrí leyendo un artículo de Rafa Burgos publicado en *El País* (2021), cuya primera parte se titula «El fusilamiento que aguardó al parto», y la segunda, «Un ojo de cristal guardado en el bolsillo». Los restos de Carmen y Francisco fueron exhumados de la fosa número veinte del cementerio de Alicante hace dos años. Ambos resultaron fácilmente reconocibles para los arqueólogos, ya que ella era la única mujer de la fosa, y él, el único con un ojo de cristal —aunque, en palabras de José Ramón García, codirector de la excavación, más bien era «una especie de córnea pintada a mano».

En 2022 tuve la oportunidad de colaborar con Eva Máñez, una fotoperiodista que reunió en una exposición titulada «Paterna: memoria del horror» a las *guardianas de la memoria*, las mujeres que mantienen vivo el recuerdo de sus familiares que fueron ejecutados por la Dictadura y arrojados a las fosas comunes dentro del cementerio de Paterna, bajo cuya tierra yacen más de dos mil doscientas treinta víctimas procedentes de diferentes lugares del país. Por eso se conoce este lugar con el lacerante sobrenombre de Paredón de España.

Durante el proceso de escritura visité con mi familia el pueblo de Valbona, en Teruel, donde descubrimos, gracias a un artículo de Manuel Marco Aparicio en el *Diario Libre d'Aragón*, que en 1947 a Rosario y Joaquina Buenaventura —a la sazón hermanas de Miguel, un guerrillero de la Agrupación Guerrillera de Levante y Aragón— se las llevaron de madrugada a una pinada donde simularon su ahorcamiento para descolgarlas después y seguir interrogándolas sobre el paradero de su hermano. Esta secuencia estremecedora se me quedó grabada en la memoria sin necesidad de haberla presenciado. Y fue así como surgió el capítulo de «Los árboles vacíos».

La idea de que la mercancía clandestina que los resistentes antifranquistas ocultaban en el edificio de Pilar fueran *plumas Parker* me sorprendió incluso a mí. Ni siquiera me detuve a pensarlo. En cuanto tuve que imaginar la apariencia de lo que iba cargando Amparo/Rocío en el capítulo «Diez mil miserables pesetas», mis dedos fueron por delante y decidieron que serían *cajas estrechas y alargadas*. La importancia del comercio de estilográficas para sufragar la resistencia del PCE durante la Dictadura la había conocido unos cuantos meses antes gracias a la que considero una de las mejores novelas de memoria democrática que se han escrito nunca: *Memoria del frío* (Editorial Hoja de Lata). A su autor, Miguel Martínez del Arco, tengo que agradecerle además su inmensa generosidad por haber leído una de las primeras versiones de este manuscrito y animarme a seguir escribiendo.

Y sí, les confirmo lo que habrán deducido fácilmente y es que la *ciudad innombrable* de esta historia no es otra que la mía, Alicante, donde se produjo la gran masacre del bombardeo del Mercado Central el 25 de mayo de 1938 y en cuyo cementerio yace enterrado el poeta Miguel Hernández. La urbe en la que se erigía el edificio señorial de la escalera distinguida, que ya no existe, y que solo habita en mis recuerdos. Un Alicante que es y no es el real, porque para mí, como para Ofelia, dejó de tener sentido. Porque si hay alguien que ha hecho posible este libro es Gabriel López Mingot, mi padre. Fue la noticia de su fallecimiento, que recibí por una *maldita llamada* que me trastocó el mundo, la que me empujó a conocer a un antiguo alumno suyo, Adrián Fauró, que tiempo después me animó a escribir en su web de literatura *Poscultura*. Allí publiqué un relato, que hablaba entre otras cosas de la pierna amputada de mi *iaio,* que leyó la editora Ana Caballero, quien se convertiría después en la instigadora principal de este viaje.

Aprovecho estos últimos párrafos para dar las gracias a quienes han contribuido a que esta novela sea un artefacto tangible. Comienzo por Juan Gómez Bárcena, que me explicó cómo afrontar la escritura de una novela cuando apenas había esbozado unas cuantas páginas y me invadían todos los miedos posibles, los reales y los imaginados. Y continúo por las amigas que me leyeron cuando la novela aún estaba a medias o sin corregir: a Marga Ferré, que creyó en mí cuando solo tenía diez capítulos acabados; a Rosa Muñoz y a Ángel López, que la leyeron por tandas y la lloraron juntos; a mi suegra, M.ª Ángeles Giner, que disfrutó leyéndola y me lo hizo saber; a María José Argente, que se tomó el trabajo de escribirme su opinión; a Clara García, que es profesora de francés y me dio consejos sobre el habla de Gabriel; y a Henar Alonso, una archivera fantástica que me hizo comentarios tan mordaces como acertados. Y no me olvido de Miquel y Júlia Blanco que aguantaron estoicos que una enorme cartulina apaisada —repleta de números, pósits y dos estrellas dibujadas— ocupara el salón durante más de un año.

A Ignacio Blanco, mi amor, quien se sabe casi de memoria cada página de esta novela porque durante estos últimos diecisiete meses ha compartido conmigo lecturas, correcciones, discusiones e ideas luminosas y priorizado siempre mi tiempo de escritura por encima de su tiempo de descanso. Le doy las gracias por haber sido el mejor compañero posible en esta aventura que, hasta hace poco más de un año, nos parecía inacabable.

Y a mi madre, Adriana Barceló, que junto a mi padre me educó en el amor a la palabra escrita, me descubrió la genealogía de mujeres ocultadas del canon, me deslumbró siempre con su poesía y me ha contagiado su emoción tras la lectura de cada capítulo. Les confieso que esta novela, a pesar de las apariencias, no pretende ser un canto a la madre, así en abstracto, sino que, por encima de todo, es un canto de amor a la mía.

Xeraco, 29 de agosto de 2022
Esther López Barceló

Índice

Primera parte
El impacto

Segunda parte
La fosa

Tercera parte
Exhumación